유리여신

서희우 장편소설

上

유리여신 上

초판 1쇄 인쇄 2014년 11월 20일
초판 1쇄 발행 2014년 11월 27일

지은이 서희우
발행인 오영배
기획 박성인 책임편집 김규영
표지 · 본문 디자인 신경선
제작 김아름

펴낸곳 (주)삼양출판사 · 단글
주소 서울특별시 강북구 솔샘로67길 92
대표 전화 02-980-2112 팩스 / 02-983-0660
출판등록 1999년 3월 11일 제9-00046호

ISBN 978-89-542-4641-5 (04810) / 978-89-542-4640-8 (세트)

 은 (주)삼양출판사의 로맨스 문학 브랜드입니다.

The Goddess of glass

유리여신

서희우 장편소설

上

단글

Contents

안녕, 도쿄. 안녕.

유리카모메 경전철의 차가운 창에 이마를 대고 온이 속삭였다.

3개월간의 도쿄 체류를 마감하는 작별 인사였다. 여간해선 영하로 내려가지 않았지만 그녀에겐 유독 추웠던 도시, 도쿄.

안녕.

이제 안녕.

고맙게도 오다이바까지 같이 와 주었던 카이미와 그녀의 딸 아사코(朝子)는 지금쯤 그들의 포근한 아파트로 돌아가기 위해 전철을 기다리고 있을 것이다. 지금쯤 아사코의 뽀얀 목에는 그 목덜미보다 더 뽀얀 털목도리가 감겨 있을까? 아사코는 오다이

바의 쇼핑몰에서 온이 사 준 그 목도리를 언제까지나 두르고 있
겠다고 약속했다.

고고미술사학과 박사 과정에 재학 중인 온은 박 교수가 진행
하고 있는 프로젝트에 필요한 자료를 구하기 위해 세 달 전 일
본에 왔다.

처음 두 달은 일본 이곳저곳을 돌아다니며 자료를 수집했지
만 마지막 한 달은 도쿄에 있는 카이미의 아파트에 머물렀다. 2
년 전 온의 학교로 단기 연수를 왔다가 온과 친해진 카이미는
도쿄대에서 멀지 않은 작은 맨션에 살고 있었다. 때마침 카이미
의 남편도 미국으로 장기 출장을 가 있었기 때문에, 이 친절한
일본인 모녀는 선뜻 온에게 방 한 칸을 내주었다.

그녀는 도쿄에서의 마지막 한 달 동안 철저하게 요일을 나누
어 생활했다. 주 3일은 박 교수에게 부탁받은 자료를 정리하거
나 도쿄대 토리야마 교수에게 관련 연구를 받아 검토하는 일을
했다.

일을 하지 않는 날에는 카이미에게 빌린 자전거를 타고 국립
박물관에 갔다. 그녀는 먼저 동양관과 호류지(法隆寺) 보물관
을 간단하게 둘러보고, 지난 한 주 동안은 때마침 열리고 있던
한·중·일 불상 비교 특별전만을 집중해서 관람했다.

작품 하나하나와 천천히 이야기를 나누고 싶었던 온은 부처
의 자애로운 얼굴을 한 시간이고 두 시간이고 말없이 응시했다.

그렇게 불상을 보고 집으로 돌아오는 그녀의 발걸음은 언제

나 편안했다. 불교미술을 전공하고 있는 그녀이기에 오래된 불교미술 작품이 전해 주는 잔잔한 안식을 누구보다 잘 알고 있었다.

투박한 석불상을 보고 온 날에는 진중한 돌처럼, 유려한 금동보살상을 보고 온 날에는 섬세한 실크처럼 온의 마음은 단아하게 빛났다.

특히 시간을 품고 묵묵히 견뎌 온 작은 불상들에게서 그녀는 알 수 없는 힘을 느끼곤 했다. 때로 그것들은 그녀에게 말을 걸었다. 그 말을 모두 다 알아들을 수는 없었지만 그 기운만은 분명히 느낄 수 있었다.

1월의 도쿄. 마른나무 사이로 불어오는 저녁 바람이 차가워질 때, 온은 아까 본 석상의 이목구비를 손으로 더듬듯이 떠올리며 천천히 자전거 페달을 밟았다.

그렇게 바람에 실려 집에 오면 작은 식탁 위에는 카이미의 특제 하이라이스가 차려져 있었고, 작은 아사코는 수년 만에 돌아온 탕자(蕩子)를 맞이하듯이 온의 다리를 꼭 안아 주었다.

바람을 잔뜩 물고 온 그녀의 긴 코트에 작은 얼굴을 묻으며, 아사코는 크리스마스 은종처럼 웃었다. 온은 그 작은 행복을 마주 안으며 바람처럼 가볍게 웃었다.

안녕.

도쿄의 추억도, 이제 안녕.

그녀는 하네다 공항에 멈춘 모노레일에서 내려 국제선 수속

카운터로 걸음을 옮겼다. 저녁 8시 20분에 출발하는 김포행 비행기의 출발까지는 2시간 20분 정도 남았다. 시간이 빠듯하긴 했지만 그래도 늦은 것은 아니었다.

카운터에 잔뜩 늘어선 줄을 보니 정말 방학이구나 싶었다.

여행을 마치고 돌아가는 관광객들, 짧은 겨울방학을 맞아 여행을 떠나는 학생들로 국제선 공항은 이미 발 디딜 틈 없이 꽉 차 있었다.

3개월이나 있었음에도 그녀의 짐은 단출했다. 핸드백 하나. 서류와 스웨터, 청바지만 가득 든 큰 트렁크 하나.

간신히 온의 차례가 되었을 때, 카운터 너머 지상 근무 직원이 난처한 표정을 지으며 공손하게 말했다.

"죄송합니다…… 성수기라서 좌석이 이미 만석입니다."

"아, 이런……."

성수기에는 항공사마다 오버 부킹을 한다는 건 알고 있었지만, 늦은 체크인을 할 때 생길 수 있는 불운이 자신에게도 닥칠 거라고는 예상하지 못했다.

"2시간이나 남았는데 어떻게 벌써 만석인가요?"

"정말 죄송합니다."

덧니가 뾰족한 직원은 일본인 특유의 정중함을 담아 다시 한번 사과를 했다.

온은 순간적으로 고민에 빠졌다.

다시 모노레일을 타고 돌아가 카이미의 아파트 벨을 눌러야 할지, 아니면 도쿄의 작은 호텔방에서 하루 묵어야 할지를 멍하니 서서 고민하고 있을 때, 옆 카운터의 매니저가 그녀의 담당 직원을 뒤쪽으로 부르더니 뭐라고 짧게 지시를 내렸다. 지시를 받은 직원은 카운터로 돌아와 재빠르게 온의 차림을 위아래로 훑어보았다. 그러더니 얼굴 가득 미소 지으며 말했다.

"다행히도 비즈니스석이 하나 남아 있습니다. 손님께서 괜찮으시다면 업그레이드해 드리겠습니다. 불편을 드려서 정말 죄송합니다."

아, 다행이다!

그녀는 일단 귀국 일정에 차질이 생기지 않게 되었다는 것이 기뻤다. 자료를 잔뜩 들고 올 제자를 기다리는 박 교수님의 얼굴이 실망으로 흐려지는 걸 보고 싶지 않았다. 만약 그녀가 제때 돌아오지 않는다면 가뜩이나 우울증에 시달리는 박 교수님의 잔소리를 지석 선배가 감당해야 할 것이다.

물론 무료로 좌석을 업그레이드 받는 것도 신나는 일이고. 미술사를 전공하는 가난한 대학원생이 비즈니스석을 경험할 기회는 흔하지 않으니까 말이다.

그녀는 불현듯 토리야마 교수에게 작별 인사를 하기 위해 오늘 아침 일부러 차려 입은 흰 캐시미어 코트와 니트 소재의 빨간색 풀스커트, 검은 하이힐 차림이 고맙게 느껴졌다.

행색이 꾀죄죄한 사람은 좌석 업그레이드를 시키지 않는다는 항공사 지침은 승무원인 고교 동창을 통해 이미 들어 알고 있었다. 딱 한 벌 챙겨 온 포멀한 옷들이 이런 때 도움을 주다니. 만약 저 대형 트렁크에 가득 들어 있는 청바지와 스웨터 중 한 벌을 입고 있었더라면 그녀는 아까 도쿄에게 고했던 작별 인사를 꼼짝없이 물러야 했을 것이다.

사람이 많아서 출국 수속도 오래 걸렸고 면세점에서 기념품으로 살 과자들도 꽤 있었기 때문에, 그녀는 탑승 마감 시간 직전에야 간신히 기내로 들어설 수 있었다. 티켓을 보여 주자 늘씬한 미모의 승무원이 상냥하게 웃으며 좌석으로 안내했다.

두 좌석이 붙어 있는 B열 창가 쪽 자리. 이미 통로 쪽 좌석에는 양복을 입은 덩치 큰 남자가 눈을 감고 앉아 있었다.

승무원은 그녀의 양손에 든 선물 꾸러미를 받아 선반에 올려 주고 상냥한 미소를 지으며 사라졌다.

온은 자신의 자리에 들어가 앉기 위해 이 남자를 깨워야 할지 말아야 할지 잠시 고민했다. 딱딱하게 굳은 표정으로 이미 잠든 것 같아 보이는 저 남자를 굳이 깨워서 '저기, 다리 좀 치워 주시겠어요?'라고 말해야 하나?

한눈에 봐도 고급 제품임이 분명한 차콜 그레이 슈트. 그 옷이 감싸고 있는 남자의 몸은 쇠처럼 단단해 보였다. 비즈니스석의 좌석 간격이 이코노미석에 비해 무척 넓은데도 불구하고 다리를 쭉 펴기에는 턱없이 좁아 보일 만큼 건장한 체구.

키가 얼마나 될까 185? 190? 누가 기골장대(氣骨壯大)라는 말의 뜻을 물으면 예시 자료로 이 사람의 사진을 첨부하면 좋겠군.

이런 생각에 살짝 웃음이 나려는 순간, 온의 마음을 읽기라도 한 듯 그의 미간이 찌푸려졌다. 그녀는 자신의 생각을 들킨 것 같아 서둘러 남자의 무릎과 앞좌석 사이의 좁은 틈을 지나 안쪽 자신의 자리에 앉았다.

좋은 옷감으로 둘러싸인 그의 긴 다리에 그녀의 니트 스커트 자락이 닿았을 텐데도 남자는 잠에 깊게 들었는지 여전히 찌푸린 표정으로 미동도 없이 앉아 있었다.

"손님, 곧 이륙하오니 안전벨트를 착용해 주시겠습니까?"

이륙할 시간이 되자 승무원이 와서 영어로 그에게 벨트 착용을 부탁했다. 꽤나 예쁘장하게 생긴 승무원의 볼이 약간 붉어진 것처럼 보였다.

남자는 잠이 들어 승무원의 말을 듣지 못한 듯 한동안 움직임이 없었다.

그러나 잠시 후, 온은 그가 눈도 뜨지 않고 칼끝처럼 간결한 손놀림으로 벨트를 채우고 다시 돌처럼 굳어 버리는 모습을 목격했다.

뭐야, 안 자고 있었던 거야? 그럼 아까 좀 비켜 주든가. 이 사람 성격하고는.

자신이 아슬아슬하게 좁은 틈 사이로 다리를 움직여 들어오는 것을 뻔히 알면서도 모른 척했다는 사실이 좀 괘씸했다. 그 괘씸함은 눈을 감고도 군더더기 없는 손짓으로 벨트를 채우던 행동과 결합하여 '거만함'이라는 이미지를 만들어 냈다.

아주 작은 움직임이었지만 방금 이 남자의 손놀림은 은근히 주변 사람을 신경 쓰게 만드는 구석이 있었다.

시키지 않아도 자신을 주목하게 만드는 위엄. 곁에 있는 사람을 은근히 압박하는 권위. 온은 이 거만한 분위기의 남자에게 뜻 모를 호기심을 느꼈다.

이륙하는 순간, 그녀는 주변을 둘러보는 척 고개를 약간 돌려 남자의 얼굴을 슬쩍 훔쳐보았다. 강인해 보이는 왼쪽 턱 선이 제일 먼저 눈에 들어왔다.

꽤 잘생겼네…… 아니, 남자답게 생겼다고 해야 하나.

거뭇거뭇하게 올라온 수염과 무언가 맘에 들지 않는 듯 팽팽하게 당겨진 관자놀이, 가무잡잡한 피부가 거대한 덩치와 어우러져 위압적인 분위기를 뿜어냈다.

그는 칠흑 같은 그믐밤, 나무 그늘 사이에서 우두커니 서 있는 흑곰을 연상케 하는 사람이었다.

그녀는 그의 큰 몸집과 꽉 다문 입, 날카로운 턱선에서 소리 없이 미끄러지듯 나타나는 거대한 검은 곰의 그림자를 떠올렸다. 이 사람에게선 보통 사람의 뒷목을 오싹하게 할 만큼 거친 힘이 느껴졌다.

서늘해. 하지만 왠지 만져 보고…… 싶다.

온은 이륙하는 비행기의 흔들림을 느끼면서 빳빳하게 다려진 그의 흰 셔츠 칼라를 멍하니 응시했다.

어두운 톤의 피부와 눈부시게 하얀 드레스 셔츠 깃이 선명한 대비를 이루며 우아한 분위기를 자아냈다.

그런데 지금 내가 옆자리 남자를 곰에 비유하면서 무슨 생각을 하고 있는 건가?

원래 소소한 호기심이 현온이라는 인간을 대표하는 특성이긴 하지만 자리에 앉은 순간부터 계속 이 남자를 스캔하는 건 역시 좀 오버였다.

그녀는 그를 바라보던 시선을 억지로 돌려 앞에 있는 개인 모니터를 바라보았다.

잠시 후, 안전벨트를 풀어도 좋다는 방송이 나오자 그녀는 신고 있던 힐을 벗고 비치된 기내용 슬리퍼로 갈아 신었다. 줄곧 힐을 신고 커다란 트렁크를 끌고 다녔기 때문에 종아리가 단단하게 뭉쳐 버렸다.

일단 다리가 편해지자 한결 마음이 여유로워지는 것 같았다.

스트레칭을 하듯 다리를 쭉 펴 보았다. 앞좌석 아랫부분에 발이 닿지 않았다. 천천히 검은색 스타킹을 신은 작은 발목을 돌리며 그녀는 생각했다.

아아, 역시 돈이 좋구나.

그리고…… 저 남자는 키가 정말 크구나.

하네다발 김포행 노선은 비행시간이 짧기 때문에 이륙 후 바로 식사가 제공된다. 승무원들이 식사 준비로 부산하게 움직이고 있을 때, 갑자기 기내 승무원의 팀장인 듯한 여성이 이쪽 좌석으로 다가왔다.

"이번 여행을 저희 항공사가 모시게 되어서 영광입니다, Mr. Yoon. 목적지까지 안전……."

"Thank you."

한동안 말을 하지 않아서인지 그의 목소리는 약간 허스키했고 낮게 가라앉아 있었다. 그것은 마치 귓가에서 속삭이는 듯 에로틱했다.

남자는 눈을 뜨지 않고 오른손을 살짝 들어 팀장의 상냥한 환영 인사를 중지시켰다. 그리고 천천히 눈을 뜨더니 굳은 얼굴로 말했다.

"식사는 됐어요."

그는 느릿하지만 힘 있는 저음으로 한국어를 말했다. 팀장의 친절이 참을 수 없이 귀찮다는 태도였다. 온은 한쪽 눈썹을 치켜 올렸다.

누가 식사를 한 번 더 청했다가는 우아한 오른손을 까딱이며 근엄하게 참수를 명하겠구먼. 묘하게 건방지단 말이야, 저 남자.

당황한 팀장은 "아, 네…… 알겠습니다."라며 물러섰다.

잠시 후, 아까 그에게 벨트를 매 주길 청하며 볼이 빨개졌던 승무원이 와서 온의 자리에 테이블보를 깔고 정갈한 김초밥을 세팅해 주었다.

늘 이코노미 여행만을 해 오던 터라 비즈니스석의 식사는 처음이었고, 공항에 오기 전 오다이바에서 쇼핑을 하면서 소바 한 그릇을 먹은 게 다였기에 배가 무척 고프기도 했다.

곱게 차려진 한 상에 기분이 좋아진 그녀는 신나서 젓가락을 집어 들었다. 온은 한 조각 한 조각씩 작게 썰린 김초밥을 입에 넣고 맛을 음미했다.

이봐요, 흑곰 씨. 당신 밥 안 먹으면 그거 나 차려 주라고 하면 안 되나요? 이거 참 맛있네요.

온은 속으로 킬킬거리며 여전히 찡그린 채로 눈을 감고 있는 남자를 흘끔 쳐다보았다.

그때, 볼이 빨개지는 게 취미인 아까 그 승무원이 눈을 반짝이며 남자 옆에 섰다. 그리고 한껏 콧소리를 담아 그에게 조심스럽게 물었다.

"저, 손님. 혹시 편찮으시면 저희 비행기에는 비상약이 준비되어 있습니다. 진통제를 원하시면 제가……."

이런, 승무원님. 아무래도 저 남자는 굉장히 귀찮아할 텐데. 안 그러시는 게 좋아요.

온은 김초밥을 우물거리며 흥미 있게 두 사람을 지켜보았다.

아니나 다를까, 미동도 없이 앉아 있던 남자가 작게 한숨을 내쉬었다. 그러더니 갑자기 눈을 번쩍 뜨고 승무원을 노려보았다.

"난 약을 안 먹소. 그리고 지금은 좀 자고 싶소."

짜증과 거만이 한꺼번에 묻어나는 저음으로 단호하게, 그것도 이번에는 영국식 영어로 말했다.

아까의 팀장과 마찬가지로 당황한 승무원은 죄송하다며 황급히 갤리로 물러났다. 이제 그녀의 볼뿐만 아니라 얼굴 전체가 빨개졌으리라.

이 남자, 성질 더럽구나. 한국말에 굳이 영어로 대꾸하는 싸가지는 도대체 영국 어느 지방에서 배워 먹은 건지.

이후 빈 접시를 치우고 디저트와 음료를 제공할 때까지, 승무원들은 행여 그를 건드리거나 깨우게 될까 봐 조심하느라 온에 대한 서비스에는 관심조차 없다는 듯 행동했다.

온은 혹여 자기 얼굴에 '업그레이드된 이코노미 승객입니다.'라고 쓰여 있는 게 아닌지 심각하게 고민했다. 하지만 이 모든 것은 옆자리에 버티고 있는 저 거만한 인사 때문이었다.

온은 좀 화가 났다.

싸가지 없는 흑곰 같으니라고. 이봐요, 거만한 흑곰씨. 당신 때문에 나까지 'Do not disturb'로 도매급이 되고 있잖아요. 나도 기내 와인도 몇 잔씩 먹어 보고, 뭐 그러고 싶었다고!

그러나 소심한 그녀는 마음속으로만 투덜댔을 뿐, 정작 승무원이 후식으로 마실 차를 물으러 왔을 땐 승무원과 마찬가지로 속삭이듯 "커피요."를 말할 수밖에 없었다.

온은 승무원이 조심스럽게 건네준 차를 마시며 핸드백에서 자료를 꺼냈다. 약간 피곤하긴 했지만 오늘 아침 토리야마 교수가 마지막으로 건네준 사진 자료였기 때문에 지금 봐 두고 싶었다. 내일 오후에 연구실에 나가서 이미 정리해 둔 자료집 사이에 끼워 넣으면 될 것이다.

그녀는 테이블 위에 자료를 꺼내 놓고 머리 위 독서 라이트를 켰다. 법륭사 일광삼존불을 근접 촬영한 최근 사진들은 토리야마 교수의 메모가 빽빽이 적힌 종이들과 묶여 있었다.

온은 꼼꼼하게 메모들과 사진들을 체크했다.

잠시 후 차를 한 잔 더 청하기 위해서 고개를 든 순간, 불현듯 거만한 흑곰 씨의 얼굴이 눈에 들어왔다.

어찌된 일인지, 남자의 얼굴은 하얗게 질려 있었다. 그의 두 주먹은 각각 팔걸이에 놓여 있었지만 공기를 가루로 만들 생각인지, 그녀에게는 안 보이는 투명한 레몬즙을 짜고 있는 건지, 지나칠 정도로 꽉 움켜쥐고 있었다.

커다란 주먹이 새하얗게 될 정도로. 거대한 몸은 나무토막처럼 경직되어 있었고, 얼마나 힘을 주고 있는지 팽팽해진 목덜미 힘줄 위로 땀이 맺히고 있었다.

뭐야…… 자는 건가?

그녀는 갑자기 어디서 나온 것인지 모를 용기에 힘입어 그의 감은 눈 앞에서 손을 휙휙 흔들어 보았다.

여전히 그는 나무토막처럼 딱딱하게 굳은 상태였다.

악몽? 애들처럼 가위라도 눌리는 걸까? 아니면 혹시 수면간질?

그녀의 머릿속으로 다양한 가능성이 스치는 사이에 남자의 몸이 튕겨 오를 듯 짧은 경련이 여러 번 일었다. 가무잡잡한 얼굴은 더욱 하얗게 질려 갔고, 이마에는 땀방울이 송골송골 맺혀 갔다.

온은 더 깊게 생각할 겨를도 없이 그의 왼쪽 어깨를 잡고 왼손을 뻗어 그의 오른쪽 뺨을 부드럽게 감쌌다. 그리고 다른 승객의 주목을 끌지 않도록 작게 속삭였다.

"괜찮아요. 일어나요, 이제."

갑자기 눈을 번쩍 뜬 그가 호흡을 멈추고 그녀를 노려봤다.

그 순간, 그녀의 숨도 멈췄다.

자신을 죽일 듯이 응시하는 검고 아름다운 눈동자. 벌어진 동공 안에서는 불안감과 고통, 두려움 같은 격렬한 감정들이 일렁이고 있었다. 그의 어깨를 붙잡은 온의 손끝으로 감정들이 전이되어 온다.

누구나 악몽을 꾼다. 누구나 무의식이 피워 낸 고통스러운 꿈을 꾸고 그것에서 벗어나 근원적인 적을 살해할 수 있길 바란다. 그러나 대부분의 사람들은 내밀한 무의식의 세계에 패배한다. 결국 지독한 꿈의 세계에 붙잡혀 허우적거릴 수밖에 없는 것이다.

그렇게 약한 것이 인간이다. 지금 이 사람도 그런 고문 속에서 수면 위로 막 떠오른 것일 테지.

갑자기 그의 검은 눈에서 굵은 눈물이 흘러 내렸다. 알 수 없는, 그러나 너무나 크고 아픈 감정이 담긴 눈물이 눈동자 안에서 일렁이다 툭, 하고 뺨을 감싼 그녀의 손끝으로 떨어졌다.

그 순간 온의 등줄기 저편, 몸의 깊은 곳에서 아린 듯한 통증이 피어올랐다.

내가 왜…… 왜 아프지.

온은 갑작스러운 통증과 감정 때문에 혼란스러웠다. 그의 눈물이 몸 안으로 흘러들어 고통이 된 것처럼 온의 온몸이 저린 듯이 아팠다. 그럼에도 온은 그녀 자신도 알 수 없는 힘에 이끌려 뺨을 감싼 손가락을 부드럽게 움직여 그의 눈물을 닦아 주었다.

그의 눈물이 넘쳐 온의 손가락을 타고 흘러내렸다.

짙은 속눈썹이 파르라니 떨리는 걸 바라보며 온은 이 낯선 남자가 꿈속에서 느꼈을 모든 괴로움을 위로해 주고 싶어졌다.

온은 그의 눈을 피하지 않고 그 감정들을 모두 몰아 내 그를 지켜 줄 것처럼 응시했다.

괜찮아요.

정말 괜찮아요.

그의 어깨를 잡은 그녀의 손가락 끝으로 차분한 위로가 전해졌을까. 그의 떨림이 잦아들었다.

몇 초간의 시간이 흐른 후, 그의 눈동자를 물들인 감정은 고통에서 놀라움으로 빠르게 변했다. 의식에 영향을 미치던 무의식의 고통이 썰물처럼 빠져나가자, 죽순처럼 튀어나온 낯선 그녀가 누구인지 궁금해하는 눈치였다.

오직 검은 그 눈동자로.

침묵만이 흐르고, 그는 계속 정신이 나간 사람처럼 멍하니 그녀의 눈만 바라보았다.

"일어나는 게…… 좋겠어요."

커피를 마신 지 얼마 되지 않았지만 온의 목소리는 갈라지고 있었다. 속삭이듯 말한 건 자고 있는 다른 승객들을 배려했기 때문이라고 스스로 변명해 보았다.

하지만 어째서인지 그녀의 목소리에서는 의도하지 않았던 침착함과 힘이 같이 배어 나왔다. 이 커다란 남자를 고통 속에서 구해 냈다는 묘한 안도감이 그녀를 그렇게 만든 것일 수도 있다.

온의 말이 마법의 주문이나 되는 양, 갑자기 그의 눈이 스르르 감겼다. 몸을 팽팽히 당기고 있던 도르래의 끈이 끊어진 듯, 남자는 넓은 좌석에 몸을 파묻었다. 그와 동시에 그의 뺨을 감싸고 있던 온의 손도 허공에 떨어졌다.

잠시 침묵이 흐른 후, 허스키한 목소리로 그가 물었다.

"무슨 일이죠?"

그가 무슨 일이냐고 묻는 순간, 무난하기 그지없는 그녀의 현실 감각이 살아 돌아왔다.

역시 괜한 오지랖이었다. 아무도 온에게 그를 깨워 달라고 요청하지 않았다. 괜스레 옆자리 승객의 어깨를 잡아 흔들어 수면을 방해한 꼴이다.

그녀는 아직까지 그의 왼쪽 어깨를 잡고 있는 자신의 손가락을 발견했다. 온은 황급히 그의 어깨에서 손을 떼고 몸을 바로 했다.

"아…… 저기, 그러니까…… 주무시면서 좀 괴로워하는 것 같아서 깨웠어요. 성가시게 했다면 죄송합니다. 전 그냥……."

"내가…… 소리를 질렀나요……?"

한층 부드러워진 목소리로 그가 물었다. 그는 이제 완전히 평상시의 상태로 돌아온 것 같았다.

"아뇨. 하지만 제가 보기엔 굉장히 힘들어 보였어요. 괜히…… 죄송해요."

온은 그의 팔을 잡았던 자신의 손을 찰싹 때리고 싶었다.

사과할 짓을 왜 했던가. 남의 일에 왜 끼어들었던가.

스스로가 한심해진 그녀는 하얀 기내용 슬리퍼를 신은 발끝이 자신의 눈에서 나온 레이저로 자연발화할 때까지 노려보았다.

응징을 해야 해. 머릿속을 순식간에 장악했던 쓸데없는 동정심과 즉흥적 기질에게도 평가와 반성의 시간을 주어야 한다. 오늘밤 집에 돌아가서 자기 전에 반드시 반성해야 해!

이 방정맞은 오지랖!

다시 몇 초간의 침묵이 흐르고, 그가 천천히 몸을 일으켜 그녀 쪽을 바라보고 말했다.

"고맙습니다."

한 시간 남짓 만에 처음 듣는 인간다운, 아니, 신사다운 말에 그녀는 발끝을 노려보고 있던 시선을 들어 그를 바라보았다. 그는 온의 얼굴을 뚫어져라 바라보고 있었다. 여전히 그 아름다운 눈동자가 알 수 없는 감정으로 일렁이고 있었다.

"머리가 아픈 날에…… 간신히 잠이 들면 꿈이 더 심해져요. 깨워 줘서 고마워요."

저기, 흑곰 씨. 그렇게 안 쳐다봐도 나는 원래 아이 컨택트를 못 해요. 그러니 나와 눈을 마주치려는 시도는 그만두세요.

온은 왠지 모르게 자꾸만 그의 시선을 피하고 싶었다. 심장이 터질 듯이 두근거렸다. 눈을 바라보면…… 안 될 것 같았다.

"아 그게, 제가 원래 오지랖이 좀 넓어서…… 아무튼 다행이네요."

간신히 눈이 마주치자 그가 살짝 웃었다.

웃으니 좀 귀여운 듯도 싶고…… 아니, 내가 지금 무슨 생각을……?

"깨어 있는 게 훨씬 덜 괴롭군요. 두통이 차라리 낫겠어요."

관자놀이를 문지르며 그가 눈을 감았다. 부드럽게 살갗을 문지르는 긴 손가락을 보며 그녀는 숨을 참았다. 그 모습을 보자 그녀의 입술이 간질간질해지는 것 같았다. 그의 뺨의 감촉과 온기가 아직도 손끝에 남아 있는 것 같다. 온은 저쪽 깊은 곳에서 스멀스멀 올라오는 참견 본능을 누르기 위해 안간힘을 썼다.

대꾸하지 마, 대꾸하면 안 돼. 저 말을 무시…….

"아까부터 계속 머리가 아픈가 봐요?"

결국 온은 참지 못하고 그와의 대화를 이어가게 되었다.

오늘밤 침대에 누우면 나의 이 참견하지 못해 안달인 성격에 대해서도 단단히 반성하리라. 그녀는 이를 악물며 다짐했다.

"늘 두통이 심하죠. 야간 비행도 그다지 좋은 영향을 준 것 같지는 않고."

"약을 안 드실 거면 머리나 손을 지압해 보세요."

"지압?"

"꾹꾹 눌러 보는 거."

온은 손가락을 눌러 보는 시늉을 하면서 말했다.

"침술 같은 건가?"

"음…… 일종의 대체 의학같은 거죠. 말하자면…… 약을 안 먹는 사람들이 대신 하는 마사지?"

"아……."

그는 알 것도 같다는 표정을 지었다.

"어디를 눌러야 하는 거죠?"

그가 갑자기 온의 앞으로 오른손을 내밀었다.

"아, 여기요."

그녀는 엉겁결에 그의 손가락 가운데 두점(頭占) 자리를 자신의 손가락 두 개로 꼭 누르고는 부드럽게 원을 그리듯 천천히 문질렀다.

아무 생각 없이 그의 손가락을 누르던 그녀는 갑자기 정신이

번쩍 들어 고개를 들었다. 그는 묘한 표정으로 그녀의 얼굴을 바라보고 있었다.

"아, 어…… 그니까, 여기 이 마디 부분을 다른 손으로 힘 있게 누르시면 돼요."

그녀는 황급히 손을 떼며 무안하게 웃었다.

얼마나 바보 같아 보일까.

커다란 남자가 자고 있는 걸 아기처럼 깨우더니만, 이젠 그 남자 손을 덥석 잡아 문지르다니. 그야말로 굶주린 늑대녀로구나. 장하다, 늑대녀. 너의 질질 흐르는 침을 어서 닦으렴.

그는 그런 온의 마음을 아는지 모르는지 자신의 다른 손으로 방금 온의 손가락이 훑고 지나간 손마디를 문지르고 있었다.

"그리고 팔을 구부렸을 때 팔꿈치에 오목하게 들어간 부분을……."

그가 '여기?' 하는 얼굴로 팔꿈치 안쪽을 만졌다.

"네, 거기요. 거기도 눌러 주시면 좋아요."

"마사지사인가?"

"네……?"

곡지(曲池)라는 혈자리를 누르던 그가 살짝 웃으며 온과 눈을 마주쳤다.

"이런 걸 잘 아는 것 같아서."

"아…… 예전에 요양 병원에 봉사 활동 하러 간 적이 있었는데, 거기 계시는 할머니께서 가르쳐 주셨어요. 이것저것 가르쳐 주신 건 많았는데, 하다 보니까 어느 순간 그냥 손녀딸 안마가 되더라고요."

그가 소리 없이 웃는 게 느껴졌다.

"뭐, 그래도 제가 문질러 드리면 아주 맘이 편하고 마냥 좋다고들 하셨어요. 나름 인기가 좋았다구요."

"그렇군요."

내가 지금 무슨 소리를 하고 있는 걸까. 어쩐지 안마사로서 자신을 어필하고 있다는 걸 깨닫고 온은 정신이 아득해졌다. 자신이 안마를 잘해서 할머니들의 영원한 손녀딸이 되었다는 것을 지금 이 자리에서 밝혀서 뭘 어쩌자는 건가.

슬쩍 쳐다보니 그는 한결 편해진 얼굴로 느긋하게 자신의 왼손을 지압하고 있었다.

"좀 나아졌나 보네요."

"덕분에."

갑자기 사람 좋은 미소를 지으면서 서양인다운 아이 컨택트로 그녀의 시선을 잡아 두려고 하는 그의 얼굴이 너무 잘생겨 보여서, 그녀는 자신도 모르게 한숨이 나왔다.

그래, 좋은 일 했다고 생각하자고. 그리고 정말 더는 안 돼.

온은 어색하게 살짝 웃어 보이고는 자신의 관심을 갈구하고 있는 자료들에게 다시 집중해 보려고 노력했지만 잘 되지 않았다.

"학생이군요."

이제는 여유롭게 좌석에 몸을 기댄 남자가 물었다. 온은 그쪽으로 시선을 돌리지 않은 채 짧게 대답했다.

"아…… 네."

테이블 쪽으로 바짝 다가앉은 온의 등 뒤로 그의 시선이 느껴졌다. 그는 더 이상 질문을 하지 않았고, 그렇게 15분쯤 지나자 이유 없이 두근거리던 온의 마음이 안정되었다.

잠시 후, 착륙 준비를 위해 분주히 돌아다니는 승무원을 보는 척하면서 살짝 그가 앉은 쪽을 훔쳐봤지만, 그는 다시 처음의 냉엄함을 되찾은 듯 무표정한 얼굴이었다.

뜻 모를 아쉬움이 모락모락 피어오르려고 하자, 이제야 제 기능을 수행하기 시작한 이성이 황급히 진압했다.

뭘 기대한 거야, 현온.

*　　　*　　　*

비행기는 연착 없이 제시간에 김포공항에 착륙했다.

그녀는 천천히 입국 수속을 마치고 트렁크를 찾으려고 기다리면서 공항을 빠져나간 후 해야 할 일들을 생각했다.

카이미에게도 전화해야 하고…… 아, 휴대폰 정지부터 풀고 엄마한테도 전화를 해야겠군.

하지만 우선 자고 싶어.

이 피로는 분명 비행기에서 쓸데없는 참견을 하느라 긴장했던 탓이다. 비행기의 문이 열리자 옆자리 남자는 거의 처음으로 내렸고 바람 같은 움직임으로 온의 시야에서 사라졌다.

그래, 외국 사람들은 옆 사람과 쉽게 말을 튼다잖아. 별 의미 없는 일이야. 우리 동네 할머니들도 항상 모르는 사람에게 말을 걸잖아? 나도 점점 할머니가 되어 가고 있으니까 그런 기질이 터져 나온 것뿐이야. 너무 오지랖에게 뭐라고 그럴 건 없어…….

자신의 물색없는 행동에 대해 합리화 장벽을 차곡차곡 쌓아가고 있는 도중, 문득 방금 컨베이어 벨트 위에서 뭔가를 본 것 같다는 생각이 들었다.

뭔가…… 낡고 익숙한…….

내 가방……?

몸을 휙 돌려 뒤쪽을 보았을 때, 그녀의 커다란 트렁크가 회전 초밥 벨트 위 초밥 접시보다 더 빠르게 뒤쪽으로 밀려 가고 있었다. 양손에 면세점에서 산 일본 과자 꾸러미들을 들고 급하게 달려가 봤지만, 몸도 무겁고 컨베이어 벨트 근처에 미역 줄기처럼 엉켜 있는 승객들을 비집고 들어가는 것도 여간 어려운 일이 아니었다.

점점 멀어져 가는 내 가방. 저걸 지금 당장 잡을 수만 있다면! 나는 공항버스를 타고 유유히 집으로 가서 누울 수 있을 텐데!

그 순간, 불쑥 온의 가방을 들어 올리는 사람이 있었다.

누구냐! 내 가방을 가져가는 너는……!

그녀는 목소리를 높일 생각을 하며 가방을 들어낸 손의 임자
를 바라보았다.

그 남자. 그 남자였다.

멀리서 보니 더욱 커 보이는 키. 건장한 몸. 카멜 컬러의 코트
를 한쪽 팔에 걸고 있던 그는 온의 커다란 트렁크를 힘도 들이
지 않고 가뿐하게 들어 올렸다. 그러고는 놀란 눈으로 사람들을
헤치며 다가오는 온을 한 번 보고, 다시 트렁크를 흘끗 내려다
보았다.

그녀가 힘겹게 그의 앞에 와 서자 그는 빙긋 웃어 보였다.

"아, 고맙습니다."

그는 어깨를 으쓱하며 온을 바라보았다.

"트렁크를 보고 쫓아오는 것 같아서. 마침 앞으로 지나가기
에. 맞나요, 이거?"

"아, 네. 맞아요. 고맙습니다."

그녀는 자신도 모르게 혀를 쏙 내밀며 웃어 버렸다.

이 호이호이 둘리 같은 버릇도 고쳐야 할 텐데. 하아…….

그는 가볍게 고개를 끄덕이고 트렁크 손잡이를 그녀에게 건
네주었다. 학회 때문에 외국에 나갈 때마다 여행사에서 준 네임
택들이 주렁주렁 달려 있어 그녀의 낡은 트렁크를 더욱 초라하
게 만들었다.

물론 고급 슈트를 입은 그가 아까 이걸 들어 올렸을 때는 도
저히 그와는 어울리지 않아 더욱 이상해 보였고.

고맙다는 말을 웅얼거리며 한 번 더 목례를 하고 급히 돌아서려는 순간, 그가 온을 불러 세웠다.

"잠깐만요."

심장이 코트 밖으로 튀어나올 것 같은 기분을 간신히 억누르며 뒤를 돌아보자 그가 그녀를 차분히 바라보고 있었다.

2초, 또는 3초 정도의 침묵이 흐른 뒤 남자는 느릿하고도 우아한 손놀림으로 슈트 안주머니에서 작은 가죽 명함집을 꺼내 온에게 명함 한 장을 내밀었다.

"비행기에서 도와줘서 고마웠어요. 진심으로."

온은 놀란 눈으로 그가 내민 명함을 바라보았다.

"서울에 오래 있을 것 같진 않지만, 괜찮다면 식사를 대접하고 싶어요."

군더더기 없는 명함에는 'Attorney at law, Joseph Yoon'이라고 적혀 있었다.

"명함에 적힌 번호로 전화 줘도 좋고, 아니면 호텔로 전화해서 방으로 연결해 달라고 해도 좋아요. 난 계속 C호텔에 묵을 거니까."

"아, 그러실 것까진 없어요. 별일도 아니었고……."

온은 예의 바른 미소를 지으며 거절하려고 했다.

"전화 줘요. 부디."

어린아이를 달래듯, 그렇지만 단호하게 그녀의 두 눈을 응시하며 그가 말했다.

그렇게 말하면 꼭…… 들어줘야 할 것 같잖아요.

뭔지 알 수 없는 깊은 감정이 전신을 훑고 지나가는 것 같아서 정신이 아찔했다.

온은 간신히 고개를 끄덕이고 목례를 한 후 돌아섰다.

트렁크를 끌고 세관을 통과하러 가는 짧은 시간 동안 이 명함의 의미, 연락을 달라는 부탁의 의미가 무엇인지에 대해 생각해 보았지만 그럴싸한 답을 찾을 수 없었다.

그저 그에게 명함을 받아 들었을 때 그녀를 바라보고 있던 그의 검은 눈동자만이 마음 언저리에 떠돌았다. 눈물이 가득했던 검은 눈동자가 그녀의 마음을 어지럽혔다.

그녀는 작게 한숨을 내쉬며 핸드백에 명함을 집어넣었다. 그리고 일부러 씩씩한 발걸음으로 집으로 가는 리무진 버스를 타러 갔다. 그러나 6003번 버스에 자리를 잡고 출발을 기다리는 몇 분 동안, 그녀의 머릿속은 가방 안에 넣어 둔 명함으로 가득 찼다.

연애를 안 해 본 것도 아니고, 고백이나 대시를 받아 본 일이 처음인 것도 아니었다. 낯선 사람에게 헌팅이란 걸 당해 본 적도 두어 번 있었다.

그런데 왜…….

그 남자 앞에서는 바보같이 허둥지둥해 댔을까.

왜, 명함을 받았을까. 왜, 연락하겠다고 고개를 끄덕였을까. 이 모든 게 그냥 별일이 아닐 텐데도 왜 계속 생각하고 있을까.

모든 게 그 눈동자…….

그 눈물…… 탓이겠지.

멍하니 창밖을 응시하며 혼란스러워하고 있을 때, 창밖으로 그가 보였다. 카멜 빛깔의 긴 코트를 입은 그가 마중 나온 것으로 보이는 두 양복쟁이들과 대화를 나누고 있었다. 건널목 앞에서 잠시 멈춘 버스 덕분에 온은 그를 찬찬히 관찰할 수 있었다. 키는 185는 넘는 것 같고, 멀리서 보니 덩치가 정말 컸다. 공항 가로등 아래에 선 그는 비행기 안에서보다 더욱 어둡고 커다랗다.

마치 산그늘에 숨어 있는 맹수처럼.

곁에 서 있는 두 남자들뿐 아니라 그를 둘러싼 주변의 공기까지 위협하고, 그 위에 군림하고 있는 듯한 분위기를 풍겼다. 그녀가 리무진 버스라는 은신처 안에 숨어서 자신에게 명함을 준 남자를 찬찬히 관찰하고 있던 그 순간.

갑자기 그가 고개를 돌려 그녀 쪽을 바라봤다. 마치 온이 자신을 훔쳐보고 있다는 것을 눈치챘다는 듯이. 버스 유리창 뒤에 숨어 있는 온을 낚아채려는 듯이 노려보고 있는 것 같았다.

그 순간 버스가 움직였고, 그녀는 서서히 그와 멀어졌다. 커다란 맹수는 고개를 돌려 다시 두 남자와 이야기를 하기 시작했다.

이윽고 버스는 공항 도로를 질주하기 위해 힘껏 엑셀을 밟았고, 온은 비행기에서 그의 눈동자와 마주한 이후 처음으로 편안해질 수 있었다.

제2화
기묘한 제안

　한국에 돌아온 지 사흘이 지나면서 온의 일상은 서서히 정리되어 가고 있었다. 낮 시간 내내 귀국 인사와 자료 정리로 바빴다.

　도착한 다음 날 오후에는 연구실에 나가 사람들에게 공항에서 산 일본 과자를 돌리고 박 교수님께도 인사드렸다. 일본에서 선별해 온 자료들에 흥분한 박 교수는 인사를 받는 둥 마는 둥 연구실로 침잠해 버렸다.

　온은 자료를 품에 가득 안고 방문을 닫아 버린 박 교수의 어린아이 같은 행동에 웃음을 터트리며 같은 과에서 박사 논문을 쓰고 있는 지석 선배에게 물었다.

　"지금 저 안은 어떤 상태야?"

"청결도?"

"응. 복잡도도 포함해서."

"모르긴 몰라도 아마 새로운 생태계가 조성되고 있을 것이야. 조만간 선생님을 댁에 격리시키고 네가 들어가서 소독 겸 정리를 한번 해야 할 거다. 너 떠나고 난 이후로 아무도 진입하지 않았어."

짐짓 SF 영화 주인공에게 외계인 소탕이라도 명령하는 듯 근엄한 지석의 말투에 온은 깔깔 웃어 버리고 말았다.

박 교수의 연구실은 '완전한 카오스, 그 자체'로 인문대 내에서도 유명한 공간이다. 방충은 잘 해 둔 편이기 때문에 딱히 벌레가 튀어나오거나 하진 않지만, 오래된 인문대 건물의 벽 속을 타고 다니는 쥐들이 간혹 출현하기도 한다. 자유로운 영혼이 던져 놓은 종이와 사진, 책들은 학자들과 함께 성장하는 인텔리 쥐들의 포근한 쉼터 역할을 톡톡히 하고 있는 것이다.

"선생님 방도 한 번 안 들여다보고, 오빠도 바빴나 보네. 논문은 잘 되어 가?"

학내 커피 전문점에서 따뜻한 카페라떼를 사 가지고 나오면서 그녀가 물었다.

"뭐, 그럭저럭. 더디고 더디도다."

그녀와 지석 선배는 눈 덮인 교정을 천천히 걸어 다니며 산책 겸 티타임을 가졌다. 한 시간쯤 뒤 연구실로 돌아와 책상에 앉았을 때, 갑자기 생각났다는 듯이 지석 선배가 서랍에서 사진

세 장을 꺼냈다.

"너 이거 좀 봐 봐."

"뭔데?"

"이거 세 개 좀 같이 보자."

"갑자기 웬 비로자나불?"

온은 머플러를 풀며 사진을 건네받았다.

흑백 사진 한 장과 스냅 사진 한 장, 나머지는 공 좀 들인 것 같은 사진 도판이었다.

"9세기인가? 대좌(臺座)랑 광배(光背)도 제대로 있네?"

"그런 것 같지?"

"음, 나 얘는 처음 봐. 이게 어디 있다가 나왔대? 개인 소장 자?"

"이게 뭐 K그룹 회장 집 정원인가 별장인가 어디에 짱박혀 있던 건데, 이번에 급하게 나왔다나 뭐라나……."

"그래서…… 또 사신다구?"

선배가 눈알을 굴리며 작게 한숨을 내쉬었다.

지석 선배의 아버지는 어릴 때부터 모은 새경으로 잠실에 참외밭을 사서 근면하게 과일 농사를 짓던 머슴 출신 농군이었다.

그런데 갑작스러운 강남 개발로 땅값이 폭등하자 졸지에 강남 땅 부자가 되어 버렸고, 이후 그 땅에 건물을 여러 채 지으면서 상당한 부를 축적한 준재벌급 졸부가 되었다.

천성이 나쁜 사람은 아니고 부지런하기까지 한 성격이었지만, 역시 졸부다운 옹졸함이 없을 수는 없는 일.

문제는 그가 꼼꼼한 구두쇠이면서 특이하게도 고미술품, 또는 골동품이라면 종목을 가리지 않고 일단 사 모으자는 주의라는 점이다.

아들이 미술사를 전공하겠다고 선언하자 이러한 성향에 부정(父情)까지 더해져 '아들을 위해서!'라는 명목을 등에 업고, 지석의 아버지는 한층 열성적인 고미술품 컬렉터가 되어 버렸다.

"이제 뭔가 주 종목을 정하셔야 할 텐데. 오빠네 아버지도 참……."

"아우, 난 이미 포기했어. 굴지의 재벌가에 애지중지 숨겨 뒀던 거라고 그러니까 더 당기시나 봐."

지석 선배는 완전히 체념한 얼굴이었다. 우스꽝스러운 표정을 지으며 두 손을 절레절레 흔드는 그를 보며 온은 키득키득 웃었다.

"오빠는 학교 그만두고 아버지 따라다니면서 그거 말리기만 해도 1년에 돈 수억은 버는 거야."

선배는 무념무상의 경지를 얼굴로 표현하면서 사진 세 장을 온에게 밀었다.

"아무튼 이거 지르시기 전에 네가 좀 봐 줘."

"내가 뭐 아나. 전공도 아니고."

"그래도 불교미술이면 비슷하잖아. 나보다 많이 봤으면서 뭘. 야, 나는 하나도 모르겠다."

온은 사진을 찬찬히 비교했다.

"확실하지는 않은데 광배 모서리가 마지막 사진하고 두 번째 거하고 좀 다른 것 같기도 하고…… 이 사진에선 잘 안 보이거든. 오빠가 공부 좀 해 가지고 가서 꼭 직접 보고 사는 게 낫겠다. 중대석 모양이랑, 여기 이 부분도 면밀하게 살펴봐. 이거 크기가 꽤 커서……."

"온아, 같이 가 주면 안 되냐, 응?"

기다렸다는 듯이 선배가 눈을 반짝이며 물었다. 이럴 때는 꼭 골든 레트리버 같다. 귀염성 있는 강아지 인상에 뿔테 안경까지 쓴 지석은 여자들에게 꽤나 인기 있는 부드러운 인상이었다.

"네가 나보다 낫잖아. 백자(白磁)로 논문 쓰는 내가 불상에 대해서 뭘 아냐? 아버지도 너 좋아하시니까, 핑계 김에 비싼 밥도 얻어먹고 알바비도 좀 받고, 응?"

이런. 어쩐지 냄새가 나요, 선배.

지난번 우연한 기회에 그의 아버지와 동석하였을 때, 그분은 둘의 결혼 계획에 대해서 물으셨다. 선배도 그녀도 얼굴이 시뻘게져서 세차게 고개를 저었지만, 그들의 의사와는 상관없이 그 식당을 나올 때까지 계속 아들 내외가 시아버지와 주말 외식을 하는 장면이 연출되었다.

진땀나는 그 쇼를 다시 하라고? 그건 안 될 말이지요.

온은 희미한 미소를 지으며 고개를 저었다.

온은 낮 시간에는 학교 일을 보고 저녁에는 집안일을 해치웠다. 사흘 저녁 시간을 모두 할애한 끝에 한동안 비워 놨던 원룸 정리를 대충 마칠 수 있었다. 대청소를 하고, 장을 봐서 혼자 먹을 냉장고를 채웠다. 비어 있던 냉장고의 플러그를 다시 꽂으며 현실로 돌아왔음을 느꼈다.

무거운 트렁크와 더욱 무겁고 혼란스러운 마음을 끌고 집에 들어온 첫날 밤.

먼지 속에서 잠들기 전에 온은 엄마에게 전화를 걸었다.

아직도 부산 용호동에서 혼자 살고 있는 엄마는 무사히 돌아왔다는 딸의 전화를 반갑게 받아 주었다. 당장 다음 주에라도 서울에 올라와 보시겠단다.

엄마. 나를 품고 홀몸으로 뭍으로 올라온 강한 엄마.

이 땅 다른 쪽 모서리에 고된 물질로 자신을 키운 강한 엄마가 있다는 게 그녀에게는 큰 위안이었다. 가늘고 차분한 엄마의 목소리를 들으니 헛되이 두근거리던 가슴이 진정되었고, 현실 감각과 이어진 마음의 끈도 더듬어 되잡을 수 있었다. 그렇게 그 밤은 짐도 풀지 않은 채 곯아떨어졌었다.

하지만 다음 날 아침, 핸드백을 정리하며 발견된 명함을 보고 마음은 다시 혼란스러워졌다.

구겨서, 아니, 찢어서 버려 버릴까.

아니면…… 전화를 할까.

한다면 어디로? 호텔? 아니면 휴대폰으로?

한참을 명함을 들고 망설이다가 책상 앞 코르크 메모판에 압정으로 꽂아 두었다. 이럴 때 늘 쓰던 방법을 쓰기로 한 것이다.

더 고민해. 더 망설여.

그러다 보면 시간은 지나가고, 지나가면 기회가 없어져서…… 어떻게든 해결이야 되겠지. 그 전에 못 참으면 전화를 거는 거고.

어떻게든 되겠지.

이게 그녀가 늘 써 왔던 갈등 해결 방식이다.

그렇게 사흘을 보내고 일어난 나흘째 아침.

온은 지독한 아토피 같은 이 감정을 더는 견딜 수 없다는 걸, 비로소 인정했다.

겨울 해가 늘쩡대며 떨어지는 침대에 누워 오른 팔뚝으로 눈을 눌렀다. 그렇게 억지로, 억지로 어둠을 만들어 보아도 예전같이 평온한 마음 상태로 돌아올 수 없다는 것만 다시 확인할 뿐이었다.

왜 이렇게 그 남자에게 마음이 쓰이는지 도무지 알 수 없었다. 결국 이렇게 된 이상 어쩔 수 없었다. 온은 벌떡 일어나 메모판에 꽂힌 명함을 낚아챘다.

[Joseph Yoon]

더 기다려 봤자 시간 낭비야. 일단 전화를 걸어.

휴대폰이 아닌 호텔에 전화를 걸기로 하고 호텔 교환원에게 연결을 요청했지만,

그는 방에 없었다.

메시지를 남기겠냐는 물음에 잠시 망설였지만 차분한 목소리로 이렇게 전해 달라고 부탁했다.

김포행 비행기에서 만났던 사람입니다. 전화를 드리기로 약속했기 때문에 연락드렸습니다.

연락처는 남기지 않았다. 교환원에겐 자신이 나중에 걸겠다고 했지만, 다시 연락할 생각도 없었다.

단지 자신의 의지로 그에게 전화를 걸었다는 것. 그리고 전화를 건 그 순간에 그와 순조롭게 닿지 않았다는 것.

그것이 온의 마음을 간질이는 감정에 대한 처방이 되었다.

원래 이렇게 될 것이었어.

이 같은 단정, 이 같은 합리화가 벌겋게 부은 그녀의 마음을 진정시켜 주었다. 운명이라는 단어를 쓰기엔 지나치게 사소한 에피소드에 불과했다. 그녀는 마지막으로 자신의 떨리는 마음을 다독였다. 그러고 나니 한결 편해졌다.

그날 오후, 그녀는 평소와 같이 연구실에서 책을 보고, 박 교수님 방에서 장판 역할을 하고 있는 가여운 자료들 일부를 정리했다. 그리고 집에 일찍 돌아와 간단하게 밥을 지어 먹은 후 초저녁부터 자리에 누웠다.

뜻 모를 허전함으로 명치가 서늘했지만 그래도 지난 사흘보다는 나았다.

얼마나 잤을까.

난데없이 머리맡에 둔 휴대폰이 울렸다. 원목 협탁을 시끄럽게 두드리는 진동이 끊이지 않고 이어지자 그녀는 별수 없이 손을 뻗어 전화를 들었다.

새벽 1시 47분, 게다가 모르는 번호.

"여보세요."

잠긴 목에서 관악기 구멍으로 헛바람 빠지는 소리가 났다. 목소리 반절, 숨결 반절로 상대에게 속삭였다.

저편에서 작은 숨소리가 들리더니 이어 낮은 목소리가 흘러나왔다.

「전화해 줘서 고마워요.」

누구냐고 물어야 하지만 그러지 않기로 했다.

그건 스스로를 속이는 일이니까.

온은 여전히 이불 속 그 자세 그대로 누워 마른 입술을 살짝 벌린 채 굳어 있었다.

「Hello……?」

그녀의 짧은 침묵에 낮은 목소리가 재차 확인했다.

"네."

온은 마른침을 삼키며 대답했다.

「방금 들어왔어요. 올라오면서 메시지 확인했구요. 너무 늦은 시간에 전화해서 미안해요.」

"연락처를 안 남겼는데…… 호텔에서 발신자 표시 번호를 알려 주던가요?"

그는 약간 망설인 후 대답했다.

「번호는 이미 알고 있었어요. 이름도.」

온은 침묵으로 그걸 어떻게 알았는지를 되물었다.

「tag에서.」

"tag?"

아…… 트렁크에 달린 여행사 네임택!

이름, 전화번호, 소속이 다 쓰여 있는 네임택. 트렁크를 잡고 있었던 그 짧은 순간에 그걸 다 찾아서 외웠다는 건가?

눈썰미가 좋네, 이 사람.

"별로 유쾌하진 않네요. 제 개인 정보가 그런 식으로 노출된 건."

「당신도 내 이름을 알고 있지 않은가? 내 번호도.」

건너편의 목소리에 웃음기가 배어 나왔다.

하지만 온이 계속 불편을 드러내며 침묵을 고수하자, 곧 무겁고 낮은 원래의 목소리로 말했다.

「당신에게 명함을 줄 생각이긴 했지만, 당신이 연락하지 않을지도 몰라서 걱정이 되었어요. 당신을 다시 못 보게 될지 모른다는 위험을 감수하고 싶진 않았거든.」

위험이라니.

나와 관련된 어떤 것이 위험할 수 있단 말인가.

오히려 지금 그의 목소리에서 묘한 위험이 느껴졌다.

「난 뭐든 놓치는 일이 없지.」

그래. 송곳니가 날카로운 흑곰처럼, 뭐든 놓치지 않겠지.

뭐라고 딱히 할 말이 생각나지 않았다. 이 남자의 정체에 대해, 자신을 다시 보고 싶었던 이유에 대해 요령 있게 질문해야 하지만 지금은 질문을 구성할 단어를 생각해 낼 만큼의 이성도 작동시킬 수 없었다.

그가 나를 기다리고 있었다.

그는 나를 놓치지 않을 것이다.

이 순간, 그녀의 머릿속 한가운데에서 강한 인력(引力)으로 모든 걸 집어삼키고 있는 생각은 이런 것이었다.

그녀는 천천히 눈을 깜박였다.

어두운 방. 창문에서 새어 들어오는 희미한 가로등 불빛이 현실의 것이 아닌 것만 같았다.

「공항 컨베이어 벨트 위에서 당신의 트렁크가 내 쪽으로 다가왔을 때처럼…… 내 마음이 급했어요. 그래서 당신 메시지를 확인하고 방에 들어오자마자 전화를 걸었어요. 미안해요. 이런 새벽에.」

그는 더 이상 온의 대답을 기다리지 않고 혼자 말하고 있었다. 기다린다 해도 온은 무엇이라 대답할 수 없는 상황이다.

그녀의 이성은 다른 차원에 놓여 있으니까.

이 순간, 몽롱한 잠기운과 지난 며칠간 억눌렀던 설렘이 뒤섞여 꽃처럼 피어나고 있었다. 낮 시간 동안 온을 옭아맸던 그에 대한 두근거림이 넝쿨처럼 그녀의 영혼 위로 흐드러졌다. 잠에서 막 깬 그녀의 몸이 그의 저음에 반응하고 있었다.

그녀의 침묵을 뚫고 그가 나지막한 목소리로 다시 한 번 말했다.

「정말 고마워요. 나를…… 찾아줘서.」

그녀의 눈꺼풀이 부드럽게 내려앉았다.

*   *   *

다음 날 오후 1시 30분.

온은 광화문 뒷골목에 자리 잡은 허름한 김치찌개집에 앉아 있었다. 맞은편엔 그가 앉아 있었다.

1시에 약속 장소인 C호텔 로비에서 만난 그는 따뜻하게 웃으며 악수를 청했다.

오늘은 그때 봤던 낙타 빛깔 코트 아래 그날과 다른, 그렇지만 여전히 고급 제품임이 분명한 네이비 스트라이프 슈트를 입고 있었다.

"윤성준입니다."

한국 이름이 있구나. 윤성준.

조금의 어색함이나 긴장도 느끼지 않는 듯 보이는 그의 태도에 그녀는 지고 싶지 않아서 자못 침착한 미소를 지어 보였다.

"현온입니다."

그는 온의 손을 맞잡은 자기 손에 적당한 힘을 주었다.

그녀 손의 두 배는 됨 직한 크고 따뜻한 손.

예의 그 검은 눈동자를 피하려고 필사적으로 애썼지만 그는 서양식 매너가 몸에 배인 듯 온의 눈을 놓아주지 않았다.

그의 눈동자는 무슨 생각을 하는지 알 수 없을 만큼 검고 또 깊게 빛나고 있었다. 온은 별수 없이 그 아름다운 눈동자에 잡혀 있었다.

여기까지 나와서 내숭 따위는 떨고 싶지 않았다.

그건 현온답지 않으니까.

자신은 분명 그에 대해 알 수 없는 매력을 느끼고 있었고, 이 생소한 감정이 무엇인지에 대해서 좀 더 정확하게 알고 싶었다. 그게 그녀가 오늘 이 만남에 응한 이유다.

버스를 타고 C호텔까지 오면서 그녀는 어쩌면 그가 명함에 적힌 대로 변호사가 아니라 조폭이나 야쿠자, 또는 심각한 국제 바람둥이일지 모른다는 생각을 했다. 언제나 그랬듯이 습관처럼 자신에게 닥칠 수 있는 최악의 상황을 시뮬레이션해 본 것이다.

그럼에도 결론은 하나였다.

더 알고 싶어, 이 사람을.

천천히 온의 손을 놓아준 그는 서울에 너무 오랜만에 왔다며 지겨운 호텔 레스토랑 말고 다른 걸 먹고 싶다고, 아는 곳을 소개해 달라고 부탁했다.

"그럼 한정식 같은 걸 드실래요?"

그녀는 외국인 접대의 매뉴얼대로 공손하게 물었다.

"아, 한정식은 어제 저녁에 먹었어요. 좀 더, 뭐랄까…… 로컬 푸드를 먹고 싶군요. 가정식? 이라고 해야 하나."

C호텔 로비의 호화로우면서도 고풍스러운 분위기에 눌려 있던 온은 이것이 분위기를 전환할 절호의 찬스라고 생각했다. 이 고급스러운 공간과 너무나 자연스럽게 어울리는 그에게서 일단 주도권을 가져와야 한다. 그러기 위해선 '그녀의 생활공간'으로 그를 데려가는 것이 편할 것 같았다.

온은 광화문 인근 직장인들이 자주 가는 허름한 김치찌개집에 그를 안내하기로 했다. 그런 곳을 싫어한다면 어차피 자신과는 맞지 않는 사람일 것이다.

좁은 공간에 그와 나란히 앉는 것이 부담스러울 것 같아, 그녀는 그에게 택시를 타지 말고 시청 광장을 가로질러 광화문까지 걸어가자고 제안했다. 그는 흔쾌히 그녀를 따라나섰다.

날이 무척 맑았다.

온은 두껍지 않은 푸른색 캐시미어 코트에 단정한 검은색 H라인 스커트를 입었지만 그같이 가벼운 차림으로도 추위를 느낄 수 없을 만큼 따뜻한 날이었다.

구름 한 점 없는 하늘은 그녀의 코트 빛깔처럼 푸르렀고, 1월의 겨울 볕이 어깨를 간질이듯 쏟아졌다. 한낮 도심은 온통 환하고 밝았다.

그들은 점심을 먹고 느지막이 사무실로 돌아가는 직장인들과 오래간만의 따뜻한 날씨에 거리로 나선 행인들, 한 무리의 중국인 관광객들을 지나쳤다.

그와 나란히 걷고 있으니 그녀는 한결 마음이 편해졌다. 그의 깊은 눈동자를 응시하지 않아도 괜찮기 때문에 조금 더 여유로워질 수 있었던 것이다.

큰 체구임에도 불구하고 그의 걸음걸이는 우아하고 유연했다. 키에 걸맞게 보폭이 큰 모양이었지만, 그녀를 배려해서인지 일부러 천천히 걷고 있다는 것을 느낄 수 있었다. 나란히 걸으니 그의 키가 그녀보다 훨씬 크다는 것도 확실히 알 수 있었다.

'이렇게까지 컸었나?'

165인 그녀보다 확실히 20센티미터 이상은 큰 것 같았다. 그의 발을 감싸고 있는 클래식한 브라운 윙팁의 사이즈가 얼마나 클지 감을 잡을 수 없었다.

광장을 가로질러 K호텔 앞을 지나며 그가 먼저 입을 열어 자신의 소개를 했다.

윤성준이라는 이 남자는 서른넷이었다.

생각보다 나이가 많구나.

많아 봤자 서른한둘 정도라고 생각했는데.

그는 외교관인 아버지 때문에 중학교 때부터 호주에서 학교를 다녔고, 이후 영국에 가서 고등학교와 대학, 로스쿨을 다녔다고 했다.

졸업 후 곧바로 아시아로 넘어와 홍콩 로펌에 취직했고, 이후 홍콩, 싱가포르, 일본 등지에서 활동했으며, 지금은 기업 M&A를 담당하고 있다고 한다.

가족들은 지금 영국과 호주에 흩어져 있고, 크리스마스와 같은 명절에만 모인다고도 했다. 또한 그는 자신이 독실한 기독교 가정의 일원임도 밝혔다.

그녀는 가볍게 맞장구를 치거나 고개를 끄덕이기만 하면서 별다른 말 없이 그의 이야기를 경청했다. 자신을 자연스럽게 드러내는 이 남자가 적어도 아주 위험한 사람은 아니라는 생각이 들었다.

"한국엔 왜 오셨어요?"

잠시 후, 두 사람은 작은 김치찌개집의 테이블을 사이에 두고 마주앉았다. 부글거리며 끓어오르는 김치찌개를 집중해서 바라보고 있는 그에게 온이 처음으로 질문했다.

그는 시뻘건 국물을 내려다보며 즐거운 표정을 짓고 있다가 갑작스러운 온의 질문에 눈을 들어 그녀를 바라보며 빙긋 웃었다. 좁고 낡은 이 밥집이 꽤나 마음에 드는 눈치였다.

"여러 가지…… 일 때문에."

그는 씩 웃으며 말을 멈췄다. 그러더니 국자로 끓고 있는 찌개의 두부를 뒤집으며 천천히 말을 이었다.

"우선 홍콩이나 일본 말고 한국 시장에도 일이 많이 생겼기 때문에 왔다고 할 수 있겠군요. 지긋지긋한 홍콩을 버리고 한국으로 들어와 볼까 싶어서?"

"그렇군요."

"한동안 위축되었던 국내 기업의 해외 기업 투자나 인수가 점차 활발해지고 있어요. 다들 이것저것 일을 벌이고 싶어 하지. 중국으로 가는 통로로 한국을 생각하는 기업도 많은 것 같구요. 결국 그런 일거리가 생기면 항상 경험 많은 변호사를 찾으니까, 나 같은 떠돌이 기업 변호사는 한국 시장을 주목할 필요가 있어요."

그는 두부에 붉은 찌개국물을 끼얹으면서 자신을 떠돌이라고 불렀다.

그러나 그의 존재는 결코 떠돌이라는 말과 어울리지 않는다.

허름한 찌개집에 앉아 있지만 꼭 암행이라도 나온 제왕처럼 보이는 이 남자를 누가 떠돌이라고 부를 수 있을까.

그는 온유한 미소를 지으며 국자로 찌개 속 두부를 괴롭히고 있었다.

"아, 제발 그 두부를 내버려둬요."

보다 못한 그녀가 잔소리를 하자 그가 개구쟁이 같은 미소를 지어 보였다.

그때 밥집 아주머니가 아까 찌개와 같이 주문한 커다란 계란말이를 내왔다.

송송 썰린 푸른 파가 섞인 먹음직스러운 계란말이를 보자 그의 눈이 반짝였다.

"이거 언제 먹을 수 있는 건가? 나 배고픈데."

입고 있는 슈트도, 온몸으로 뿜어내고 있는 분위기도 무엇 하나 이 공간과 어울리지 않는 사람이 지금 그녀 앞에서 사뭇 진지한 얼굴로 찌개 공격 명령을 기다리고 있었다.

이 귀여운 제왕의 준비 자세가 어쩐지 귀엽다는 생각이 들자 그녀의 입가에 자신도 모르게 부드러운 미소가 걸렸다.

온은 국자로 이제 다 끓은 찌개를 덜어 주며 따뜻한 목소리로 말했다.

"많이 드세요, 미스터 윤."

그들은 늦은 점심을 마치고 차를 마시러 갔다. 김치찌개와 계란말이를 계산하려고 지갑을 꺼낸 성준은 훌륭한 점심식사의 가격이 2만 원도 채 안 된다는 사실에 놀라움을 금치 못했다. 그는 앉은자리에서 찌개 한 냄비와 커다란 계란말이를 깨끗이 비워 냈다. 비즈니스석의 값비싼 식사를 물린 그때 그 사람과 동일인인지 의심스러울 지경이었다. 온은 그가 생각보다 소탈하다는 것이 마음에 들었다.

그는 식사 후 차를 마시자며 L호텔의 티 살롱으로 온을 데려 갔다. 그제 같은 층에서 비즈니스 미팅을 하다가 발견한 곳이라는데, 꽤나 마음에 들었던 모양이었다. 애프터 눈 티타임을 즐기려는 귀부인들 몇 명이 홀 반대편에 자리 잡고 있을 뿐, 살롱은 비교적 한산했다.

성준은 그녀에게 묻지도 않고 제멋대로 티 세트를 시켰다. 삼단 접시에 마카롱과 샌드위치, 쿠키와 스콘이 잔뜩 나오는 애프터 눈 티 세트를 꼭 먹어야겠다나 뭐라나.

디저트를 즐기는 남자라니.

커다란 흑곰이 꿀단지에 앞발을 넣었다 빼서 정신없이 핥아 먹는 장면이 온의 머릿속에 스쳐갔다.

이 남자, 어쩌면 정말 곰일지도 몰라.

"이제 당신에 대해 말해 줘요."

슬며시 미소 짓는 그녀를 바라보며 삼단 트레이에 놓인 딸기 마카롱을 집어 든 그가 말했다. 갑작스러운 그의 요청에 온의 눈이 동그래졌다.

나에 대해 말하라고?

그가 김치찌개집에서부터 쭉 편안한 분위기를 조성해 주었기 때문에 그녀는 자신도 모르게 긴장을 풀고 있었다. 갑자기 들이닥친 자기소개 요청에 뭐라고 해야 할지 아무 생각이 나지 않았다.

그녀의 멍 때리는 표정을 보자 그가 살짝 웃으며 이야기하기 쉽도록 질문을 던져 주었다.

"몇 살이에요? 실례지만."

"저요?"

가히 멍순이라 불릴 만한 표정으로 온이 되물었다.

"네, 저요."

성준이 빙긋 웃으며 놀렸다.

그래, 뭐 여기 나 말고 없으니 나겠지. 멍순이를 넘어서 무뇌인이 되고 싶지 않으면 조리 있게 말하렴.

온은 아쌈티를 한 모금 들이켰다. 따뜻한 로네펠트 아쌈이 정신을 흔들어 깨웠다.

"스물일곱."

그가 무심하게 눈썹을 찡긋거리며 마카롱을 한입에 집어넣었다.

"난 세상에서 자기소개가 제일 싫어요."

그녀의 완곡한 회피에도 아랑곳하지 않고, 그는 흥미롭다는 표정으로 몸을 의자에 기댄 채 온의 다음 이야기를 기다리고 있었다.

온은 자신이 마치 왕에게 이야기를 바쳐야 하는 세헤라자데라도 된 듯 느껴졌다. 그녀는 어쩔 수 없다는 표정으로 이야기를 시작했다.

"고향은 부산. 고등학교 진학 때문에 서울로 혼자 유학 왔어요. 대학 졸업하고 지금은 대학원에서 공부하고 있고. 엄마는 계속 부산에 사세요."

"아버님은……?"

그가 조심스럽게 물었다.

"아버지는…… 없어요."

그의 얼굴이 슬픔처럼 보이는 감정으로 약간 흐려졌지만 곧 다시 평온한 표정을 되찾았다.

"형제도 친척도 없이 엄마랑 단 두 식구예요. 엄마가 나를 가지고 엄마 고향인 제주도에서 혼자 뭍으로 왔거든요."

온은 자기가 살고 있는 원룸의 평면도를 설명하듯 감정을 드
러내지 않고 말했다. 이런 이야기를 굳이 할 필요 없다는 걸 알
지만 그렇다고 숨기고 싶지도 않았다.

이것은 일종의 경고였다.

나중에라도 원래부터 없었던 아버지 때문에 내게 상처 줄 생
각이라면 지금 꺼져 달라는. 미혼모의 딸이라는 것이 꺼려지면
지금 물러나라고 이렇게 선언해 버리는 것이다.

앞으로 어떻게 될지 모르는 새로운 사람에게 이렇게 말해 버
리면, 차라리 가벼워진다. 친구에게도, 연인에게도, 그녀와 깊
은 사이가 될지 모르는 누구에게라도, 이렇게 미리 말해 두는
것이다. 어린 시절부터 그녀의 무덤덤한 가족 소개에는 이런 자
격지심 섞인 경고가 섞여 있었다.

지금 성준은 이런 온의 말에 살짝 고개를 끄덕였을 뿐이다.

"뭘 공부하는지 물어봐도 되나요?"

그가 자연스럽게 화제를 돌렸다.

자신의 경고에 흔들림 없는 모습이라서 그녀는 약간 안심해
버렸다.

"불교 회화요. 이제 막 박사 논문 준비를 시작했어요."

"역시 그럴 줄 알았어요."

그가 희미하게 웃었다.

"그럴 줄 알았다는 게 무슨 뜻이죠?"

그녀의 예민한 말투에도 아랑곳하지 않고 그는 흔들림 없는 표정으로 천천히 찻주전자를 들었다. 온은 그의 로젠탈 찻잔으로 떨어지는 홍차 줄기를 노려보았다.

　"비행기에서 불상 사진들을 꺼내 놓고 보고 있었잖아요. 학생이라고도 했고."

　"아……."

　네임택에서 그녀의 번호를 낚아챈 사람다웠다. 그는 느긋한 미소를 지으며 차를 한 모금 마셨다.

　"아까도 말했듯이 오랜만에 한국에 온 것은 여러 가지 일이 있어서예요."

　3단 트레이에 놓인 스콘을 집어 버터를 바르다 말고 고개를 들어 그를 바라보았다. 그는 또다시 깊이를 알 수 없는 눈동자로 온을 응시하고 있었다.

　"괜찮다면 온 씨가 나를 도와주었으면 해요."

　무슨 말이지? 도와 달라니.

　온은 들고 있던 스콘을 접시 위에 도로 내려놓았다.

　"한국에 온 이유를 물었죠? 첫째는 아까 말했듯이 새로운 일을 찾아서 온 거예요. 가족들도 슬슬 한국으로 돌아오고 싶어 하는 것 같고, 내가 먼저 들어와서 기반을 닦아 두면 부모님도 곧 귀국하실 것 같아서."

　"그렇군요."

　"하지만 다른 이유도 있어요. 방금 말한 건 장기적인 측면에서의 이유고, 사실 이번에 들어온 건 급하게 어떤 일을 해결하기 위해서예요."

온은 대답하지 않고 조용히 성준의 말에 귀를 기울이고 있었다.

"난 지금 일본 최대의 철강업체인 JPR 스틸이 인도 철강업체의 지분 상당수를 인수하는 건을 맡고 있어요. 대략적인 절차는 거의 마무리되었고 계약서에 사인하는 일만이 남았지. 이 일의 규모는 업계에서도 무척 큰 편에 속해요."

"몇백억 정도 걸렸나 보군요."

"아니. 몇천억, 장기적으로 보면 조 단위로 넘어가지."

그가 씩 웃으며 정정해 주었다.

조라는 단위에 대한 개념 따윈 애초부터 없었기 때문에 온은 별 느낌이 없었다. 그저 자신과는 너무 먼 일이라는 것 말고는 별다른 생각이 들지 않았다.

"내겐 상당히 중요한 일이지. 이번 일이 성사된다면 내 커리어에 큰 도움이 될 거고."

"그런 일에 제가 무슨 도움을 드릴 수 있을까요?"

그가 미묘한 미소를 지었다.

은근히 달래는 미소. 공항 컨베이어 벨트 앞에서 자신에게 명함을 건네주었을 때 보였던 바로 그 미소였다.

"이달 초에 JPR 스틸의 아카마츠 회장이 나를 따로 불러 어떤 일을 하나 부탁하더군요. 그는 자기 어머니와 관련 있는 작은 석불 하나를 한국에서 구매하고 싶어 해요. 그리고 꼭 내가 한국에 직접 가서 그걸 가져다주길 원했고."

"석불이요?"

"이거요."

그가 슈트 안주머니에서 스냅 사진을 한 장 꺼내 온에게 건넸다.

사진은 조잡하게 찍힌 것으로, 마치 물속을 찍은 듯 굴절되어 있었다. 석상이 귀중한 것이라면 부식을 방지하기 위해서라도 물속에 넣어서 보관할 리는 없을 테니, 아마 사진 기술이 엉망인 사람이 잘못 찍은 것이리라.

석상은 입상으로, 사진으로는 크기를 정확히 가늠할 수 없었지만, 아마도 30센티미터 또는 그보다 조금 더 작은 것 같았다.

석상의 색깔 역시 사진 속 조명 때문에 확신할 수는 없었다. 거무튀튀한 현무암이나 사암 같아 보였으며 언뜻 보기에도 물러 보이는 석상의 재질로 미루어 일반적으로 석불상에 많이 쓰는 화강암은 아닌 것 같았다. 석상의 오른손에는 연꽃으로 추측되는 꽃이 들려 있었다. 꽃을 쥐고 있는 것을 보아 통일신라 후기, 또는 고려 전기의 관음상인 것 같았지만, 전반적으로 특정한 양식을 따르고 있는 조각은 아니었다.

그녀가 알기로는 일반적으로 이 정도 크기, 즉 50센티미터 이하의 작은 입상은 백제와 신라의 불상에서 종종 찾아볼 수 있는 것이다.

그러나 사진 속 석상은 두 나라 어느 쪽의 형식과도 유사점이 없는, 그야말로 단순한 입상이었다.

입상의 얼굴은 마모되었는지 아니면 사진이 제대로 찍어 내지 못한 것인지 이목구비를 제대로 확인할 수 없었으며, 옷깃의 선들 또한 잘 보이지 않았기 때문에 이게 무엇이라고 말할 근거가 되지 않았다.

어쩌면 근래에 만들어진 것일지도 모른다. 그것도 전문가가 아닌 일반인에 의해.

지석 선배의 말을 빌려서 표현하자면 '좋게 말해서 소박, 나쁘게 말해서 조잡'한 입상이었다.

"제가 이 분야 전공이 아니라서 잘 모르지만…… 특이하긴 한데 일부러 사들일 만큼 대단한 작품은 아닌 것 같은데요."

온은 비전공자로서 조심스럽게 자기 의견을 제시했다.

"아카마츠 회장도 그렇게 말했소. 문화재도 아니고, 그저 어머니에게 추억이 있는 물건이라고. 오랫동안 와병 중인 어머니를 위해서 사 드리고 싶다고 하더군요."

그렇다면 이해가 간다.

이 불상은 한눈에 보기에도 특별한 취미나 사연이 없는 한 비싼 돈을 들여 일부러 구매할 만한 물건은 아니다.

"그의 모친이 조선 사람이었다고 하오. 일제 강점기에 일본으로 건너갔다고 하더군. 이 불상은 어머니 친정과 관련 있는 물건이고. 한국에 있을 때 불심 깊은 외할머니가 늘 아끼던 거라서 꼭 물려받고 싶었던 집안의 유물이었는데, 친정과 연이 끊기고 집안도 망해서 어디론가 사라져 버렸다고 해요. 돌아가시기 전에 어머니 소원을 풀어 드리고 싶다며 회장이 직접 내게 간곡히 부탁했소. 자신에게 가져다 달라고."

온은 사진을 그 앞으로 밀어놓았다. 그러나 그는 사진을 받아 집어넣지 않았다.

"이런 유명하지도, 특별하지도 않은 석상을 미술품 시장에서 찾는 건 아마 쉽지 않을 거예요."

"아, 그건 걱정할 필요가 없소. 다행히도 그동안 계속 사람을 시켜서 알아본 모양이에요. 이미 소장자와 접촉이 되어서 대략적인 가격 흥정도 이루어진 모양이고. 난 그 사람을 만나서 값을 지불하고 석상을 인수해 오기만 하면 되는 거지."

"아, 그럼 잘됐네요. 그런데 그렇다면 더더욱 제가 알려 드리거나 할 일이 없을 것 같은데요?"

그가 살짝 미소를 지으며 신중하게 차를 마셨다.

"나와 함께 소장자를 만나 주면 안 되겠소?"

"전 학생이라 가격 흥정 같은 건……."

"아니, 그런 건 안 해 줘도 돼요. 가격이야 내가 알아서 하겠소. 그쪽에서 얼마를 부르든 회장이 준비해 준 예산 안에 들 게 확실하고."

"그럼……?"

"그냥 같이 가 줘요. 같이 가서 소장자를 만나고 불상이 진짜

인지 살펴봐 주기만 해요."

"전 전문 감정인이 아니에요. 학생인 제가 그런 걸 잘할 리가 없잖아요. 게다가 전 탱화 전공이고."

왜 갑자기 이번 주에 이런 일이 자꾸 생기는 걸까. 지석 선배 아버지 일도 그렇고.

물론 그녀가 불상에 대해 아예 모르는 건 아니었다. 탱화 전공자라고 하더라도 불교미술 전반에 대한 지식은 어느 정도 가지고 있었고, 지난달 내내 도쿄의 국립박물관에서 불상을 보며 여가 시간을 보냈던 그녀니까. 하지만 그런 일에 대해 그가 알 리 없었다.

온은 그의 제안을 정중히 사양했다.

"제가 이런 일을 해 줄 만한 친구를……."

"싫소."

그는 단호하게 말하고 온의 눈을 뚫어지게 바라봤다.

"다른 사람은 원하지 않소. 내가 보기엔 현온 씨가 적임자요."

온은 작게 한숨을 내쉬고 말을 이었다.

"저는 일개 탱화 전공 박사 과정생이에요. 이렇게 중요한 거래에 저 같은 비전공자를 고용하시는 건 경솔한 행동이에요."

"중요한 거래 맞소. 이 불상을 인수해서 안전하게 전달하는 날 몇천억이 걸려 있는 계약서에 회장이 사인해 주기로 했으니까."

"그렇다면 더더욱."

"당신에게 감정을 해 달라는 게 아니에요. 그저 나와 함께 소장자를 만나고 불상을 봐 주는, 아니, 봐 주는 척이라도 해 줘요."

"도대체 왜요? 왜 그런 쓸데없는 짓을 해야 하죠? 혼자서도 잘하실 것 같은데요."

그의 얼굴에 잠깐 고민하는 표정이 스치는 듯했으나, 이내 진지한 표정으로 돌아왔다.

"아마 혼자서 할 수 있겠지. 하지만 한국에 온 지 너무 오랜만이고, 대리인으로 이런 걸 사 본 일도 처음이라서…… 솔직히 자신이 없소."

거짓말!

온은 마음속으로 속삭였다.

저 위풍당당하다 못해 오만해 보이는 남자가, 세상을 자기 발앞에 무릎 꿇릴 것 같은 그가 자신 없을 리 없다.

"그냥 내 옆에 서 있어 주기만 해요. 사례는 충분히 하겠소."

지석 선배도 내게 도와 달라고 했지.

선배는 커다랗고 순한 양치기 개가 주인의 사랑을 갈구하는 듯한 표정으로 한없이 어리광을 부리며 부탁했었다.

그러나 지금 이 남자는 다르다.

그는 깊고 검은 눈동자로 온을 차분하게 응시하고 있었고, 그 눈빛은 어리광이나 애교와는 거리가 멀었다. 부탁하고 있는 이

시점에도 그는 자신이 그녀보다 우월하다는 점을 확실히 드러내고 있었으며, 한편으로 그런 상황을 뛰어넘어 보라고, 와서 자신이 틀렸다는 것을 보여 주라고 그녀를 도발하고 있었다.

'내 제안을 받아들여요. 그럼 새로운 세계로 당신을 초대해 주지.'

그의 눈동자가 마치 이렇게 말하고 있는 것 같았다.

그의 눈은 터지기만을 기다리는 활화산 같은 그녀의 무모함을 잘 알고 있다는 듯이 즐거운 감정으로 빛나고 있었다.

이 순간, 문제는 그녀 자신이었다.

그는 온의 내면을 자극했다. 그것도 양면으로.

하나는 그녀의 오기였다.

그가 선언했던 새로운 세계를 경험하고 싶다고. 그 세계에서 흔들리지 않아 보이겠노라고. 온은 제왕처럼 보이는 그의 오만한 도발에 생각 없이 응하고 싶었다.

다른 하나는 이름을 붙이기 어려운 감정이었다.

비행기에서 온몸이 뻣뻣하게 굳어 식은땀을 흘리던 이 남자. 망설임 없이 그를 깨워서 꿈에서 벗어나게 해 주었던 그때처럼 온은 지금 그를 위해 뭔가를 해 주고 싶었다. 그녀보다 훨씬 큰 체구에 오만한 표정을 지을 줄 아는 남자가 자신에게 어렵사리 부탁을 했다.

더 생각하지 않고 그저 그의 부탁을 들어주고 싶다는 이 감정은 도대체 무엇일까.

자신보다 강한 것이 틀림없는 저 사람에게 느끼는 이 망설임. 지난 며칠간 그녀를 잠 못 들게 했던 혼란과 관계있는 듯한 이 감정은…….

도대체 무엇일까.

이 모든 혼란에도 단 하나 분명한 것이 있었다. 이 순간, 성준에 대한 그녀의 반응이 며칠 전 지석 선배에게 보였던 것과는 전혀 다른 종류의 것이라는 사실.

그것은 온을 불안하게 하고 또 설레게 했다.

"어째서 저죠?"

마음에 품고 있는 의문을 참지 못하고 나지막한 목소리로 그녀가 물었다.

"전 신원이 확실한 사람이 아니에요. 고작 비행기 옆자리에 앉았던 여자일 뿐인걸요. 쉽게 고용할 수 있는 뛰어난 사람들을 다 물리치고, 낯선 제게 부탁하시는 까닭…… 전 그걸 알고 싶어요."

그는 말없이 읽을 수 없는 표정으로 차분히 탁자 위 찻잔을 응시했다. 몇 초가 답답하게 흐르고 난 후, 그가 입을 열었다.

"그건…… 당신이 비행기에서 나를 구해 줬기 때문이지. 말도 안 되는 억지라고 비웃을지 모르겠지만…… 왠지 모르게 언젠가는 당신이 또 나를 구해 줄 거라는 생각이 들었어요."

무언가를 떠올리듯 그의 입가에 살짝 생각 깊은 미소가 걸렸다. 그러나 그는 곧 미소를 거두고 예의 그 강한 눈빛으로 그녀의 눈을 잡아끌었다.

온은 또 꼼짝없이 그의 시선에 갇히게 되었다.

"그러니까 이번에도 나를 구해 줘요, 현온 씨."

구해 달라니.

이 제안이 무슨 의미인가.

정말 순수한 파트타임 잡의 의뢰란 말인가, 아니면…… 아니면 그도 그녀와 같이 혼란스러운 감정을 가지고 있다는 말인가. 온은 혼자서 오버하지 않기 위해서 이 부탁의 의미가 무엇인지 명확하게 묻고 싶었다.

그러나 이러한 의문과는 별개로, 그녀의 마음에선 자꾸 대답이 나오려고 했다.

Yes.

선선히 자신의 욕망이 그렇게 말해 버리기 전에, 저 부드러운 유혹에 넘어가기 전에, 온은 죽을힘을 다해 바닥에 깔린 이성을 펌프질해 올렸다.

온은 마른침을 삼키고 차분하게 대답하려고 노력했다.

"제가 그쪽을 구해 줄 일은 아마도 없을 것 같은데요……. 그리고 이 일에 대해선…… 집에 가서 조금 더 생각해 봤으면 해요."

성준의 얼굴 위로 실망과 아쉬움이 담긴 표정이 잠시 스쳐 지나갔다. 예상컨대 지금까지 그의 제안을 거절한 사람은 많지 않았으리라. 거절이 낯선 것이었을 터임에도 불구하고, 그는 당장 다시 온을 설득하려고 하진 않았다.

"그래요. 하지만 빠른 시일 내에 의사를 알려 줬으면 해요."

"네, 그럴게요."

그리고 두 사람은 한동안 말없이 차만 마셨다.

침묵이 길어졌는데도 불편하지 않았다. 그는 온을 긴장하게 만들면서도 한편으로는 편안하게 해 주었다. 그녀는 그것이 이상하면서도 싫지 않았다.

성준은 티 푸드 접시를 깨끗이 비운 후에야 일어날 차비를 했다. 온도 벗어 놓은 코트와 백을 천천히 챙겼다. 카드를 서버에게 주어 결제하도록 시킨 후 갑자기 그가 물었다.

"이름은 누가 지어 줬어요?"

백을 열어 립스틱을 찾다가 갑작스러운 질문에 놀란 온이 그를 바라보았다.

그가 침착한 눈빛으로 그녀에게 묻고 있었다.

"이름이 예뻐서. 온."

온.

자신의 이름을 저렇게 깊고 낮게 불러 준 사람이 있었던가.

그녀는 어깨를 한 번 으쓱이고는 핸드백을 들여다보며 계속 립스틱을 찾았다. 아무렇지 않은 척했지만 그의 눈빛에 가슴이 요동치기 시작했다.

"엄마, 엄마가 지어 주셨어요. 엄마가 어릴 때부터 좋아했던 제주도 옛이야기에 오늘이라는 여자아이가 나오거든요."

"오늘? Today?"

"네, 오늘이요. 이름 예쁘죠? 그 아이 이름을 따서 온이라고 지었대요. 좋아하는 이야기에서 따온 딸 이름이라니, 참 소녀 감성이지 뭐예요. 사실 갓 스무 살에 나를 낳았으니 소녀가 맞긴 하지만."

온은 싱긋 웃으며 말을 이었다.

"그래도 오늘이보다는 온이라는 이름이 놀림도 덜 받고 잘됐죠, 뭐."

"무슨 이야기죠. 그건?"

성준은 그녀의 이름에 얽힌 이야기에 호기심을 드러냈다.

"제주도의 오즈의 마법사 같은 이야기인데, 음…… 부모를 잃어버린 오늘이라는 여자애가 갖은 고생 끝에 부모를 만난다는 이야기예요. 중간중간에 만난 여러 사람들의 고통도 해결해 주고. 아주 씩씩한 애거든요."

"당신을 닮았군요."

그가 빙긋이 웃었다. 그녀도 마주보고 웃었다.

"제가 오늘이를 닮은 거죠."

그가 가볍게 고개를 끄덕였고, 잠시 후 서버가 카드와 영수증을 가져와 그의 사인을 받아 갔다. 그녀는 계속 립스틱을 찾았지만 보이지 않았다.

도대체 이놈의 립스틱은 어디로 간 거야!

"난 처음 네임택에서 이름을 훔쳐보고 좀 당황했어요. 아니,

이게 이 사람 이름이 맞나……? 내가 잘못 본 건가……? 의심했었죠. 분명히 NAME이라는 글자 옆에 HYUN ON이라고 쓰여 있었는데."

온은 쿡쿡 웃을 수밖에 없었다.

"학교 다닐 때 놀림 좀 받았죠. 애들이 가전제품에 쓰여 있는 ON—OFF가 보일 때마다 놀렸으니까요."

온은 핸드백을 닫고 일어섰다.

립스틱은 잃어버린 게 아니었다. 백 안주머니에 잘 있었다. 갑작스레 두근거리던 그녀의 마음도 잘 찾아서 제자리에 돌려놓았다.

"이제 갈까요?"

온이 먼저 자리에서 일어나 출구 쪽으로 걸음을 옮겼다. 그녀가 엘리베이터 앞에 서자 그녀를 따라온 그의 발자국도 그녀 뒤에 섰다.

그리고 잠시 후 영국식 억양으로 작게 중얼거리는 목소리가 등 뒤에서 들렸다.

"Always the light of my heart is 'ON'."

온은 휙 돌아서서 그를 노려보았다.

그는 짐짓 아무것도 모른다는 표정을 지어 보였지만, 입가에는 이미 장난기 가득한 미소가 걸려 있었다. 온은 터지려는 웃음을 참으며 작은 소리로 쏘아붙였다.

"그런 유머, 하나도 재미없어요."

비로소 그가 큰 소리로 웃었다.

듣기 좋은 굵은 웃음소리가 엘리베이터 앞 작은 복도를 가득 채웠다.

*   *   *

날이 저물자 거리는 싸늘해졌다.

그러나 그 거리를 걷는 사람들의 얼굴은 따뜻해 보였다. 온은 버스를 타고 돌아오는 동안 거리의 불빛이 힘차게 너울거리고 있음을 느꼈다.

모든 것이 다 기분 탓이다. 이렇게 들떠 버린 자신이 조금 부끄러웠지만 이 기분이 싫진 않았다.

두근거리는 가슴을 진정시키지 못하고 멍하니 원룸 현관 번호키를 누르려다가, 그녀는 자신의 방 창에 불이 켜진 것을 발견했다. 온은 빠르게 현관문을 열고 단숨에 3층 계단을 뛰어 올라갔다. 그리고 거의 눌러 본 적 없는 자신의 집 벨을 빠르게 두 번 눌렀다.

이윽고 문이 열리고 따뜻하게 덥혀진 밝은 원룸에서 사람이 나왔다.

"엄마! 언제 왔어?"

신발을 벗는 둥 마는 둥, 그녀는 현관에 서 있는 엄마를 꼭 안았다. 작은 체구의 엄마가 푸른 꽃처럼 우아하게 웃으며 말없이 딸에게 안겼다.

어린 나이에 온을 낳아서 혼자 길렀지만 여전히 젊고 예쁜 우리 엄마.

고등학교 때까지 학부모 회의 때 엄마가 오면 다른 아이들이 늘 부러워했었다.

"너희 엄마 되게 예쁘다. 꼭 배우 같아."

아버지가 없다는 것이 늘 불안함과 자격지심의 근원으로 자리 잡고 있던 온이었지만, 학기 초와 행사 때마다 엄마가 등장하면 그런 위축감은 씻은 듯이 사라지곤 했었다.

"온이는 엄마 닮아서 예쁘구나?"

어린 시절에는 이런 빈말에도 괜스레 으쓱해지곤 했었다.

붓꽃처럼 청초한 엄마는 서른이었을 때도, 마흔이었을 때도 언제나 자기 나이보다 열 살은 어려 보이는 청아한 미인이었다.

엄마는 학교 행사에 참석해서도 바글거리는 세상에 관심 없는 듯 초연하게 구석 자리에 앉아 창밖을 응시하곤 했다. 동양란같이 우아한 자태를 사람들이 계속 흘끔대거나 말거나 세상에는 관심 없는 엄마. 그저 딸을 위해 그 자리를 지켜 준 우리 엄마.

온은 오랜만에 보는 엄마의 예쁜 얼굴이 좋아서 그저 크게 웃을 뿐이었다. 그리고 그런 딸을 보는 것이 좋아서 엄마도 살포시 웃었다.

그녀의 엄마는 언제나 조용하고 말없는 사람이었다. 딸과 함께 있을 때만 웃었고, 딸에게도 조곤조곤 속삭이듯 말했다.

엄마는 친구도 없었고 친척도 없었다.

이웃집 아줌마들과도 어울리지 않았다. 그래서 용호동 구석진 골목에 자리 잡은 디귿자형 그들의 집에 찾아오는 사람은 거의 없었다. 어쩌다 낯선 사람이 집을 잘못 알고 낡은 양철 대문을 두드릴라 치면 엄마는 그제야 무표정한 얼굴로 대문 너머 바깥세상을 응시하곤 했었다. 그전까지는 거기에 세상이 있는지도 모르는 것처럼 엄마는 그렇게 조용히 살았다.

마찬가지로 엄마의 외출 또한 드문 일이었다.

1년에 며칠은 해녀 할매들을 따라 이기대 근처 바다로 물질을 나가기도 했고, 음력 2월 즈음 산청에 사는 이모에게 다녀오겠다며 혼자 집을 나선 일도 있긴 했지만, 그 외에는 언제나 집에만 있었다. 작은 마당 가득 꽃을 심고 바깥세상과는 멀어진 채로,

엄마는 집 안에서만 해를 보고, 바람을 쐬었다.

엄마는 마당에 심은 꽃이었다. 붓꽃이 바람에 흩날리듯……그렇게 오도카니 있었다.

온이 서울 외고로 진학한 후에는 가끔 온을 보러 이 대도시에 올라오는 일이 생겼다. 그러나 그것도 1년에 한두 번, 바쁜 온이 내려가지 못해서 딸이 못 견디게 보고 싶을 때, 그 한두 번이 전부였다.

그리고 그 한두 번 오는 날이 바로 오늘이었다.

그녀의 작은 원룸에는 바다 것을 잔뜩 넣은 칼칼한 찌개 냄새가 가득했다.

바다와 함께 엄마가 왔다.

딸은 물 내음이 나는 엄마를 다시 한 번 꼭 껴안았다.

모녀는 사이좋게 저녁식사를 마쳤다. 엄마는 설거지를 한 후 씻으러 욕실에 들어갔고, 온은 가방에 있던 소지품을 꺼내 정리했다.

그녀는 벽에 걸린 메모판에서 지나간 일정 메모들을 떼어내고 아까 성준에게서 받아온 사진을 핀으로 고정시켰다. 괜찮다면 책을 보고 좀 공부해 보고 싶다고 성준에게 양해를 구해서 가져온 사진이다. 그는 그녀가 이 일을 수락하기로 한 것이라고 생각한 듯 살짝 미소 지으며 사진을 건넸다.

내일 학교에 가면 도서관과 학과 자료실에서 책을 좀 찾아봐야 할 것이다. 박 교수님께 한번 보여 드릴까도 생각해 봤지만, 회장이라는 사람의 개인사와 관련된 물건이라고 하니 널리 알려지지 않는 편이 좋을 것 같아 그만두기로 했다.

"나는 다 씻었어. 어서 씻어, 너도."

깨끗이 씻고 나온 엄마는 더욱 맑고 깨끗한 인상이었다. 새벽에 내린 비에 씻긴 꽃처럼. 온이 어린 시절 보았던 그 환한 미모에 약간 주름이 가긴 했지만, 확실히 엄마는 너무 젊어 보였다.

누가 보면 모녀가 아니라 큰언니와 막내 동생인 줄 알 정도로.

욕조에 더운물을 받아 몸을 담그며 온은 긴 하루가 정말 끝났다는 걸 실감했다. 며칠을 고민하던 그 남자와 관련된 문제가 어쨌든 해결이 되었다.

그와의 관계가 스치는 운명이든, 아니면 오래도록 이어질 인연이든, 알 수 없어도 괜찮다.

오랜만에 느껴보는 두근거리는 심장박동, 자꾸만 붉어지는 뺨, 숨겨 보려 해도 튀어나오는 기대들.

무언가가 시작되고 있다는 사실이 기뻤다.

그냥 그게 좋았다.

목욕물 위로 수초처럼 하늘거리는 긴 머리카락을 보며 온은 자신도 모르게 미소 지었다.

온이 씻고 나왔을 때, 엄마는 책상 앞에 서서 메모판을 보고 있었다. 잔뜩 어질러져 있던 온의 책상은 그사이 깨끗하게 치워져 있었다. 엄마의 깔끔한 성격상 책과 자료들이 마구잡이로 쌓여 있는 그녀의 책상을 그냥 두고 보긴 어려웠을 것이다.

온은 머리에 남은 물기를 털며 살포시 웃었다.

"치운다고 치운 책상이 그거예요. 뭘 더 치워. 엄마도 참 깔끔, 또 깔끔, 그 성격이 어디 가우?"

그런데 엄마는 온의 말이 들리지 않는지 메모판만 바라보고 있었다.

"엄마, 뭘 봐?"

정리하던 종이뭉치를 쥐고서 돌아본 엄마는 어쩐지 멍한 얼굴이었다.

"······응?"

"뭘 보냐구?"

엄마는 천천히 고개를 돌려 다시 메모판을 바라보았다.

"이거······ 뭐야?"

아기처럼 천진한 말투에 온은 살짝 웃음이 나왔다.

그녀의 엄마는 가끔 방금 태어난 아가처럼 맹한 구석이 있었다. 수건을 터번처럼 말아 머리를 감싸며 온은 엄마의 시선이 닿는 곳을 바라보았다. 그것은 아까 그녀가 붙여 놓은 불상 사진이었다.

"아, 이거 나 알바. 아는 사람이 이거 사는데 같이 가 달래."

"산다고? 이게, 이게······ 뭔데?"

"몰라, 나도 잘 몰라서 내일 좀 찾아보고 그러려고. 딱 봐도 대단한 작품은 아닌데, 개인적으로 뭔가 사연이 있어서 사고 싶다나 봐. 왜?"

엄마는 멍한 얼굴로 대답이 없었다.

"누가······ 사겠대, 이걸?"

"그냥, 아는 사람."

비행기에서 만난 옆자리 남자, 오랜만에 온을 설레게 한 사람 윤성준에 대해서 엄마에게 다 이야기할 순 없었다.

그렇다고 그걸 사고 싶어 하는 일본인 회장에 대해서 잘 알지도 못하면서 말할 수도 없는 일. 온은 대충 얼버무릴 수밖에 없었다.

잠시 후, 두 모녀는 일찌감치 자리에 누웠다. 그런데 불을 끄고 누웠는데도 엄마는 쉽사리 잠들지 못하는 것 같았다.

"엄마, 잠 안 와?"

"잠자리가 바뀌어서 그런지 잠이 잘 안 오네."

온은 엄마의 오른쪽 어깨에 뺨을 대 보았다. 향긋한 바람, 맑은 샘물 같은 향기가 났다. 엄마에게선 어째서 이런 냄새가 날까. 온은 눈을 감으며 서늘한 바람 같은 엄마의 체취를 맡았다.

"올라오느라 피곤할 텐데, 어서 자요."

그러나 말을 마치자마자 잠이 든 사람은 오히려 온이었다.

부산 바다의 바람 같은 엄마의 살결에 얼굴을 묻고, 그녀는 곧 깊은 잠 속으로 빨려 들어갔다.

잠 끝에서 뺨을 어루만지는 엄마의 손가락을 느낀 것도 같았지만 포근한 잠은 그녀를 놓아주지 않았다.

온은 끝없이 부드러운 잠의 나락으로 떨어졌다.

다음 날 아침, 느지막이 일어났을 때 엄마는 이미 부산으로 내려가고 없었다. 잘 차려 놓은 아침상에 간단한 메모가 곁들여져 있을 뿐이었다.

급한 일이 있어서 내려간다. 전화할게.

무슨 급한 일인데 딸이랑 아침도 안 먹고 내려갔을까.

엄마는 요즘엔 아이들도 다 가지고 있다는 휴대폰도 없다. 엄마에게 연락하려면 집 전화로 거는 수밖에 없다.

집 말고 다른 데 갈 사람은 아니니, 몇 시 차를 탔는지는 몰라도 오후 1시쯤에는 전화를 받겠지.

그러나 어찌된 일인지 엄마는 오후 2시에도 그녀의 전화를 받지 않았다. 3시 넘어서 한 번 더 해 봤지만, 여전히 소식 없이 신호만 울릴 뿐이었다.

슬슬 불안해지려는 찰나, 연구실에서 뛰쳐나온 박 교수님이 갑자기 자료 정리와 번역을 부탁했다. 그 바람에 그녀는 남은 오후 시간을 정신없이 보내느라 엄마에게 다시 전화 거는 것을 잊어버리고 말았다.

급하게 시킨 일이 모두 잘 마무리되자 기분이 좋아진 박 교수님은 자기가 한턱 쏘겠다고 연구실 사람들을 모두 잡았다.

삼겹살에 생맥주 대여섯 잔까지 거나하게 걸친 교수님은 연신 알 수 없는 소리를 중얼대기 시작했고, 헤롱거리는 그를 택시에 태워 보내니 어느덧 11시가 훌쩍 넘어 있었다.

온은 몸이 좋지 않다는 핑계를 대고 술을 먹지 않았지만 무척 고단했다.

정신없이 일하느라 잊고 있었던 엄마 생각이 다시 떠올라 마음도 불편했다. 집에 들어가면 다시 전화를 해 보아야겠다고 생각하며, 그녀는 무거운 발걸음을 집 쪽으로 옮겼다.

집 앞 골목에는 늘 그렇듯이 인적이 드물었다.

골목 전부가 모두 원룸들이라 다닥다닥 붙은 창들마다 불이 환하게 켜 있었지만, 골목에는 오가는 사람이 없었다.

원룸 사이사이로 매운 겨울바람이 밀려들어 오고, 건물들 사이에 어색하게 서 있는 마른 겨울나무들이 밀려든 바람에 몸서리치고 있었다.

이 골목 끝에 있는 온의 집까지는 아직 100미터 이상 남았다.

지쳐서일까. 가로등이 점점이 환하게 밝히고 있지만…… 오늘따라 인적 없는 이 골목이 유난히 넓고 춥게 느껴졌다.

원룸 건물 사이로 겨울바람이 뾰족한 손톱처럼 밀려들었다. 온은 고개를 숙이고 천천히 걸었다.

그런데 막다른 골목에 끝에 자리한 그녀의 원룸 건물 앞에 웬일로 차가 한 대 주차되어 있었다.

그녀가 알기론 건물에 차를 가진 입주자는 없었다. 주차장이 없는 원룸 건물 앞에 주차된 차를 본 일이 없기 때문에 잘 알고 있었다. 게다가 지금 그 차 옆에 차주로 보이는 누군가가 서 있었다.

순간, 온의 가슴이 요동쳤다.

누구지, 저 사람?

집에 들어가려면 반드시 저자 앞을 지나쳐야 한다.

저 사람이 그녀와 같은 건물에 사는 사람인지 지금 당장 확인할 수도 없는 일이었다.

그의 모습은 어둠에 가려져 있을뿐더러, 그의 얼굴을 볼 수 있다고 하더라도 그가 이곳에 사는지 판단할 수도 없다. 같은 건물 세입자 중에 온이 아는 사람은 같은 층 맞은편 방에 사는 여대생 하나뿐이기 때문이다.

이 순간, 온의 머릿속에 오만 가지 생각이 다 떠올랐다.

괴한의 품에서 슥 삐져나온 날카로운 나이프가 자신의 배를 푹! 찌르면 폭포처럼 피가 콸콸콸…… 아아아아악!

아니, 아니면, 저 남자가 저 차에 나를 밀어 넣을지도……? 그럼 인신매매…… 우어어어어!

온은 습관처럼 최악의 상황을 시뮬레이션해 보면서 불의의 상황이 벌어졌을 때 목청껏 소리를 지르기 위해서 미리 마른침을 삼켜 보았다.

이럴 때를 대비해서 핸드백에 호신용 스프레이 같은 걸 준비해 둘걸 하는 생각이 지금에야 들다니…….

그게 다 무슨 소용이란 말이냐, 현온!

온은 순간 집에 들어가지 말까 잠깐 망설였다.

하지만 이렇게 바람이 많이 부는 날 집 밖에서 계속 떨고 있을 순 없는 일이다. 발걸음을 돌려 근처 카페로 간다하더라도, 저 남자가 언제 떠날지는 모르는 일.

하루 종일 박 교수님에게 시달린 나머지 이미 너무 지쳐 버렸기 때문에 온은 한시라도 빨리 따뜻한 욕조에 몸을 담그고 싶었다.

좋아, 가는 거다.

저 사람이 나쁜 사람이 아닐 확률은 상당히 높고, 나와 상관없는 사람일 확률은 더더욱 높다!

지나친 경계 모드는 다음 기회로 미뤄 두자고 생각하고, 온은 빠른 걸음으로 집을 향해 전진했다.

어둠 속의 남자는 막다른 골목을 등진 채 차 보닛에 기대어 이쪽을 바라보고 서 있었다. 그늘에 가려 얼굴은 잘 보이지 않았지만 이렇게 바람 부는 날에 조금의 움직임도 없이 석상처럼 서 있었다.

멀리서 보았을 때 호리호리한 편이었지만 키가 꽤 커 보였다. 혹시 무슨 일이 생기면…… 내가 당해낼 수 있을까?

그녀의 머릿속이 자꾸만 복잡해졌다.

집까지 30미터, 25미터, 20미터…….

그에게 가까이 갈수록 어디서 불어오는지 모르는 바람이 점점 강해지는 것 같았다.

바람이 어찌나 거세게 부는지 돌풍에 휘말려 저 사람 앞에 종잇장처럼 날려갈 지경이다. 온은 날렵하게 길 오른쪽으로 붙었다. 가능하다면 그와 조금이라도 더 떨어져 바로 건물 현관으로 들어갈 수 있게 하기 위해서였다.

이제 건물 현관까지 거의 다 왔다.

저 남자와의 거리도 무척 가깝지만, 이제 출입키만 누르면……!

"현온?"

어둠 속에 서 있던 긴 그림자가 그녀에게 말을, 말을 걸었다! 그녀의 눈이 고양이처럼 커지고, 좁은 가슴에 무언가가 쿵! 하고 떨어졌다.

온은 순간적으로 놀라서 남자 쪽을 휙 돌아봤다. 그는 여전히 어둠 속에서 모습을 드러내지 않은 채 그녀를 바라보고 있었다.

현관 키를 누르려고 했던 그녀의 손가락이 바들바들 떨렸다. 너무 힘을 준 나머지 떨고 있는 것일지 모르지만, 어찌 되었든 간에 온의 손가락은 무척 떨리고 있었다.

킬 빌(Kill Bill)의 우마 서먼처럼 핸드백 안에 있는 뭔가로 그를 공격할 수 있을까?

하지만 그게 가능할 리 없잖아? 백에 뭐가 있는지도 모르겠는데!

"누, 누구세요!"

성대에서 날카롭게 빠져나온 온의 목소리가 빈 골목 구석구석에 울렸다가 사라졌다.

이 정신에 현관 키를 누르는 것은 불가능했다. 그녀는 그저 아직 열리지 않은 원룸 현관 손잡이를 구명줄인 양 부여잡고 있을 뿐이었다.

어둠 속의 남자가 승용차에 기대고 있던 몸을 일으켜 그녀가 있는 쪽으로 천천히 다가왔다. 호리호리한 그림자가 서서히 기울어지더니 이윽고 사라졌다. 가로등 불빛 속에 그가 온전히 자신의 모습을 드러냈다.

쏟아지는 가로등 불빛 아래로 강림한 천사.

온은 이 모든 것이 너무나 비현실적으로 느껴졌다. 가로등 아래 드러난 남자의 얼굴이 눈부시게 아름다웠기 때문이다.

잡티 하나 없이 뽀얀 얼굴에 커다란 눈, 날렵한 콧날과 도톰한 입술까지…….

에이, 거짓말.

세상에 저렇게 생긴 사람이 있을 수 있나…….

온은 순간 정신을 놓고 멍하니 그를 바라보았다.

그녀의 얼어붙은 표정을 본 남자는 앳된 얼굴을 살짝 찡그리며 미소 지었다.

"놀라게 했다면 미안해요. 당신을 데리러 왔어요."

그 순간 온은 깨달았다.

죽을 땐 저승사자가 아니라 천사가 데리러 오는 거였구나.

제3화
어머니의 딸

 도대체 속력을 얼마나 내고 있는 걸까.

 안전벨트를 맸지만 어쩐지 불안했다. 옆자리에 앉은 소년은 스피드광이었다.

 그래, 요즘 세상엔 천사도 과속이구나. 말세는 말세지.

 "속도가 너무 빠른 거 아닌가요?"

 굽이치는 도로를 미끄러지듯 돌고 있는 은색 벤츠의 속도계는 이미 150을 가리키고 있었다.

 "무서워요?"

 여전히 속도를 줄이지 않고 그가 고개를 돌려 물었다. 잘생긴 입가에는 살짝 미소가 어려 있었다.

 뭐지? 이건 비웃음인가? 어린놈이 겉멋만 들어가지고.

차분한 성정 안에 숨겨진 욱하는 성깔이 치솟으려고 하는 것을 간신히 억누르며, 온은 차갑게 대꾸했다.

　"아무래도 내가 그쪽 운전 실력을 믿을 수 없으니까요."

　온의 툴툴거림에 그는 씩 웃으며 다시 어두운 도로를 바라보았다. 여전히 속도를 줄이지 않은 채로.

　그의 옆모습은 요즘 유행한다는 베이비 페이스에 가까웠다.

　흰 피부, 오뚝한 콧날, 날렵한 턱선에 부드러워 보이는 눈매까지. 아까 정신줄을 잠깐 놓은 그녀가 천사라고 생각했을 만큼 예쁜 얼굴. 시쳇말로 훈남이라고 할 만한 미소년이었다. 요즘 TV에 나오는 아이돌 그룹의 누구와 닮은 것 같기도 하다.

　이제 스무 살을 갓 넘겼을까……

　대학 2, 3학년쯤 되어 보이는 이 애송이의 운전에 자신의 하나뿐인 목숨을 맡기고 있다니.

　정신없이 벌어진 지난 한 시간 동안의 사건 때문에 피곤에 절여지다시피 한 온은 괜스레 화가 나려고 했다.

　그녀의 부루퉁한 표정을 흘끗 본 남자가 차분하게 말했다.

　"너무 걱정 말아요. 내 운전 실력 괜찮은 편이고, 이 차도 코너링 나쁘지 않으니까."

　그래, 벤츠 CLS가 코너링이 안 좋으면 어떤 차가 좋겠니.

　그런데 이 연약해 보이는 미소년은 묘하게 사람을 안심시키는 분위기를 풍겼다.

　이런 걸 당당한 태도라고 하는 건가. 말하는 모양새가 딱히 남을 홀리려고 하는 것처럼 보이지 않음에도 불구하고, 이유 없이 신뢰감을 주는 그런 타입이었다. 차의 성능을 믿고 싶은 건지, 아니면 이 아이의 운전 실력을 믿고 싶은 건지 알 수 없었지만 걱정 말라는 그의 말에 온은 자신의 불안감이 조금은 잦아들려고 하는 것을 느꼈다.

그러나 그것도 역시 잠시일 뿐. 속도계를 들여다보니 말짱 도루묵이다.

어쩔 수 없이 울렁증이 도지기 시작했다. 160킬로라니. 자신의 운전 기록에는 찍혀 본 적 없는 속도다.

온은 억지로 속도계에서 눈을 떼고 창문을 조금 열어 차내로 바람이 들어오게 했다. 시원한 바람이 들어오자 정신이 약간 맑아지는 느낌이 들었다. 미친 듯이 뒤쪽으로 사라지는 먼 곳의 불빛들을 보지 않으려고 눈을 감았다.

이 망할 속도를 의식하지 말자.

"있잖아요, 내가 이 가죽 시트에 토하면 화낼 거예요?"

신음 소리가 섞인 온의 물음에 소년이 쿡쿡 웃었다.

"미안해요. 하지만 다들 가시기 전에 그쪽을 데려가야 해서 어쩔 수 없어요."

그런데 누가 간다는 말인지도, 왜 이 밤에 그 먼 곳까지 가야 하는지도 모르겠다. 하지만 전화 속에서 들려온 엄마의 가라앉은 목소리를 생각하면 지금 이 남자애와 함께 산청에 갈 수밖에 없다.

엄마가 남의 집에 간 것도, 거기서 온을 찾은 것도 처음이었으니까.

원룸 현관 손잡이를 최후의 지푸라기인 양 잡고 늘어져 있는 온을 향해 다가온 남자는 분명 온을 데리러 왔다고 말했다.

"그게 무슨 말인가요……?"

잠시 정신을 놓은 그녀의 눈과 별처럼 또렷하게 빛나는 그의 아름다운 눈 사이의 어색한 대치가 몇 초간 더 이어졌다.

가로등 불빛을 타고 내려온 천사 같은 남자가 작게 한숨을 내쉬더니 휴대폰을 꺼내 어디론가 전화를 걸었다. 그러는 동안 온은 계속해서 현관 키를 전광석화와 같은 속도로 누르고 확! 하고 안으로 들어갈 수 있는 확률이 얼마나 되는지 돌아가지 않는 머리로 계산하고 있었다. 그 순간 그녀의 머리는 힘없이 끊고 있었다. 너무 피곤하고 혼란스러웠다.

"네, 저예요. 만났어요. 네, 네……."

남자는 차분하게 대답을 하더니 갑자기 온에게 전화를 내밀었다.

"받아 봐요."

온이 미친 거 아니냐는 눈빛을 보내자 그가 재차 권했다.

"받아 봐요. 어머니세요."

어머니? 우리 엄마?

온은 황급히 전화를 낚아채 받았다.

"여보세요?"

「온이니?」

진짜 엄마였다. 이 남자애가 왜 엄마에게 전화를?

"엄마? 엄마, 어디야? 집 아니야?"

「응. 엄마 산청 이모네에 있어.」

"아니, 거길 왜 갔어? 급한 일 있어서 간다더니 거기 갔었어? 집에 전화해도 안 받아서 걱정했었어. 왜 나한테 전화 안 했어?"

이 남자가 나쁜 사람이 아니라는 것, 걱정했던 엄마랑 연락이 되었다는 것이 기뻐서 그녀는 자신도 모르게 휴대폰에 대고 마구 감정을 쏟아붓고 말았다.

「미안해……. 한 시간 전쯤에 네 휴대폰으로 몇 번 전화했는데 안 받아서.」

"정말? 안 왔는데?"

온은 한 손으로 전화기를 쥐고 다른 손으로 핸드백을 뒤졌다. 그러나 엉망진창인 핸드백 속을 아무리 뒤져도 휴대폰은 없었다!

아, 어디다 버리고 온 거지?

머릿속으로 오늘 갔던 데를 떠올려 보느라, 또 엄마가 왜 이 전화로 자신과 통화하고 있는지 생각하느라 그녀의 머리는 핸드백 속만큼 복잡해졌다.

「온아, 지금 엄마 있는 데로 와야겠다.」

"어딜? 산청?"

「그래. 지금 현백이랑 같이 오렴. 빨리.」

엄마가 집 아닌 다른 곳으로 오라고 한 적은 한 번도 없었다. 게다가 엄마가 '빨리'라는 말을 쓴 일도 그녀의 기억에는 없다.

도대체 무슨 일이 일어난 걸까. 왜 이렇게 단호하고 다급하게 그 먼 산청까지 오라고 하는 것일까?

설마……!

"엄마, 어디 다쳤어?"

온은 급하게 다그쳐 물었다.

엄마가 다쳤을지 모른다는 생각을 하자 목구멍에서 뜨거운 것이 치솟아 올라 울음이 되어 터질 것만 같았다. 그녀의 여린 몸이 사시나무 떨듯 떨렸다.

「아냐, 엄마 멀쩡해. 온아, 급한 일이니까 더 묻지는 말고, 그냥…… 지금 현백이 차 타고 내려오렴. 나중에 설명해 줄게.」

엄마는 가라앉은 목소리로 간곡하게 부탁했다.

그렇게 그녀는 영문도 모른 채 지쳐 버린 몸으로 폭주 벤츠에 몸을 싣고 현백이라는 이름의 미소년과 함께 산청으로 가게 되었던 것이다.

창문 사이로 들어오는 바람은 찼지만 무거운 몸과 정신을 묶어 주는 유일한 끈처럼 느껴졌다. 자꾸만 정신이 몽롱해져서 몸을 버리고 꿈속으로 들어가 버릴 것 같았다.

어디쯤 왔을까. 산청까지는 얼마나 더 걸리려나.

"피곤한 것 같은데 좀 자 둬요. 아직 두 시간은 더 가야 해요."

마치 그녀의 마음이라도 읽은 듯 그가 나직이 말했다. 고속도로를 질주하고 있음에도 불구하고 차는 조용하고 아늑했다. 가죽 시트가 자꾸 온의 몸을 끌어당겼으므로 그녀 또한 부드러운 좌석에 몸을 눕히고 한소끔 시들었으면 하는 마음이 모락모락 일었다.

"의자를 뒤로 젖혀요."

그의 부드럽지만 단호한 제안, 아니, 명령에 온은 어린아이처럼 무기력해지는 느낌이 들었다.

역시 이 아이, 묘한 면이 있어.

자기가 원하는 대로 타인을 움직이게 하는 그런 면모가 분명 있었다. 강압적이진 않지만 은근하게 그렇게 하면 더 좋을 것이라고 느끼게 하는 그런 온유한 힘 같은 것이 이 남자애에게서 느껴졌다.

나이도 어린 애가 어디서 이런 걸 배웠을까.

이런저런 생각이 뒤엉켜서 떠오르는 와중에도 그녀는 그 앞에서 별로 체면 따위를 차리고 싶지 않았다. 잠자코 그가 시킨 대로 의자를 뒤로 젖혔다. 천천히 뒤로 넘어가는 좌석에 몸을 기대자 참을 수 없이 잠이 쏟아졌다.

"우리 엄마랑 어떻게 아는 사이예요?"

온은 반쯤 누운 상태로 쏟아지는 잠을 쫓으며 운전석 쪽을 흘

곳 바라보았다. 갑작스러운 온의 질문에도 그의 표정엔 변화가
없었다.

"그쪽이 산청 이모라고 부르는 사람이 제 어머니죠."

산청 이모에게 아들이 있었던가.

1년에 한 번 보는 산청 이모에 대해 온이 아는 바는 별로 없
었다. 이모는 고즈넉한 모녀의 집에 정기적으로 드나드는 유일
한 외부인이었다.

한 손에 정갈하게 말린 산채를 보자기에 싸들고 찾아오던 이
모. 늦가을이면 항상 모녀의 집 대문을 두드렸던 이모는 어릴
때부터 온을 무척 예뻐해 주었다.

집에 돌아갈 때마다 꽤 큰돈을 용돈이라며 그녀의 손에 쥐여
주기도 했고, 한 번씩 꼭 안아 주며 "예쁘다, 우리 영이 딸이 어
쩜 이렇게 예쁠까."라시며 등을 토닥여 주기도 했다.

이모는 엄마와 친자매는 아니었지만 그들 집에 찾아오는 유
일한 가족이었다.

그래, 이모한테 아들이 있었을 수도 있겠구나.

서울로 올라온 10년쯤 전부터 이모를 보지 못했다. 이모에게
이렇게 큰 아들이 있는지도 몰랐다.

그것도 벤츠를 폭풍처럼 모는.

"이모한테 아들이 있는지 몰랐어요. 아니, 사실 이모네 가족
들에 대해 하나도 몰라요."

그는 아무 말 없었다.

"몇 살⋯⋯이에요?"

"스물다섯이요."

생각보다 나이가 많았다. 많아 봐야 스물한둘 정도라고 생각했는데.

"대학생?"

"네."

"나 때문에 일부러 산청에서 올라온 거예요?"

"전 서울에 살아요. 내려가는 길에 그쪽을 픽업한 거예요."

"현백⋯⋯이라고 하던데. 엄마가."

"정현백이에요. 인사가 늦었네요."

그 순간, 차는 어딘지 모를 IC를 빠져나와서 다른 도로로 접어들고 있었다. 현백은 능숙한 운전 솜씨로 밤길을 질주하고 있었다.

온은 서서히 참을 수 없는 졸음에 잠겨 갔고, 반쯤은 잠속에서 허우적거리고 있었다.

얼마가 지났을까. 한 시간? 아니면 10초? 차는 여전히 달리고 있었고, 온은 결국 시간을 가늠할 수 없을 만큼 몽롱한 상태가 되었다. 꿈결에 현백이 나지막이 이야기하는 소리가 들렸다.

"무슨 일이 일어나도 너무 놀라진 말아요."

무슨 말이냐고 되묻고 싶었지만 잠이 빨아들이고 있는 몸이 말을 듣지 않았다. 스스로 빠져나올 수 없다. 빨대에 빨리는 과일주스처럼 온은 잠 속으로 빨려들어 가고 있었다. 마비된 이성이 꿈 끝에서 마지막으로 잡아 올린 그의 목소리는 이렇게 말했다.

"우리도 사람은 사람이니까."

                    *   *   *

부드러운 베이지색 가죽 시트에서 눈을 뜨기까지 온이 꾼 꿈은 기묘한 것이었다.

새벽 무렵의 푸른빛을 띤 공간이 점차 흰 빛으로 변하고 다시 푸르러지길 여러 번. 눈밭인지 물속인지 알 수 없는 그 이상한 곳에서 얼굴이 지워진 한 남자가 자꾸만 온의 손을 잡아끌었다.

그녀는 그를 따라서 깊은 곳으로 가라앉고 있었다.

거기서 그는 그녀에게 입을 맞췄다. 짧고 짧은 입맞춤이 여러 번 이어졌다.

꿈이라도 그가 온을 못 견디게 그리워하고 있음을 선명하게 느낄 수 있었다.

이렇게 그녀가 그와 함께 있는데, 그는 왜 그녀를 그리워하고 있는 걸까.

당신은 누구인가? 나의 연인인가?

그가 뭐라고 간절하게 속삭였지만 알아들을 수 없다. 온이 뭐라고 말했느냐고 되묻기도 전에 그는 온의 얼굴에 다시 짧게 여러 번 입을 맞추었다.

끝 간 데 없이 깊은 그리움의 세례.

오랫동안 자신을 필요로 해 온 그를 위해 온은 그 자리에 그렇게 있었다.

꿈속 온의 몸은 종이처럼 얇고 가벼웠고 그리움과 사랑의 세례로 그녀의 몸은 젖어들고 있었다. 그의 감정이 그녀 안으로 밀려드는 것이 느껴졌다.

빈 유리병이 채워지는 것처럼, 고운 모시에 물이 드는 것처럼, 모든 것들을 빨아들이고 있었다.

그녀 또한 그의 모든 그리움을 다 받아주고 싶었다.

이윽고 온의 몸이 가득 찼고, 온은 그를 잡고 아이처럼 울었다.

오늘아, 일어나렴.

나는 오늘이가 아니에요. 나는 온이에요.

오늘아, 다 왔다. 일어나거라.

부드러운 손이 눈물범벅이 된 그녀의 얼굴을 어루만졌다.

온은 그 손길에 의해 통곡의 꿈에서 현실로 곧장 끌려나왔다. 아침에 집을 나선 이후 다시 손보지 않았던 화장이 눈물로 엉망이 되었을 것이다. 그러나 뭉개진 화장을 생각할 겨를도 없었다.

꿈을 건너오는 그녀의 몸은 피로로 너무 무거웠다.

천천히 눈을 뜨니 실내등 아래 온화한 여인이 자신의 얼굴을 매만지고 있었다.

조금도 늙지 않은 그 얼굴.

"이모……."

"그래, 아가. 오느라 고생했다."

조수석 문을 열고 이모가 그녀를 깨운 것이다. 온은 천천히 자리에서 일어났다.

그 아이는……?

고개를 돌려 주변을 돌아보니 차가 세워진 곳 어두운 저편 허공에서 빨갛게 담뱃불이 타고 있었다.

"네 엄마가 기다리고 있다. 어서 올라가자, 아가."

온은 말없이 시트를 바로 세우고 차에서 내렸다. 내려선 땅에는 도톰하게 눈이 쌓여 있었다.

싸늘한 겨울 산 공기가 코끝에 닿았다.

정말 지리산까지 와 버린 것이다.

아직 꺼지지 않은 헤드라이트가 전방을 비추고 있었지만 무성한 숲의 일부만 보일 뿐, 앞산의 깊이가 어느 정도인지 짐작조차 할 수 없었다.

타고 온 차의 불빛 외에는 사방천지 어둠, 어둠뿐이었다.

이모가 그녀의 손을 잡고 저쪽으로 이끌었다. 차 문을 닫았지만 한동안 라이트가 꺼지지 않아 근처가 아주 어둡지는 않았다. 멀리서 현백이 리모컨을 눌렀는지 차 문이 잠기는 소리가 들렸다.

온이 이모의 손을 잡고 공터를 벗어나 비탈길을 올랐을 때쯤

헤드라이트도 꺼져 사방은 온전히 석탄 같은 어둠에 휩싸였다. 앞이 하나도 보이지 않았지만, 이모는 익숙한 길인 듯 그녀 손을 잡고 망설임 없이 비탈길을 걸어 올라갔다. 온의 작은 펌프스 구두 아래로 동그란 자갈이 느껴졌다.

살짝 뒤를 돌아보았을 때, 빨간 담뱃불이 조금 떨어진 곳에서 그들을 따라오고 있었다. 그녀가 몇 분 후 다시 돌아봤을 때에는 사라지고 없었지만 자갈 위를 걷는 현백의 신발 소리는 계속해서 그들과 함께했다.

"우리 온이가 못 본 사이에 많이 컸구나……."

그녀에게 건넨 말인지, 아님 이모 혼자의 독백일 뿐인지 알 수 없었지만, 쓸쓸한 목소리에 온은 작게 "네."라고 대답했다.

얼마를 올라갔을까.

작은 불빛이 비탈길 끝에서 흔들리는 것이 보였다. 홍살이 설치된 솟을대문 앞에 붉은 등 하나가 걸려 있었다.

위엄 있게 서 있는 대문 양옆에는 각각 한 칸짜리 행랑이 붙어 있었고, 다시 그 옆으로 새 단장을 한 것 같은 토석담이 이어졌다. 등불이 비추고 있는 담장을 언뜻만 보아도 그 안의 가옥이 상당히 큰 규모라는 것을 짐작할 수 있었다.

이모는 반쯤 열려 있는 대문을 살짝 밀고 안으로 들어섰다. 이모의 손에 이끌려 문턱을 넘은 온은 대문 안 고택의 우아한 모습에 잠시 숨을 멈췄다.

원래는 99칸 가옥이 있었을 것임이 분명한 넓은 부지에 소복하게 눈이 쌓여 있었다. 지금 그녀의 손을 잡고 걸어가고 있는 이모의 발자국 외에는 누구 하나 지나간 일 없는 듯, 창호지처럼 흰 마당이 그녀 앞에 넓게 펼쳐져 있었다.

꼿꼿한 팔작지붕을 얹은 사랑채는 대문 맞은편 마당 끝에 자리 잡고 있었고, 사랑채 누마루 끝에는 역시 등불 하나가 외로이 켜져 있었다.

이모는 사랑채의 왼쪽으로 난 중문으로 그녀를 이끌었다. 고택의 안쪽으로 들어가면서 온은 멀리 대문을 걸어 잠그는 소리를 들었다.

현백은 그림자처럼 조용히 그들 뒤를 따르고 있었다.

꽃담 사이로 난 동쪽 중문을 통과하자 안채가 나왔다. 흘끗 살펴보니 안채 동쪽에 별당이 있는 듯 했다. 이모는 그녀를 안채 쪽으로 바로 이끌었다.

눈에 묻혀 있는 기와나 기둥의 상태를 대충만 훑어보아도 무척이나 잘 관리되고 있는 고택이라는 것을 알 수 있었다. 남부 지방 사대부 가옥의 전형적인 양식인 미음자 구조의 고택이지만, 다른 한옥들보다 안채의 규모가 좀 더 큰 것이 특이했다.

대문과 사랑채에 등불이 한 개씩 달려 있었던 데 비해 안채에는 불이 환했다. 다소 적막했던 바깥과는 달리 안채에서는 따뜻한 불빛과 온기가 흘러나와 그들이 서 있는 중정(中庭)에서도 그 기운을 느낄 수 있었다.

전에는 경험해 본 적 없는 우아하고 차분한 분위기가 이 내밀한 옛 여성의 공간에 가득 차 있었다.

온은 낯설면서도 신비한 느낌에 얼떨떨해져서 멍하니 그곳에 서 있었다.

이모가 그녀의 손을 놓고 마루에 올랐다. 댓돌에는 신발 다섯 켤레가 가지런히 놓여 있었다.

온은 다시 뒤를 돌아보았다.

이모와 온이 걸어온 눈 위의 발자국. 눈 위에 또박또박 그어진 발자취의 연속선을 찬찬히 따라가며 바라보았다.

그 끝에는 현백이 서 있었다.

베이지색 가죽 라이더 재킷에 낡은 진을 입고 서 있는 저 아름다운 청년은, 오래전부터 이 눈 쌓인 고택의 일부분인 것처럼 중정 반대편에 서서 그녀를 바라보고 있었다.

온은 갑작스러운 이 모든 것이 어색해서 그를 바라보며 짐짓 장난스럽게 입 모양으로 물었다.

'왜·그·래·요?'

그의 얼굴에 떠오른 표정이 강물 일렁이듯 흔들렸다.

어쩌면 저 아이는 곧 울지도 몰라.

불현듯 그런 생각이 들었다.

온은 그에게 다가가 왜 그러냐고, 왜 나를 그런 표정으로 보고 있냐고, 무엇을 말하고 싶은 거냐고 속삭여 묻고 싶었다. 이 오래된 한옥에서는, 이 순결한 눈길 위에서는 꼭 그렇게 속삭여야 할 것 같았다.

아마도 그가 그녀에게 말하고 싶은 그 말도 그렇게 속삭여야
만 할 어떤 것이리라. 그러나 현백은 뜻 모를 간절한 눈으로 그
녀를 바라보고 서 있을 뿐, 아무런 말이 없었다.

잠시 후, 그가 온에게 천천히 걸어왔다.

아까의 애절한 눈빛은 그녀의 착각이었다는 듯이, 그의 얼굴
은 무표정했다. 현백은 그녀의 어깨를 잡고 안채 쪽으로 돌려
세웠다.

"들어가요."

가냘픈 어깨를 잡은 그의 손길은 부드럽지만 단호했다. 말할
때마다 그의 숨결에서 쌉싸래한 담배향이 묻어 나왔다.

"난 여기 있을 거니까, 나중에……."

그는 말을 끝맺지 않고 그녀를 댓돌 쪽으로 살짝 밀었다.

온유하지만 거부할 수 없는 그의 명령에 그녀는 순순히 신발
을 벗고 마루로 올라섰다. 온은 한 번 더 현백을 돌아보고 방문
을 열었다.

그녀가 방 안으로 들어가는 것을 현백은 말없이 바라보았다.
그녀의 모습이 방 안으로 사라지자 현백이 나지막이 읊조렸다.

"나중에…… 내게 기대요."

그의 목소리에 슬픔과 떨림이 눈꽃처럼 얹혀 있었다. 미소년
은 천천히 품안에서 담배를 꺼내 불을 붙였다.

불빛이 일렁이는 창호문 안으로 들어서자 방의 온기가 그녀

를 덮쳤다. 경황이 없어 의식하지 못했지만 바깥이 무척 추웠던 것이다.

안채는 정면 다섯 칸에 측면 세 칸인 건물이었는데, 안쪽 세 칸을 터서 넓은 거실을 만들어 놓았다.

별다른 가구 없이 그저 방 한가운데 고풍스러운 탁자와 의자 만이 놓여 있었다. 방 네 귀퉁이에는 나비호롱이 세워져 있었고, 탁자 가운데에도 낮은 칠보 촛대가 세워져 있었다. 바깥에서 보았던 따뜻한 불빛들은 여기서 나왔던 것이었다.

탁자에는 다섯 여인들이 앉아 있었다. 엄마는 문과 가장 가까운 자리에 앉아 있다가 온이 들어오자 벌떡 일어나 그녀를 바라보았다.

"엄마?"

쌀쌀한 바람 냄새가 나는 엄마에게 다가가 작은 몸을 안자 온의 마음은 한결 편해졌다.

정신없이 달려온 불안한 밤길도, 통곡하며 깨어난 꿈도 이제 다 괜찮다.

엄마가 괜찮으니까.

"앉자. 온이도 앉으련?"

엄마는 쉽사리 딸을 잡은 손을 놓으려고 하지 않았다. 온은 부드럽게 엄마 손을 풀어서 한 손에 잡고 자리에 앉혔다.

커다란 탁자 끝 상석에는 60대쯤 되어 보이는 기품 있는 노부인이 앉아 있었다. 노부인의 오른편에는 고급 투피스를 갖춰 입은 30대 여자 두 명이, 왼편에는 산청 이모와 엄마가 나란히 앉아 있다. 이모와 엄마를 제외하면 모두 처음 보는 사람이었다.

이 모임의 가장 연장자로 보이는 노부인은 수수한 한복을 단정하게 차려입고 있었다.

얼굴에는 약간 주름이 있었지만 묘한 생기와 젊음이 느껴졌다. 꼬장꼬장해 보이는 노인의 작은 체구에서 기품과 연륜, 강단 같은 것이 뿜어져 나오고 있었다.

노부인 바로 오른쪽에 앉은 여인은 강인한 이미지의 미인이었다. 시원시원하게 생긴 이목구비에 힘과 생기가 넘쳤고, 온을 바라보는 눈빛이 무척 호의적이라는 것을 한눈에 알아볼 수 있었다.

그 옆에 앉은 젊은 여자는 전체적으로 깨끗한 인상을 가진 대단한 미인이었으나, 옆에 앉은 여자와는 달리 시종일관 평온한 표정이었다. 갑자기 등장한 온의 내면 은밀한 곳까지 꿰뚫어보려는 듯, 찬찬히 그녀의 얼굴을 뜯어보는 참이었다.

뭐야, 이 아줌마들은······.

온은 이 방의 기묘한 분위기에 적응하기 위해서 일단 상석과 마주보는 탁자 끝자리에 앉았다. 그녀의 오른쪽에 앉은 엄마는 딸의 손이 생명줄이라도 되는 양 꼭 부여잡았다.

엄마의 작은 손이 잘게 떨렸기 때문에 듬직한 딸은 그 손을 한 번 꼭 쥐어주고서 부드럽게 엄마 무릎 위에 올려놓았다.

그리고 허리를 꼿꼿이 세우고 바로 앉아서 자신을 훑어보는

노부인의 시선을 마주했다. 노부인은 자신의 눈을 피하지 않는
게 흥미롭다는 듯이 온의 얼굴을 응시했다.

잠시 후, 노부인이 입을 열었다.

"네가 바로……."

온은 자신도 모르게 침을 삼켰다.

"그 운명에 없던 아이로구나."

노부인은 온이 한 번도 들어 본 적 없는 깊은 목소리로 물었
다.

저렇게 작은 체구에서 저런 목소리가 나오다니. 온은 내심 깜
짝 놀랐다. 마치 겨울 숲의 나뭇가지들이 바람에 날리는 듯한
그런 울림이었다. 사람의 소리 같지 않았다.

"언니."

산청 이모가 단호하게 노부인의 말을 막았다. 이모의 말투에
는 은근한 힐난이 담겨 있었다. 엄마는 무릎 위의 손을 꼭 쥔 채
로 탁자 위 섬세한 칠보 촛대만 보고 있을 뿐, 말이 없다.

온은 화가 나려고 했다.

이게 무슨 소리인가. 엄마가 미혼의 몸으로 나를 낳았다는 이
야기를 '운명'이라는 거창한 단어까지 들먹이며 질책하고 있는
건가.

그런 거라면 기분 나쁘다. 우리 모녀를 생전 한 번 찾아온 적
도 없는 주제에, 무슨 자격으로 내가 운명에 있다 없다를 말하
는 건가.

도대체 할머니는 누구기에!

"내가 못 할 말을 한 건 아니지 않니?"

힐난하는 산청 이모의 태도에 대해 노부인은 은근히 노한 기색이었다. 바로 옆에 앉은 이모와 그를 노려보는 노부인의 대치 상황이 어색하게 이어지던 그때.

온의 종아리를 뭔가가 긁었다.

슬쩍 탁자 아래를 내려다보니 등에 고등어 무늬를 박은 황토색 고양이 한 마리가 그녀의 종아리를 앞발로 긁고 있었다.

어디서 나타난 놈인지 모르지만 팔뚝만 한 길이에 통통한 녀석이다. 그녀의 종아리에 빳빳한 수염이 나 있는 자기 뺨을 막 비비려는 개구쟁이 녀석. 탁자 아래 어둠 속에서 초롱초롱 눈을 빛내는 폼이 자못 귀엽다.

온은 살짝 노부인과 산청 이모의 눈치를 살핀 후, 재빨리 고양이를 들어 무릎에 앉혔다. 방 안에 있는 이들 모두가 두 여인의 감정 대결에 시선이 가 있어서 그녀가 잠깐 몸을 숙여 고양이를 무릎에 올리는 것을 본 사람은 없는 것 같았다.

이 집에서 기르는 고양이인가.

고양이는 탁자에 가려진 채 온의 무릎 위에서 기분 좋게 갸르릉거렸다. 등에 호피 무늬 같은 게 있는 걸 보면 이게 그 비싸다는 벵갈 고양이인가 싶기도 하다.

얘는 고양이 같지 않게 둔탁하고 동글동글한 얼굴에 어째 좀…… 무섭게 생긴 것 같기도 하고…….

근데 왜 이렇게 무거워. 돼지 고양이다!

뚱뚱한 얼룩 고양이의 무게 때문에 그녀의 무릎이 내려앉을 것 같았다. 알아서 내려가 줬으면 싶건마는 붙임성 있게 무릎 위에 얌전히 앉아서 비비적비비적 스킨십을 시작한다.

슬슬 등을 쓰다듬어 보니 털이 진짜 호피인 양 부드러웠다. 보드라운 털과 작은 동물의 따뜻한 체온 때문인지 이 짜증나는 상황에서 어쩐지 위로받는 느낌이었다.

이 돼지 고양이는 이 이상하고 우호적이지 않은 공간에서 유일하게 그녀의 친구처럼 느껴지는 존재였다.

그사이 두 사람의 눈싸움이 끝났다. 노부인은 다시 온에게 눈을 돌려 굳은 목소리로 말하기 시작했다.

"네 어미에게서 네가 꽃상을 봤다는 이야기를 들었다."

꽃상? 꽃상이 뭐지?

무슨 말이냐는 듯한 온의 얼굴을 본 노부인이 사진 한 장을 그녀 쪽으로 밀었다. 놀랍게도 그 사진은 어제 성준이 온에게 준 그 불상 사진이었다.

그런데 노부인이 내민 사진은 온이 가진 것과 동일한 사진의 다른 현상본이 아니었다. 탁자 위에 놓은 사진은 온이 자신의 원룸 메모판에 핀으로 고정해 놓았던 바로 그것이었다. 사진 윗부분에 온이 찍은 핀 자국이 선명했다.

"이게 왜……?"

엄마가 이걸 가져왔느냐고, 이걸 왜 가져왔느냐고 당장 엄마에게 묻고 싶은 것을 꾹 참았다. 대답해야 할 엄마가 여전히 말 없이 촛대만 바라보고 있었기 때문이다.

"네 어미가 그 사진을 보여 주기까지 믿을 수 없었다만, 사진을 보니 우리가 찾는 게 맞는 것 같구나."

그 순간, 머릿속에 스치는 생각이 있었다.

저 노부인이 이 석상을 찾고 있어. 그리고 엄마도 이걸 전에 본 일이 있고.

흥미롭다는 생각과 난처하게 되었다는 생각이 동시에 떠올랐다.

"아, 혹시 이 석상의 원 소유주세요? 아니, 그러니까 혹시 이게 도난품인가요?"

노부인이 피식 웃었다. 비웃음인지 허탈함인지 알 수 없는 묘한 웃음이었다.

"내 것은 아니지만 우리 것이긴 하지. 그자들이 훔쳐 간 이후 오랫동안 찾았건만…… 영등이가 낳은 운명에 없는 딸이 그걸 찾아올 줄 누가 알았을까……."

끝이 흐려진 노부인의 말에서 알 수 없는 쓸쓸함이 묻어나왔다. 그러나 그녀는 곧 위엄을 되찾고 냉정하게 말했다.

"어찌 되었든 간에, 네가 우리의 딸이라면 당연히 꽃상을 찾아오는 데 뭐라도 해야 하지 않겠니? 그래야 네 어미가 딸을 괜히 낳았다는 소리를 안 듣지."

노부인은 뼈 있는 말을 한다는 듯이 엄마를 흘끗 노려보며 힘

주어 말했다.

"언니! 그만하시라구요! 아직 애가 아무것도 모르잖아요. 영등이가 애한테 말한 다음에 제가 따로 부탁한다고 했잖아요. 그만하세요, 좀!"

참다못한 산청 이모가 버럭 소리를 질렀다.

"아니, 그럼 나를 왜 불렀어! 그리고 내가 뭘 어쨌다고 너는 쟤를 감싸고돌아, 돌기를!"

산청 이모의 강한 질책에 분노한 노부인이 벌떡 일어났다.

일어나면서 한 손으로 탁자를 내리치자, 무릎에서 꾸벅꾸벅 졸고 있던 뚱뚱한 고양이가 소리에 놀라 움찔 경련을 일으켰다.

노부인의 얼굴이 하얗게 질리면서 무서운 표정이 어리는 것이 심상치 않았다. 혈압 같은 걸로 쓰러지는 게 아닐까, 온은 살짝 걱정이 되었다. 그때, 왼쪽에 말없이 앉아 있던 강인한 인상의 미인이 노부인의 팔을 잡으며 말렸다.

"언니, 앉아요. 언니가 이러면 화산이 예정에 안 맞게 터지게 되잖아요. 그럼 우리 산에 있는 애들도 준비도 못 하고 다 죽어요. 좀 진정해요."

"그러게 왜 나를 건드려! 건드리길!"

파르라니 떨면서 자리에 앉은 노부인이 거친 숨을 몰아쉬더니, 다시 벌떡 일어났다.

"아, 난 이제 모르겠구나. 내 할 말은 다 했어! 시간도 다 되었으니 가련다. 네가 알아서 한다고 했으니 책임져라, 그럼!"

"언니!"

비단을 아낌없이 쓴 것 같은 열두 폭 남색 치맛자락을 펄럭이며 문 쪽으로 가던 노부인이 문 앞에서 갑자기 휙 돌아서며 산청 이모에게 앙칼지게 외쳤다.

"어찌 됐든 간에, 지금 아니면 그걸 다시 찾을 기회가 없다는 걸 모두 잊지 말아! 딱 보아하니 쟤는 완전히 비어 있는 아이인데 어떻게 꽃상을 찾아 올 건지, 도대체가⋯⋯. 마고님은 무슨 생각이신지, 원!"

분노로 창백해진 노부인은 온을 한 번 노려보고는 밖으로 휙하니 나가 버렸다.

화산 같은 성질의 노부인이 나간 방 안에는 정적만 흘렀다. 무릎 위 고양이는 분위기 파악도 못 한 채 꼬물꼬물 몸을 돌리더니 온의 배에 얼굴을 묻으려고 하고 있었다.

온은 한순간에 문제의 근원이 된 것 같아서 마음이 불편해졌다.

"너무 맘 쓰지 마렴. 원래 저렇다, 저 언니가."

그때, 한참 동안 말없이 있던 차분한 미인이 입을 열었다. 그녀의 목소리는 봄 바닷물이 찰랑이듯 온유했다. 아까 성격이 불같던 노부인의 목소리도 굉장했지만 이 여자의 목소리도 무척 낯설고 신비로웠다.

"네⋯⋯."

"갑자기 오라고 해서 이런 일이나 겪고, 놀랐겠다. 온아, 우리는 네 엄마랑 친한…… 친구야. 아주 오래전부터 가족처럼 알고 지냈지."

친구라고 하기엔 엄마가 너무 늙었다. 물론 엄마도 이들도 모두 미인이긴 하지만, 적어도 대여섯 살 이상 차이 나 보이는데 친구라니. 온은 자신의 엄마가 고생을 많이 한 나머지 홀로 늙어 버린 것 같아 마음이 아팠다.

온유한 미인이 그동안 유지해 온 무표정을 버리고 살짝 미소 지었다.

"자세한 이야기는 네 엄마에게 들으렴. 네가 오기 전에 그렇게 하기로 결정했단다. 우리는 그냥 너를 보고 싶어서…… 여기 온 거야. 네 엄마가 우리에게 널 한 번도 안 보여 줘서 무척 궁금했단다."

그녀는 잔잔한 목소리로 다정하게 말했다. 그리고 위로하듯 자신의 손을 뻗어 탁자 아래 온의 손을 잡으려고 했다.

그러다가 예상치 못하게 온의 무릎 위에서 태평하게 자고 있는 고양이를 발견했다. 온유한 미인은 약간 놀란 듯 한쪽 눈썹을 살짝 치켜떴지만, 이내 고양이를 무시한 채 온의 손을 잡아 탁자 위에 올려놓고 살포시 감쌌다. 다정한 그녀의 손길에 온은 예의 바른 미소를 지어 보였다.

"만나서 반갑구나, 온아. 나는 개양, 이쪽은 계룡. 이모라고 부르렴."

온은 이름이 특이한 이모들에게 가볍게 목례를 했다. 강인한 미인인 계룡 이모가 개양 이모 옆에서 힘차게 고개를 끄덕였다.

이 사람들은 산청 이모처럼 온을 좋아하는 것 같았다. 그 사실을 깨닫자 온은 마음이 한결 놓였다. 화를 내며 나가 버린 노부인 때문에 내심 마음이 편치 않았기 때문이다.

"동 트겠다. 너희도 어서 가렴."

산청 이모가 나지막이 말하면서 자리에서 일어났다.

"그래, 애들은 놓고 갈게. 현백이 때처럼 도움이 되겠지."

고양이 때문에 일어서지 못하는 온과 조각상처럼 멍하니 앉아 있는 엄마를 제외한 세 사람이 모두 나갈 채비를 했다. 그때, 개양 이모가 문고리를 잡고 턱짓으로 온의 무릎을 가리켰다.

"애, 쟤 무릎에."

개양 이모의 시선을 따라가 고양이를 발견한 계룡 이모의 얼굴이 갑자기 노여움으로 붉으락푸르락해졌다.

"이놈의 자식이!"

혹시 계룡 이모의 고양이인가 생각하는 순간 이모가 고양이의 목덜미를 낚아챘다. 자다가 날벼락을 맞은 고양이는 이모의 손에 들려 걸걸하게 갸옹갸옹 울어 댔다.

이모는 고양이를 쥔 채 씩씩거리며 온의 등 뒤의 닫혀 있던 미닫이문을 열어 젖혔다.

열린 미닫이문 뒤에는 방 한 칸이 더 있었고, 10대 여자아이가 문 바로 뒤에 앉아 있었다.

아이는 나이에 맞지 않게 단아한 자세로 무릎 꿇고 있었다.

묘하게 무서운 표정이었다.

"말명아! 애 좀 받아라!"

이모가 고양이를 여자애에게 던지다시피 넘겼다.

미닫이문 뒤에서 그들의 이야기를 다 듣고 있었을 여자아이
가 날아오는 고양이를 덥석 받아 안아들더니 잡아먹을 듯한 눈
으로 고양이를 한 번 노려봤다.

고양이는 겁에 질려서 갸옹갸옹 울었다.

소녀는 이윽고 고개를 들어 온을 쳐다보았다. 소녀의 눈빛에
는 호기심과 경계가 반반쯤 뒤섞여 있었다.

고등학생쯤이나 되었을까. 가냘픈 체구였지만 꽤나 귀염성
있게 생겼다. 긴 머리를 하나로 땋고 푸른색 도톰한 니트 원피
스를 입고 있었는데, 또렷한 이목구비가 온유한 미인인 개양 이
모를 무척 닮은 것으로 보아 이모의 딸임이 분명했다.

소녀는 온을 본 적 없다는 듯 새침하게 고개를 돌리더니 다시
고양이 앞발을 꼭 쥐고 분노에 찬 목소리로 속삭였다.

"이 변태 놈아, 너 저기서 뭐했어!"

아무래도 저 돼지 고양이는 저 여자애 것인 듯하다.

두 이모는 산청 이모와 눈인사를 나눈 후 방을 나섰다. 그들
은 떠나면서 차례대로 온을 안아 주었다. 특히 계룡 이모는 무
지막지한 힘으로 온을 꼭 안으며 "부탁한다, 온아."라는 알 수
없는 말을 남겼다.

도대체 뭘 부탁한다는 걸까.

노부인부터 이모라는 사람들까지 모든 게 낯설고 이상했다. 엄마와 자신의 일생에 이렇게 많은 사람이 등장한 일이 없었다.

아니, 그보다 성준이 준 사진 속 석상을 모두가 알고, 또 찾고 있다는 사실이 더 놀라웠다. 온은 아까부터 석상처럼 앉아 있는 엄마를 말없이 바라보았다.

지금은 몇 시쯤이나 되었나. 휴대폰도 잃어버리고 시계도 없다. 잠시 후면 동이 틀까.

아니, 겨울밤은 길다. 아직도 해야 할 이야기가 많은 것처럼, 들을 이야기가 많은 것처럼…….

겨울밤도 아직 한참 남아 있을 것이다.

잠시 후, 모든 사람이 나가고 방에는 엄마와 온만이 남았다.

지금까지 한 마디도 하지 않은 엄마와 단둘이 남게 되자 긴장이 풀린 탓인지 졸음이 쏟아졌다. 눈꺼풀을 내리누르는 피로를 쫓으며 그녀가 엄마에게 물었다.

"이게 다 무슨 소란이우?"

일부러 느물거리듯 장난스럽게 건넨 온의 말에도 엄마는 여전히 대답이 없었다. 온은 털썩 탁자에 엎드렸다. 몸이 천근만근 무거웠다. 방에 불을 따끈하게 지폈는지 졸음이 몰려왔다.

"난 엄마가 이렇게 아는 사람이 많은지 몰랐네. 생전 집 밖에도 안 나갔잖아."

온은 여전히 엎드린 채 고개를 돌려 옆에 앉아 있는 엄마를 바라보았다. 엄마의 옆모습은 시든 붓꽃처럼 슬퍼 보였다. 온은 왠지 모르게 가슴이 아렸다.

"엄마."

"응……?"

차분한 딸의 목소리에 엄마가 비로소 눈을 돌려 그녀를 바라보았다. 엄마의 힘 빠진 눈동자가 고통으로 얼룩져 있었다.

"괜찮아?"

"응……? 응…….."

온의 가슴이 한 번 더 아렸다. 그녀는 위로하듯 엄마를 보며 미소 지었다.

"엄마."

"응?"

"무슨 이야기인지는 모르지만. 그냥…… 해."

엄마가 희미하게 웃었다. 그러나 그것마저 슬프다.

한 움큼의 정적이 더 흐른 후. 드디어 엄마는 입을 열었다.

"지금부터 내가 하는 이야기를 네가 얼마나 받아들일 수 있을지 모르겠구나. 네게 이런 이야기를 하는 날이 올 줄은 몰랐는데. 네가 죽을 때까지 너는 내 딸로만 살 거라고 믿었다. 그럴 수…… 있을 거라고 믿었어, 엄마는."

엄마는 탁자 위에 놓인 나비호롱을 바라보며 이야기를 시작했고, 온은 눈을 감고 끊어질 듯 가냘프게 이어지는 엄마의 목소리에 집중했다.

"어디서부터 시작해야 할까. 내 고향은 제주다. 네게 말해 준 적 있었지? 나는 부모도 형제도 없이 혼자서 살아왔다. 언제 태어났는지도, 누가 나를 만들었는지도 모르고 그렇게 살았단다.

때가 되면 삼남(三南)을 돌아다니며 바람을 고르고, 2월 초하루가 되면 제주를 찾아가 보름 동안 섬에 머물렀다. 1년에 열다섯 날, 내가 신이 된 곳에 돌아가서 한 해 동안 해녀들이 물질을 해서 올릴 바다 것들의 씨를 뿌렸지.

언제부터 그렇게 했는지도 기억이 나지 않아. 세상에 바람이 생긴 뒤로 매년 그렇게 뭍과 섬을 오가며 바람을 나르고, 물속 살아 있는 것들을 보살펴왔다.

아가, 엄마가 지금 무슨 말을 하는지 모르겠지. 조금만, 조금만 더 들어다오. 혹시 영등…… 영등할망이라는 이름…… 들어본 적 있는지 모르겠구나.

그게…… 나란다. 그래, 엄마는 지금 네게 엄마가 예전엔 사람이 아니었다고 말하고 있는 거야."

더듬더듬 느리게 이어지는 놀라운 사실에도 엎드려 있던 온은 어떤 말도 어떤 반응도 보이지 않았다. 엄마는 그런 딸의 반응을 두려워하면서도 고백을 멈추지 않았다.

고백이라는 것이 그렇다.

검은 비닐봉지를 커터칼로 찢어발기듯 고백은 막무가내로 진실을 뿜어낸다. 감춰진 이야기는 일단 풀리기만 하면 멈출 수 없다. 바닥에 고인 한 방울까지 밖으로 나오는 수밖에 다른 길이 없는 것이 고백이다.

비밀을 토로하는 엄마의 옅은 목소리는 그렇게 끊어질 듯 끊어지지 않고 계속 이어졌다.

"내가 어떤 것이었는지는 별로 중요하지 않아. 온아, 엄마가 예전에는 신이었지만 너를 낳고 인간이 되는 것을 선택했어. 언젠가는 너와 같이 인간으로 죽을 거니까 그건 이제 아무 상관없는 거야."

엄마는 구멍 난 가슴으로 가쁘게 숨을 뱉어냈다. 그린 듯 단아한 입술이 서글프게 떨렸다.

"하지만…… 하지만…… 이제는 네 아버지 이야기를 해야 할 것 같구나."

고백의 모서리에 눈물이 맺혔다.

엄마의 목소리는 그리움의 물기로 얼룩지고 있었지만 간신히 흐르는 것은 참고 있는 듯했다.

엎드려 있던 온이 테이블에서 천천히 몸을 일으켰다. 그러나 반듯하게 앉은 그녀의 얼굴에는 아무런 표정도 없었다. 스물일곱 된 딸은 지금까지 단 한 번도 아버지 이야기를 들은 적이 없었다.

"나는 네 아버지를 1981년 음력 2월 제주에서 처음 만났다.

내가 제주로 돌아갈 때마다 머무는 당(堂)이 있었다. 영(靈)인 여신은 사람의 몸을 입고 화현(化現)할 때 쓸 눈에 띄지 않을 거처가 필요했지. 마치 이 집처럼 말이야.

매해 굿을 하는 건입동의 칠머리당이 있긴 했지만 거긴 보는 눈이 너무 많았어. 대대로 칠머리당굿을 올리는 큰 심방의 딸들이 은밀히 그곳을 관리해 주었지. 선대의 심방이 죽어도 다음 심방이 그곳에서 나를 기다렸다. 내가 떠난 당은 언제나 다음해 2월까지 비어 있었지.

그런데 바람이 심하게 불던 그해 2월 초하루, 내가 당에 들어섰을 때…… 당에는 누군가 있었어."

엄마는 감정이 북받쳐 오르는 듯 잠시 말을 멈췄다.

"네 아버지…… 네 아버지가 거기에 있었지."

엄마의 눈에 말갛게 눈물이 고였다.

"고깃배를 몰래 얻어 타고 섬으로 숨어들었다는데, 얼굴이 뽀얗고 눈동자가 그믐밤처럼 새까맣더라. 어딘지 모를 귀티가 났지."

부산 사투리를 쓰는 수줍음 많은 청년. 웃는 모습이 선하던 스물세 살의 법대생이 이 순간 엄마의 기억 속에서 살아 돌아왔다.

엄마는 영원히 살아 있는 그의 모습을 하나하나 기억해냈다.

"누구를 피해 섬에 들어왔는지, 거처도 없이 떠돌던 사람이 바람을 피해 숨겨진 당에 들어왔던 거였어. 온몸이 꽁꽁 언 채로 구석에 웅크리고 있는데, 내보낼 수도 없고 잡을 수도 없어서…….

그렇게 같이 앉아서 밤을 지새웠다. 용한 심방을 찾아 뭍에서

요양 온 처녀라고 하니 순하게 믿어 주었지. 낯선 아가씨와 한 방에서 밤을 지새우게 된 것이 부끄러워서 얼굴을 붉히며 어찌 나 머리를 긁어 대던지…….

그 사람, 얼마나 순한 사람인지…… 내가 누구인지도 모르고, 내가 무엇인지도 모르고…….”

추억에서 나온 울음인지 고통이 쥐어짠 눈물인지 알 길 없었 다. 무엇 때문에 우는 것인지도 몰랐다. 엄마는 온 곳 모를 눈물 에 휩쓸려 작은 몸을 들썩였다.

온은 여전히 무표정한 얼굴로 미동 없이 앉아 있었다.

머릿속에는 태풍으로 불어난 물에 쓰레기가 떠다니듯 생각 들이 미친 듯이 떠돌고 있었다.

엄마가 사람이 아니었다. 엄마가 영등할망, 바람의 신이었 다. 그리고 엄마는 인간이 됐다.

엄마는 아버지를 만났다. 아버지는 좋은…… 사람이었다.

온은 빗줄기에 떨리는 꽃잎처럼 떨리는 입술을 꽉 깨물었다. 이것은 일종의 암호인가. 머리가 깨질 듯이 아팠다.

결코 보고 싶지 않던 눈물이 엄마의 눈에서 떨리는 손등 위로 후두둑 떨어진 순간, 온은 더 이상 참을 수 없었다.

“엄마, 미쳤어?”

온은 쇳소리를 내며 비명을 질렀다. 쇠 끈으로 조여 오는 것 같이 아픈 머리로 그녀가 할 수 있는 것은 화를 내는 것 외에는 없었다.

이런 이야기를 어떻게 믿으라는 건가.

엄마가 바람신이고 아버지는 떠돌이라고? 엄마가 탱화에 나오는 보살처럼 인간의 몸을 입고 아버지를 만났다고? 그래서…… 그래서 자신이 태어난 거라고?

이건 받아들여 줄 수 있는 농담의 수준을 넘어섰다. 연구 때문에 보살도에 얽힌 설화, 불교의 윤회, 다 안다.

다 알고 인정해 줄 수 있지만 그런 게 현실에 있다고, 그것도 제 부모의 정체와 관련 있는 거라고 말한다면 그건 다른 문제다.

확실히, 정말 확실히 다른 문제다. 이 밤중에 자기를 이 먼 곳에까지 불러다 놓고, 일면식도 없는 사람들과 그 온갖 소동을 겪게 해 가면서까지 꼭 들려 주고 싶었던 이야기가 고작 이런 건가?

아버지 없이 자란 건 괜찮지만…… 그래도 이렇게 억지로 만들어 낼 것까진 없었잖아. 불러 볼 수도 없었던 사람을…… 이런 웃기지도 않는 소설 속에 등장시킬 필요는 없었잖아.

이건, 이건 너무 심하잖아. 우릴 버렸어도…… 그래도…… 아버지인데.

"엄마, 이건 좀 아닌 거 같아. 엄마, 엄마 내 말 좀, 좀 들어 봐. 갑자기 왜 그래? 응? 왜, 왜 그런 이상한 소리하는 건데, 응? 나한테, 나한테 갑자기 왜 그러는데!"

온은 격한 감정을 주체하지 못하고 세차게 엄마를 다그쳤다.

그러나 엄마는 죄인처럼 고개를 숙이고 울음에 몸을 맡길 뿐이었다.

온은 그녀의 몸 깊은 곳에서 솟구쳐 오르는 뜻 모를 분노를 참을 수가 없었다. 찌르는 듯한 두통 때문에 몽롱해진 정신을 간신히 부여잡고 창호문을 벌컥 열었다.

그리고 쓰러지듯 방 밖으로 비틀거리며 걸어 나왔다.

뇌가 아래로 쏟아지는 느낌이 들었다. 머리가 너무 아프고 온몸이 젖은 솜처럼 무거웠다. 이것이 현실인지, 아니면 그녀가 꿈을 꾸고 있는 건지 분간할 수 없었다.

엄마가 무슨 소리를 했는지 하나도 모르겠어. 나, 하나도 기억나지 않아.

바깥에는 눈이 펄펄 내리고 있었다. 지리산은 온통 눈에 휩싸여 오디오의 mute 버튼을 누른 것처럼 고요했다.

일단 여기서 나가자. 나가서 생각하자.

온은 무너지듯 툇마루에 앉아서 더듬더듬 신발을 찾아 발에 끼워 넣으려고 했다. 그러나 손이 떨려서 작은 펌프스를 제대로 신을 수가 없었다. 자신도 모르는 사이 온몸이 미친 듯이 떨리고 있었다. 눈물 때문에 눈앞이 자꾸만 뭉그러졌다.

그때, 어디선가 가늘고 긴 손가락이 나타나 온의 작은 발을 잡고는 구두를 신겨 주었다.

고개를 들자 눈물로 뭉개진 현백의 얼굴이 보였다. 그는 온 앞에 쪼그려 앉아 말없이 다른 쪽 신발도 신겨 주었다. 현백이 움직일 때마다 그의 가죽재킷으로부터 쌉싸래한 냄새가 밀려왔다.

담배를 얼마나 피우면서 기다린 걸까. 자신을 방에 들여보내기 전에 "여기에 있겠다."고 했던 그의 말이 생각나자 갑자기 눈물이 후두둑 떨어졌다.

비로소 그의 얼굴이 선명하게 보였다. 그의 얼굴은 슬픔으로 가득 차 있었다.

"……괜찮아요?"

잔뜩 쉰 목소리로 현백이 속삭였다.

분명 그는 이 모든 걸 알고 있었다.

갑자기 뜻 모를 배신감과 분노가 치밀어 올랐다. 온은 그의 어깨를 밀치고 비틀거리며 혼자 일어나려고 애썼다.

세상이 온통 흰색이다.

아직도 밤이 끝나지 않았다.

지긋지긋해. 이 이상한 밤, 끝나지 않을 것 같은 지독한 밤. 알고 싶지 않은 이야기. 미친 것 같은 사람들.

너무너무 싫어.

간신히 몸을 일으켜 세웠지만 다리에 힘이 하나도 없었다. 안채 앞마당에는 어느새 두툼한 융단처럼 흰 눈이 쌓여 있었다.

거짓이라는 것을 모른다는 듯 순진한 눈.

언제부터 눈이 왔던 걸까. 그 노망난 것 같은 노파가 운명에 없는 아이 운운하며 자신의 존재를 빈정댔을 때부터? 도난당한

석상을 찾아오라고 호령했을 때부터? 엄마가 자기가 신이었다
고 농담했을 때부터?

아버지…… 이야기를 했을 때부터……?

"엄마가…….."

그녀의 목구멍에서 자신의 목소리가 아닌 것 같은 쉿소리가
삐져나왔다. 온은 마른입을 적시며 최대한 냉정하게 말하려 했
다. 하지만 자꾸만 눈물이 터져 나오고, 누가 머리에 대고 무두
질이라도 하는 것처럼 끔찍한 통증이 쉴 새 없이 밀려왔다.

도무지 견딜 수가 없었다.

"……미친 거 같아요."

흐느끼듯 말을 마치자마자 하얀 눈밭이 그녀 쪽으로 벌떡 일
어서며 해일처럼 밀려들어 왔다.

그녀는 정신을 잃고 눈밭 위로 쓰러졌다.

온이 눈밭 위로 쓰러지던 그 시간.

성준은 호텔 퀸 사이즈 침대 위에서 깨어났다. 몸은 여느 때처럼 딱딱하게 경직되어 있었고, 땀으로 범벅이 된 시트는 긴 다리에 엉켜 있었다.

성준은 거칠게 숨을 몰아쉬었지만 이내 냉정을 되찾았다.

그도 이제 어느 정도 그 꿈에 익숙해졌다. 꿈은 언제나처럼 그를 장악하고 있지만.

그는 냉장고에서 생수를 꺼내서 뚜껑을 열었다. 그리고 꿈의 기운을 희석시키려는 듯 벌컥벌컥 한꺼번에 반 병을 들이켰다. 물을 마시고 책상 위에 놓인 고풍스러운 탁상시계를 집어 들어 시간을 확인했다.

새벽 4시 50분.

다시 잠드는 건 의미가 없다. 그렇지만 당장 휘트니스로 내려가기에는 이른 시간. 그는 남은 물을 가지고 침대로 돌아가 침대 머리맡에 걸터앉았다.

성준은 끈질기게 자신을 옭아매는 꿈에 대해서 생각했다. 그리고 그 여자, 온에 대해서도.

독실한 기독교 가정에서 크리스천으로 길러진 성준에게는 한 가지 비밀이 있다. 그와 그의 어머니만이 아는 비밀. 그것은 꿈과 관련된 특별한 능력에 대한 것이었다.

성준이 어린아이였을 때부터 그의 잠은 다양한 꿈에 지배되어 왔다. 그것은 누구나 꾸는 이상한 꿈의 하나, 또는 기괴망측한 무의식의 발산 같은 것이 아니었다. 수면 중 일어나는 일상적인 뇌의 활동으로 치부해 버리기엔 너무나 또렷하고 명확한 꿈.

성준은 예지몽을 꾸는 아이였다.

어린아이였을 때는 그저 꽃이 만발한 넓은 들판에 대한 꿈을 꾸었을 뿐이었다. 어머니는 다섯 살 난 성준이 더듬더듬 꿈 이야기를 할 때마다 그저 그의 심성이 곱기 때문에, 또는 하나님이 그를 예뻐하시기 때문에 그렇게 아름다운 꿈을 꾸게 된 거라고 말해 주었다.

그러나 그의 꿈은 청소년기를 지나면서 본격적으로 예지적 성격을 띠었다.

대학 입학시험 전날, 성준의 꿈에는 거대한 손이 등장했다.

허공에 떠 있는 손이 뜬금없이 그에게 허수 i를 아느냐고 물었다. 시험에서 그 부분은 포기하기로 하였기 때문에 아예 책을 펴지도 않았던 성준은 당연히 모른다고 대답했다. 그러자 손이 허공에 글씨를 쓰기 시작했다.

잠시 후, 손이 다시 물었다. 알겠느냐고. 성준이 여전히 모르겠다고 대답하자 손은 다시 가르쳤다. 거대한 손이 허공에 수십 번 같은 내용을 쓰고 지우기를 반복하였고, 그렇게 밤새 듣다 보니 성준은 어느새 허수와 관련된 그 문제를 달달달 외우게 되었다.

다음 날, 시험장에서 시험지를 받아 든 성준의 입은 놀라움으로 벌어졌다. 밤새 손이 가르쳐 준 바로 그 문제가 똑같이 출제되어 있었던 것이다.

이후에도 꿈을 통한 예지는 계속되었다. 때로는 종교적 상징이, 때로는 세속적 상황이 불규칙하게 제시되었지만, 꿈은 언제나 그가 나아가야 할 방향을 명확하게 가리키고 있었다. 단 한 번도 틀린 적 없이.

혹자는 이런 꿈을 일종의 데자뷰 현상으로 치부하겠지만, 성준은 자신의 꿈이 뇌의 인지 현상과는 관련 없다는 것을 알고 있다. 꿈에서 깨자마자 그 내용을 적어 놓기를 수차례, 꿈이 예언한 일들이 현실에서 그대로 일어나는 것을 몇 번이고 확인했다.

받아들일 수밖에 없는 신이한 능력.

선택받은 예언자.

그것이 성준에게 운명적인 달란트였다.

어머니는 그의 아들이 요셉의 능력을 받은 것에 기뻐했지만 그는 혼란스러웠다. 도대체 이 능력을 가지고 뭘 어쩌라는 것인지. 사춘기를 지나며 그는 숨이 막히는 것 같은 느낌을 느꼈다.

그것은 일종의 두려움이었다.

예지몽을 통해 하나님이 제 뜻대로 자기를 써먹으려는 심보가 아닌지, 매주 예배에 끌려가 설교를 들으며 그는 마음속으로 두려워했다.

성경에 나오는 수많은 선지자와 순교자처럼 나를 그렇게 써먹으려거든 이런 꿈 따위 가져가 버려요.

원하지 않아요, 난.

결국 그는 집에서 따로 떨어져 독립한 이후 더 이상 교회에 나가지 않게 되었다. 그리고 전 세계를 돌아다니며 화려한 커리어를 쌓으면서 점점 신비한 꿈과 그 꿈을 꾸게 만드는 존재를 외면할 수 있었다. 가끔씩 예지몽이 그의 삶 속에서 튀어나오곤 했지만, 그는 그것을 두려워하며 거기에 매이는 삶으로 돌아가길 원하지 않았다.

성준은 깊은 생각에 잠기며 다시 물 한 모금을 마셨다.

그런 결심 속에서 잘 살아오던 그에게 이상한 일이 일어나기 시작했다. 2년 전부터 두어 달에 한 번씩 이상한 꿈을 꾸기 시작한 것이다.

꿈에는 얼굴 없는 여자가 등장한다. 그녀는 꿈속 성준이 열렬히 사랑하는 사람이다. 그는 눈이 무릎까지 차오른 빽빽한 침엽수림 사이를 그녀와 걷고 있다.

성준은 여자의 뒷모습만 바라보고 걷는다. 그녀는 그를 어디론가 인도하듯 앞장서 걸어가고 있다.

빙하를 잘라 옷을 해 입은 듯, 여인은 순백의 차림이다. 여인의 뒤를 말없이 따르던 성준은 불현듯 여자의 발자국 색깔이 아까와 다르다는 것을 깨닫는다.

그녀의 발자국에 피가 고여 있었다. 붉은 잉크를 점점이 흩뿌린 듯 어지럽게 찍힌 발자국을 따라 시선을 옮기던 성준은 공포에 질린다.

그녀의 순백색 치마가 온통 붉은색으로 물들고 있는 것이다.

흰 눈 위에 뱉어 버린 각혈처럼 선명한 붉은색으로 물든 치마는 아이러니하게도 고급 염료로 물들인 그 어떤 실크보다 아름답게 빛나고 있었다.

꿈속의 성준은 알고 있다. 그것이 그녀의 피라는 것을.

사랑하는 이가 피 흘리며 죽어 가고 있음을 깨달은 성준은 한없는 고통 속에서 몸서리친다.

그러나 그가 할 수 있는 것은 아무것도 없다. 소리를 지르려고 해도 목소리가 나오지 않는다. 아무리 뛰어도 그녀를 따라잡을 수 없다.

치마의 붉은빛이 짙어지면 꿈속 성준의 고통도 커져 간다. 척추가 지끈거릴 만큼 깊은 무력감이 전신을 휘감는다. 연인이 손도 못 쓰고 죽어 간다는 생각에 미치기 직전이 되어서야 그는 꿈에서 깨어날 수 있다.

빳빳한 몸으로 흥건히 땀에 젖어서.

살아오면서 꿔 왔던 여러 예지몽들은 결코 고통스럽지 않았다. 여러 상징들이 복잡하게 얽혀 등장하는 일이 있긴 했지만, 이처럼 성준을 감정적으로 고통스럽게 만든 적은 한 번도 없었다.

그러나 이 꿈을 꾸기 시작한 후 한두 달 동안 성준은 몸서리쳐지는 공포와 무력감 때문에 큰 소리로 울면서 잠에서 깨어났다.

꿈이 반복되는 패턴도 예전과 달랐다.

이전의 예지몽들은 이 꿈과 같이 오랫동안 반복되진 않았다. 기껏해야 두세 번 거듭 꾸는 것이 다였다. 그에 비해 이 무서운 꿈은 벌써 2년째 이어지고 있으며, 꿈을 꾸는 주기는 해를 거듭할수록 짧아져 한국에 들어올 즈음에는 거의 일주일에 한두 번씩 이 꿈을 꾸게 되었다.

가뜩이나 주식 매각을 마무리 짓는 과정에서 이러저러한 변수가 튀어나와 머리가 복잡한데, 며칠 걸러 고통스러운 꿈을 꾸니 죽을 맛이었다.

성준은 그 의미를 알려 달라고, 괴로움에 끝에 오래전에 그만

둔 기도까지 해 보았지만 응답을 받을 수 없었다.

물병을 든 성준은 침대 헤드에 몸을 기댄 채 깊은 생각에 잠겼다. 꿈에 대한 그의 생각은 자연스럽게 온에게로 넘어갔다.

그녀를 처음 만난 비행기에서 그는 이륙 전부터 계속 눈을 감고 있었다. 옆자리에 누가 들어와 앉으려고 한다는 걸 소리로 알 수 있었지만, 심한 두통 때문에 짜증이 난 상태였기 때문에 그다지 몸을 움직이고 싶지 않았다.

잠시 후 무릎 위를 스치는 부드러운 니트 스커트의 감촉을 느끼며 '좁은 공간인데도 제법 날렵하게 들어가 앉는군.'이라고 생각했을 뿐, 그뿐이었다.

괜스레 성가시게 구는 승무원들을 물리치고 간신히 잠이 들었을 때, 성준은 다시 그 꿈을 꾸었다.

꿈속에서 그는 언제나 그랬듯 앞서가는 연인을 잡아 돌려세우려고 안간힘을 썼지만, 여전히 그녀에게 닿지 않았다. 고통은 끝없이 밀려들었고, 그녀가 곧 죽을 거라는 공포감에 성준의 전신은 딱딱하게 굳어가고 있었다.

꿈속의 성준이 '그녀가 몸 안의 피를 다 쏟기 전에 슬픔으로 내가 먼저 죽을 거야.'라고 생각했던 바로 그때,

이상한 일이 일어났다.

지난 2년 동안 단 한 번도 돌아선 적 없는 그녀가 성준을 향해 돌아선 것이다! 여인은 그를 향해 미끄러지듯 다가와 그의 뺨을 감싸고 속삭였다.

괜찮아요.

꿈속에서도 성준의 가슴이 미친 듯이 뛰었다.

드디어 그녀를 볼 수 있다! 못 견디게 그리워한 그녀의 얼굴을 확인할 수 있게 된 것이다!

눈물로 젖은 흐릿한 눈을 들어 그녀의 얼굴을 바라보려던 찰나, 다시 한 번 그녀가 속삭였다.

일어나요, 이제. 라고.

그 순간, 그는 꿈에서 빠져나왔다. 그러나 눈을 번쩍 떴을 때에도 그녀는 여전히 그의 얼굴을 감싼 채 거기에 있었다.

거기에 그녀, 현온이 있었다.

아직까지 남아 있는 고통의 여운, 처음으로 꿈속의 그녀가 돌아서서 자신을 위로해 주었다는 안도감. 그리고 몇 년을 쫓아다닌 연인이 꿈 밖으로 빠져나와 자신을 바라보고 있다는 놀라움.

성준은 눈앞에 있는 여자의 희고 깨끗한 얼굴을 멍하니 쳐다보았다.

자신을 걱정스럽게 바라보고 있는 커다랗고 검은 눈. 날렵한 콧날과 매만진 듯 우아한 턱선. 희고 긴 목 뒤로 탐스럽게 늘어진 긴 머리.

그녀를 본 그의 머릿속은 꿈과 현실이 뒤엉킨 혼돈 그 자체였다. 꿈의 연인이 드디어 돌아섰다는 기쁨과 극적으로 확인한 연인의 얼굴이 가슴 저리게 아름답다는 생각이 실타래처럼 얽히고설켜 무엇이 꿈이고 무엇이 현실인지 분간하기가 어려웠다.

그리고 갑자기 주체할 수 없는 눈물이 흘렀다.

살아 있다. 그 사람이…… 살아 있다.

그는 요동치는 심장을 진정시키기 위해 다시 눈을 감았다. 그러나 어둠 속에서 그녀의 얼굴이 잔상으로 남아 어른거렸다.

낙인처럼 정신에 찍힌 얼굴.

그 순간, 그의 심장을 하나의 목소리가 꿰뚫고 지나갔다.

운명이 나타났다. 드디어.

이 단호한 메시지에 성준의 정신이 또렷하게 깨어났다.

드디어 꿈도 끝난 것이다!

성준은 다시 눈을 떠 찬찬히 그녀를 바라보았다.

그는 물같이 맑은 그녀의 얼굴에서 고결한 성품을 읽어 냈다. 깊은 숲에서 숨어 사는 영양처럼 가냘픈 체구였지만 커다란 두 눈동자에 담긴 영혼은 분명 깨끗하고 건강한 것이었다. 그의 운명의 상대는 또렷한 정신과 육체를 가진 미인이었다.

그리고 그녀는 언제나의 꿈속에서처럼 붉은 스커트를 입고 있었다. 아까 무릎을 스치던 부드러운 니트의 감촉이 성준의 몸 안쪽에서 살아나고 있었다.

피가…… 피가 아니야. 그저 붉은 치마일 뿐이었어.

그는 잔잔한 미소를 지으며 시트에 몸을 기댔다.

드디어 운명이 왔다.

어깨에 놓인 그녀의 가느다란 손가락에서 따뜻한 기운이 새어 나와 땀에 젖은 제 몸 안으로 흘러드는 것 같았다. 갑자기 지난 2년간의 고통스러운 예지몽이 바로 오늘을 위한 것이었구나 하는 생각이 떠올랐다. 오랜 여정을 끝낸 여행자처럼 행복한 피로감이 몰려왔다.

신이 자신을 독신으로 늙게 할 작정이 아니셨다는 생각이 들면서 피식 웃음도 나왔다.

언제나 경외와 섬뜩함의 대상이었던 꿈의 끝이 이토록 만족스러운 것은 처음이었다. 지난 2년여 동안 자신을 괴롭힌 꿈의 목적이 이 사람을 만나게 하기 위해서라고 생각하자, 그는 교회를 다니던 어린 시절 이후 처음으로 하나님께 감사를 드리게 되었다.

성준은 신이 준 기회를 잡아 보이겠다고 생각했다.

수화물 컨베이어 벨트에서 그녀의 트렁크를 낚아챌 수 있었던 것은 운이 좋았다고밖에 볼 수 없다. 물론 트렁크를 잡지 못했어도 성준은 그녀를 쫓아갔을 것이다.

그는 살면서 그가 원한 것은 무엇이든 놓친 적이 없었다.

비행기에서 성준을 깨운 이후부터 줄곧 허둥지둥 당황하는 온은 꽤나 귀여웠다. 광화문에서 다시 만났을 때 함께 나눈 대화를 통해 그녀가 명민하고 유머 감각 있는 여자라는 것을 알 수 있었다.

현실로 뛰쳐나온 꿈의 연인은 아름답고 똑똑한 여성이었다. 그 사실이 그는 무척 만족스러웠다.

성준은 온에게 파트타임 아르바이트를 제안했다. 굳이 필요한 고용은 아니었지만 조심성 많은 그녀의 성격을 감안한다면, 적당히 건전한 미끼를 던질 필요가 있었다. 몇 번 더 만나 보면 자신에 대한 경계심도 풀리리라. 그리고 그 순간이 오면 그는 그녀를 낚아챌 것이다.

그의 삶 안으로.

본격적인 연애를 해 본 일이 없는 성준이지만, 지금까지 그가 맡아온 M&A 사건들처럼 하면 될 거라고 생각했다. 그동안 시시한 연애 제안이나 고백 따위를 처다보지 않았던 그의 선택이 옳았다. 어차피 하나님이 중매자인 운명의 상대라면 연애 방법 따위 몰라도 상관없을 테니까.

어차피 서로의 짝일 테니 걱정할 건 아무것도 없다.

성준은 느긋한 마음으로 서두르거나 압박하지 않고 그녀와의 첫 데이트를 마쳤다. 그러나 그 생각과는 별개로, 그의 심장은 온에게 반응하고 있었다. 그녀의 향기와 목소리, 발걸음과 웃음에 자신의 몸이 끌리는 것을 알 수 있었다.

'연애 따위'라며 시큰둥했던 성준에게 그것은 새롭고 놀라운 경험이었다.

그런데 그제 밤, 문제가 생겼다. 끝난 줄 알았던 꿈을 또다시 꾼 것이다.

이제는 온으로 대체된 그의 연인이 눈 속을 걷고 있었다. 현실의 온으로 꿈이 완성됐던 대로, 꿈속의 여인은 비행기에서 온이 입고 있었던 붉은 니트 스커트 차림이었다.

예전 꿈과 마찬가지로 앞장서서 침엽수림을 걸어가던 그녀가 천천히 뒤를 돌아봤다.

역시 현온, 그 여자였다. 풍성한 니트 치마가 피에 흠뻑 젖어서 눈 위로 핏방울이 후두둑 떨어졌다. 성준은 고통에 휩싸여 그녀에게 뛰어갔다.

그녀에게 손을 뻗어 닿기 직전, 꿈은 전에 보여 주지 않았던 새로운 장면을 펼쳐 보였다.

피 흘리던 온이 눈밭에 쓰러지고 눈 쌓인 숲이 붉게 물들었다.

온통 피밭이었다.

사방은 핏빛 눈으로 가득 찼으며, 침엽수들의 뾰족한 푸른 잎도, 아름드리나무들도 모두 선명한 붉은빛으로 물들었다.

그 공간에서 피로 물들지 않은 것은 성준 혼자뿐이었다. 끝 간 데 없이 뻘건 숲 속에서 그는 고통으로 울부짖었다.

그렇게 어제도, 오늘도 성준은 피가 넘치는 숲 속에서 깨어났던 것이다.

그녀를 만났는데도 꿈은 계속되었다. 아니, 거기에 더해 꿈은 새로운 이야기까지 풀어내고 있었다.

온이 등장한 후 새롭게 진행된 붉은 산의 이미지는 성준을 깊은 고민에 빠트렸다. 그것이 무엇을 의미하는지 몰랐기 때문에 그는 불안한 마음을 감출 수 없었다. 성준은 일을 맡을지 말지 온이 충분히 고민하고 결정할 수 있도록 며칠이고 느긋하게 기다리겠다는 다짐을 깨고, 어젯밤 그녀에게 전화를 걸었다.

그러나 그녀의 전화기는 꺼져 있었고, 그는 불길하다는 생각에서 벗어날 수 없었다.

혹시 그녀에게 무슨 일이 생긴 걸까.

자신에게 짝지어진 단 하나의 운명이 위험에 처한 것이라면 자신은 견딜 수 없을 것이다. 날이 밝으면 다시 전화를 하겠다는 생각으로 솟아오르는 불안감을 억누르며, 성준은 손에 든 물병을 우그러트려 휴지통에 던져 넣었다.

어느덧 6시.

창문으로 내려다본 도로는 아직 한산하다. 휘트니스에 가서 운동을 하면 기분이 좀 나아지리라. 성준은 트레이닝복을 집어 들었다.

＊　　＊　　＊

나는 작은 새우야.

이 흉폭한 바다, 아니, 이 컴컴한 고래 배 속에서 나는 한낱 작은 새우에 지나지 않아.

잠에서 깬 후 온의 머릿속에 제일 먼저 떠오른 생각은 그런 것이었다.

꿈은 꾸지 않았다. 아니, 어쩌면 고래 배 속에 있는 꿈을 꾼 것일지도 모르지.

잠은 새까맣게 온을 빨아들였다가 뱉어냈다. 꼭 거대한 고래가 그녀를 삼켰다가 물과 함께 푸우! 하고 뿜어낸 것 같았다. 온은 방금 꿈의 고래 배 속에서 탈출한 한 마리 새우였다.

지겹도록 초라하고 슬펐다.

자신이 얼마나 무기력하고 하찮은지를 생각하며 온은 새우가 되는 상상을 곱씹었다. 잠시 후, 그녀는 천천히 눈을 떠 자신이 휘감고 있는 이불의 흰 홑청을 노려보았다.

요즘 세상에 누가 홑청에 풀을 먹이나.

빳빳한 호청을 손으로 한번 쓰다듬어 본다. 까슬까슬하게 풀을 먹인 광목천이 서늘하다. 이불 안쪽과 이불 아래 그녀의 몸, 그 아래 두툼한 요와 요 아래 방바닥까지 절절 끓고 있는데 바깥 공기와 맞닿은 이불 홑청만은 사그락거리는 소리를 내며 서늘하다.

여기 외풍이 세구나.

온은 천천히 몸을 일으켰다. 방바닥을 짚으니 따끈하다 못해 데일 듯 뜨겁다. 계속 몸을 새우처럼 구부리고 자서일까, 어깨와 허리가 욱신거렸다. 몸을 쭉 펴니 신음이 절로 나온다.

얼마나 잔 걸까.

온은 고개를 돌려 천천히 방을 훑어보았다.

나란히 자리한 방 두 칸이 미닫이를 사이에 두고 나뉘어 있었으며, 지금 그녀가 누워 있는 이부자리는 그중 안쪽 방 아랫목에 깔려 있다. 방에는 오래된 문갑 하나, 옷장 하나가 있을 뿐,

그 외에는 번잡스러운 가구 없이 탁 트인 모양새다.

미닫이문을 사이에 두고 안쪽 방 창문에는 엷은 발이 내려와 있었다. 덕분에 그녀가 누워 있는 방은 잠자기 좋게 제법 어두 웠고, 반대로 가린 것이 없는 저쪽 방은 창호지 사이로 빛이 은 은하게 새어들어 꽤 밝았다.

한눈에 봐도 품위 있게 꾸며진 방.

새삼 덮고 있는 이불을 다시 훑어보니 새각시가 시댁에 해 온 것처럼 새로 지은 금침(衾枕)이었다. 내 참, 요즘 세상에 예단도 이렇게는 안 해 오겠다…….

그래도 이 단정한 방과 잘 어울린다는 생각을 하며 온은 부드 럽게 이불을 쓰다듬었다.

"깼어요?"

갑자기 튀어나온 남자 목소리에 화들짝 놀라 소리 나는 곳을 바라보니 흰 터틀넥 스웨터에 청바지를 입은 현백이 온의 머리 맡에 다리를 쭉 펴고 앉아 있었다.

머리맡 구석진 모퉁이에 소리 없이 앉아 있어서 그녀는 그가 이 방에 있는지조차 알아채지 못했다.

어둑어둑한 방에 저렇게 홀로 눈꽃처럼 빛나고 있는데도 알 아보지 못하다니!

"어, 언제……부터 있었어요?"

"얼마 안 됐어요."

현백은 조용히 일어나서 저쪽 방 미닫이문 뒤쪽에 놓아 둔 작은 소반 하나를 들고 왔다. 그녀의 이부자리 옆에 상을 내려놓은 그는 팔을 뻗어 온의 발치 쪽 요를 살짝 들어올렸다.

거기에는 뚜껑이 덮인 유기 밥그릇과 국그릇 두 벌이 가지런히 놓여 있었다. 현백은 소매를 행주 삼아 차례차례 그릇을 소반 위로 옮겨 올렸다.

그녀보다 키는 한참 큰 남자애인데도 조곤조곤 움직이는 모양새가 귀여웠다.

"어머니가 밥 먹이라고 하셔서 들어왔는데 곤히 자는 것 같아서."

"깨우지 그랬어요."

"금방 일어날 것 같아서요."

온은 그가 반찬 그릇 여덟 개의 뚜껑을 하나하나 열고 자신의 밥과 국 뚜껑까지 열어 주는 것을 아기처럼 바라보았다. 산채와 장아찌인 반찬들은 모두 정갈한 솜씨로 요리된 것들이었다.

무심코 밥그릇에 손가락을 댄 그녀는 그 뜨거움에 놀라 화들짝 손가락을 뗐다. 절절 끓는 아랫목에서 데워진 놋그릇이었다.

그럼 그는 언제부터 여기에 있었던 건가. 방구들에 그릇이 이렇게 달궈질 정도로 내가 깨길 기다린 걸까.

"드세요."

현백이 맞은편에 앉아 자기 밥그릇 뚜껑을 열며 권했다. 온은 잠시 망설였지만 곧 수저를 들었다. 허기지기도 했고, 무엇보다 먹어야 서울에 올라갈 수 있을 것 같았다. 다시 쓰러지거나 하면 곤란하니까.

먼저 국으로 입안을 적셨다. 국은 맑은 송이탕이었다. 국물이 짜지 않고 담백했다. 입안을 감도는 송이의 향이 무척 좋았다.

생송이인가……?

이 계절에 그럴 리는 없겠지만 향이 제철 생송이처럼 짙다. 맑은 국으로 입맛이 돌자 그녀는 밥을 털썩 국에 말아 버렸다. 평소에 잘 하지 않는 행동이지만 어쩐지 이 밥과 국을 다 먹고 기운을 내야 할 것 같았다.

밥을 휘휘 풀어 한입 크게 넣고 고집스럽게 씹었다. 대충 씹어 삼키고 다시 한입 크게 밀어 넣었다. 이번엔 대충 씹지도 않고 삼켰다. 목구멍이 타는 것 같았지만 상관없었다. 또 수저로 밥을 퍼서 입에 쑤셔 넣었다. 뜨거운 송이향이 밀려들어 왔다. 목구멍과 위가 후끈했다.

그러자 마음이 좀 나았다. 한 수저 더 크게 퍼서 입으로 가져가려는 찰나, 현백이 수저를 쥔 그녀의 손목을 부드럽게 잡았다.

"왜 그래요?"

그는 희미한 미소를 입가에 띤 채 온의 얼굴을 응시했다.

"먹는 걸로 그러지 마요."

얼굴빛은 고요했지만 뜻 모를 애틋함이 엿보여서 그녀의 가습이 덜컥 무너지려고 했다.

자기를 괴롭히지 말아요.

그는 눈빛으로 그렇게 말하고 있었다. 부드럽게 타이르는 목소리, 손짓, 표정. 어제 차 속에서도 느꼈던 것처럼, 이 아이에게는 그녀의 마음을 약하게 만드는 어떤 구석이 있었다.

온은 말없이 현백의 손에서 자신의 손목을 빼냈다.

그러고는 그가 시킨 대로 밥을 입에 넣고 천천히 씹었다. 50번은 족히 넘게 씹으면서 자신보다 어린 남자애에게 유치한 억지를 들킨 것 같아 부끄럽다는 생각을 했다.

그때부터 현백과 온은 침묵 속에서 천천히 식사를 했다. 둘다 먹는 속도도 느렸고 각자 생각에 잠겨 있어서인지 소리 없이 각자의 밥과 국만 조용히 씹고 있었다.

밥을 절반쯤 먹었을 무렵, 그녀가 범범한 목소리로 말했다.

"나, 살면서 기절 처음 해 봤어요."

현백은 말없이 씩 웃었다. 온은 짐짓 의심이 간다는 말투로 물었다.

"나 업어서 여기까지 날랐어요? 설마 부대 자루처럼 질질 끌고 온 건 아니겠죠? 내가 좀 무겁긴 하지만."

그녀의 가벼운 농담에 현백이 환하게 웃었다.

미소년의 미소로 어둑어둑한 안쪽 방이 환해지는 것처럼 느껴졌다. 그녀도 살짝 웃어 보였다.

"근데 우리 언제 올라가요?"

절인 매실을 집던 젓가락을 멈추고 현백이 그녀를 바라보았다.

"서울이요. 언제 올라가요?"

그는 집었던 매실 장아찌를 입에 넣고 천천히 씹을 뿐 여전히 말이 없었다.

"오늘 안 올라갈 거면, 나 터미널에만 좀 데려다 줘요."

현백은 매실 절임이 육포라도 되는 양 오래오래 씹었다. 무거운 침묵이 밥상 언저리를 떠돌고 있었다. 매실 장아찌를 더 이상 씹을 수 없을 만큼 씹었을 때가 되어서야, 비로소 현백이 입을 열었다.

"이야기는…… 더 안 들을 거예요?"

"무슨 이야기요?"

아무것도 들을 생각이 없었다. 온은 고집스럽게 밥을 입에 밀어 넣었다. 스멀스멀 밀려 올라오는 우울한 기분을 꾹 누르며 천천히 음식을 씹었다.

현백이 낮은 목소리로 말했다.

"이해해 주지…… 않겠어요?"

"그만해요."

"이모는…… 힘든 시간을 견뎠어요."

밥을 씹던 온의 턱이 멈췄다.

그녀는 조용히 숟가락을 내려놓았다. 그녀 안에 숨겨져 있던 억눌린 감정이 기어코 터져 버렸다. 오랜 시간 응어리져 있던 것들이 구멍 뚫려 버린 가림막 사이로 비집고 나왔다.

어린 시절부터 견고하게 쌓아왔던 보호막이다.

아버지에 대한 궁금증도, 아무도 찾아오지 않는 조용한 집에 떠도는 숨죽인 외로움도, 지금 자신이 누구를 그리워하는지 모르겠어서 느낀 어린 날의 혼란도 억지로 밀어 넣었었다.

이 가림막 뒤로.

어젯밤 사건이 있은 후, 줄곧 터지기 일보 직전까지 당겨져 있던 막이다. 그 팽팽한 것이 아플 만큼 그녀의 숨통을 조여 오고 있었는데…… 방금 현백의 몇 마디에 비로소 터져 버린 것이다.

현백은 그런 그녀를 안타까운 눈빛으로 바라보고 있었다. 온은 안쓰러워하는 그의 표정에 한껏 부풀어 오른 가림막이 다시금 가라앉는 것을 느꼈다. 그녀는 담담하게 속삭였다.

"엄마가 어떤 시간을 보내 왔는지는 당신보다는 내가 더 잘 알지 않을까요?"

이제 현백도 수저를 놓고 미동 없이 앉아 있다. 그는 온의 시선을 피한 채 쓸쓸히 소반의 가장자리만 내려다보고 있을 뿐이다.

"대학생이라고 했죠? 대학에서 갈고닦은 이성으로 생각해 봐요. 이 이야기를 믿어야 할까요? 내가? 아니, 먼저 말해 봐요. 어제 있었던 일, 사전에 다 알고 있었던 것 같은데…… 그런 이야기를 믿는 거예요?"

온은 자조적인 웃음을 지으며 허탈한 듯 말했다.

"나이도 드실 만큼 드신 분들이 어쩜 그렇게 다 같이……. 아니, 도대체 사람이 사는 현실이 뭐라고 생각하시는 거예요? 엄마도 정말 왜 그러는……."

"그럼 당신은 그 사람이 사는 현실이 뭐라고 생각하는데요?"

현백이 천천히 입을 열었다.

고요하게 온을 바라보는 현백의 눈동자가 잔잔히 흔들렸다.

"아니, 자기 자신이 뭐라고 생각해요?"

"무슨 소리예요?"

어두운 방 안에서 빛나는 맑은 눈동자. 그의 눈빛은 부드러운 진정성으로 가득 차 있었다. 어젯밤 차 속에서 보았던 눈빛, 그 달래는 눈빛. 그러나 지금 그 눈은 신비롭게 빛나고 있었다.

"현온이라는 사람에 대해 당신은 다 알아요?"

갑자기 던진 현백의 괴이한 질문에 온은 별다른 대답을 할 수 없었다.

"명동이며 강남역이며 복잡한 거리를 오가는 그 수많은 사람들……. 지금 그런 사람들이 사는 현실을 말하고 있는 거라면 그만둬요. 그들 중 진짜 현실, 진짜 세계를 아는 사람은 단 한 명도 없어요. 그들은 자기 자신이 누군지도 모르니까요. 아무도 내면이 보내는 신호에 귀를 기울이지 않아요. 자기 안에 뭐가 들어 있는지, 그들 중 누구도 관심 없어요. 피워 보지도 못한 내면의 존재를 남긴 채, 밖과 안의 모두가 허무하게 죽어 버리는 게, 그게 인간이에요."

온은 현백의 갑작스러운 발언에 할 말을 잃었다.

설마 이 애…… '도를 아십니까'인가? 어젯밤 봤던 사람들, 우리 엄마까지 다 그놈의 '도'를 안다는 집단에 가입한 걸까? 그럼 이 모든 게 말이 될 텐데. 아무렴.

"그런데 말이에요, 그쪽은 그 사람들보다 더 자기 자신을 모른다고 할 수 있어요. 왜냐하면……."

현백이 갑자기 다정하게 웃었다. 뽀얀 얼굴에 떠오른 갑작스러운 미소에 온의 가슴이 덜컥 내려앉았다. 미소에는 뜻 모를 서글픈 빛이 어려 있었다.

"당신은 다르니까요."

"아, 물론 다르겠지요. 학교 가서 자랑할까 봐. 여러분, 내가 한국의 해리 포터입니다. 아니지, 나는 더 대단하구나. 나는 여신의 딸이니까!"

온은 한껏 비웃음을 담아 대꾸했다.

그녀의 목소리에서 몸을 동그랗게 만 고슴도치 같은 뾰족함이 묻어났다. 원래 이렇게 날카로운 사람이 아니건마는, 저런 이야기를 하는 현백에게는 자꾸만 상처를 주고 싶었다. 칭얼대는 아이처럼 자기보다 나이 어린 저 애에게라도 떼를 쓰고 싶었다.

그럼 갑자기 그가 활짝 웃으면서 이 모든 게 다 뺑이라고, 나를 놀리려고 그래 본 거라고 말해 줄지 모른다.

아…… 그냥 도를 믿으라고 말해 줘요. 그게 낫겠어.

"세계에 대해 더 알게 되는 것이 두려운 거예요? 그냥 그렇게 외면하고 사는 사람들처럼 살고 싶어요? 하지만 이제 다 알게 됐잖아요. 이제 어떻게 하려고요? 당신, 겁쟁이잖아."

도발이다. 분명한 도발.

온은 덤덤한 표정이 서린 현백의 얼굴을 무섭게 노려보았다. 현백도 온의 눈길을 피하지 않은 채 단호하게 말했다.

"두렵지 않으면 다 듣고 판단해요. 아니, 두려워도 들어요. 다 듣고 난 다음에 비웃든 외면하든 마음대로 해요."

두 사람 사이에 잠시 팽팽한 침묵이 흘렀다.

"그 사람들처럼 살 순 없어요, 이제. 알잖아요."

온이 이를 꽉 깨물며 읊조렸다.

"그딴 거, 몰라요."

현백은 빙긋 웃으며 천천히 수저를 들어 국을 한 모금 마셨다.

"아, 그럼 뭔가 증거를 보여 주든가! 밑도 끝도 없이 믿으라고만 하면 내가 뭘 보고 그걸 믿……!"

온이 버럭 소리를 지르려고 목청을 가다듬던 그때.

갑자기 바깥에서 난데없이 짐승이 그르렁대는 소리가 나더니, 이어 크게 포효하는 소리가 사방을 쩌렁쩌렁하게 울렸다.

"그르렁…… 어흥!"

온과 현백은 거의 동시에 반대편 방 끝에 있는 문을 쳐다보았다. 창호문 밖에서 분명 짐승 소리가 들렸다. 현백이 말릴 틈도 없이 그녀는 벌떡 일어나 문을 열어젖히고 툇마루로 나섰다.

어둑어둑한 방에서 밖으로 나오자 눈이 시렸다. 온 세상이 눈, 눈이었다. 온은 한 손으로 이마에 챙을 만들어 빛을 가리고 빠르게 주변을 둘러보았다.

그녀가 누워 있던 방은 어제 슬쩍 본 안채 옆 별당이었다.

작은 별당의 앞마당에는 두껍게 눈이 쌓여 있었고, 별당을 둘러싼 담 주변의 작은 정원수와 큰 나무에도 눈꽃들이 주렁주렁 매달려 있었다. 눈에 뒤덮였다고는 하나 조경이나 공간 배치 등이 무척 잘 관리된 집이라는 걸 알 수 있었다.

그런데 그 단아한 공간의 정중앙, 눈이 소복이 쌓인 별당 마당에 믿을 수 없는 광경이 벌어지고 있었다.

커다란 호랑이와 작은 소녀가 몇 미터 간격을 두고 서로 마주 보고 있었던 것이다!

더욱 놀라운 사실은 호랑이를 노려보고 있는 소녀가 어젯밤 안채에서 보았던 바로 그 아이라는 것이었다.

종이 다른 두 존재는 서로를 뚫어지게 노려보며 석상처럼 멈춰서 있었다. 커다란 호랑이의 뱃가죽이 호흡으로 울렁이자 온의 등줄기가 서늘해졌다.

0.1초도 안 되는 그 짧은 시간 동안 그녀의 머릿속엔 온갖 생각이 스쳐 지나가고 있었다.

'길이가 2미터는 족히 되어 보이는 커다란 호랑이가 지리산 자락의 외진 와가(瓦家) 별당 앞마당에 들어와 있다니. 지리산에 원래 호랑이가 살았던가? 『토지』에서 강 포수가 호랑이를 잡아 본 적 있는 사람으로 나왔던 것 같은데? 근데 지리산에 방사한 건 반달곰이었잖아? 저게 갑자기 어디서 튀어나왔지? 겨울이라서 배가 고파서 민가로 내려왔나? 저 짐승이 식욕이 좋으려나? 지금 119에 전화를 하면 구조 요원이 여기까지 오긴 할까? 아니, 그전에 저 짐승이 저 아이를 물면 어쩌지? 내가 어떻게 유인을 해 봐야 하는 걸까?'

온갖 생각들이 혈액처럼 빠르게 머리를 훑고 지나간 후, 그녀는 가까스로 작게 소리쳤다.

"안 돼……!"

그러나 그녀의 목소리가 너무 작아서인지, 아니면 서로를 노려보는 데에 너무 열중해서인지 호랑이도 소녀도 툇마루에 서 있는 온을 인지하지 못했다.

그런데 정말 놀라운 장면은 바로 그때부터 펼쳐졌다.

빨갛게 뺨이 달아오른 소녀가 갑자기 소리를 버럭 질렀다.

"아오, 변태 똥강아지 새끼!"

그러더니 소녀가 가볍게 몸을 날려 호랑이 얼굴에 발을 날리는 것 아닌가!

푸른 코트를 입은 소녀는 흡사 무협영화에 나오는 여협객처럼 붕! 하고 나비처럼 날아서는 작은 발로 호랑이의 오른뺨을 벌처럼 강타했다. 덩치가 무색하게도 호랑이는 소녀의 일격에 얼굴이 우그러져서는 주춤하고 몇 걸음 물러섰다.

그뿐만 아니었다.

호랑이 앞에 가볍게 착지한 소녀는 무서움 따위는 개나 물어 가라는 듯이 계속해서 호랑이의 옆구리에 발길질을 해 댔다.

호랑이가 맞는지조차 의심이 가는 동물은 소녀에게 계속 얻어맞으면서도 별다른 반격 없이 얌전히 있었다.

그러나 발길질이 거듭되자 그도 슬슬 성질이 뻗치는지 으르렁 소리가 점점 커져갔다. 그러다가 한 서너 대를 더 맞자 더는 못 참겠다는 듯 다시 한 번 크게 포효했다.

"으르르르르릉…… 어흥!"

바로 앞에서 듣는 호랑이의 포효 소리는 집을 둘러싼 산 전체를 울릴 만큼 무시무시했다.

"니가 짖어서 어쩌려고!"

그러나 맹수의 위협 따윈 아랑곳하지 않고 소녀는 계속 호랑이 옆구리에 발길질을 해 댔다. 온은 멍하니 그 광경을 바라보면서도 아무 의식 없이 호랑이가 불쌍하다는 생각만을 하고 서 있었다.

하룻강아지 범 무서운 줄 모른다는 속담의 리얼 버전이 눈앞에 펼쳐지고 있는 이 상황에…….

나는 왜 호랑이가 불쌍하게 보일까.

툇마루에 서서 멍하니 그 장면을 바라보고 있던 온의 뒤로 현백이 다가와 섰다.

"그만들 두지 못해?"

낮고 단호한 현백의 목소리가 별당 마당에 울리자, 두 괴생명체는 그제야 툇마루에 서 있는 온과 현백의 존재를 확인했다.

순간 얼어붙은 두 존재.

그런데 갑자기 얼음처럼 멈춰 선 호랑이가 주춤주춤 뒷걸음질을 치더니 휙 돌아서 별당에서 안채로 이어진 작은 문으로 허둥지둥 빠져나가는 것 아닌가?

거대한 몸이 무색하게 깡충깡충 뛰쳐나가는 폼이 사뭇 귀엽기까지 하다. 긴 얼룩 꼬리까지 별당 문턱에서 빠져나갔을 때, 온은 어쩌면 자신이 밥을 먹다가 잠이 들었을지도 모른다는 생각을 하고 있었다.

'역시…… 꿈을 꾸고 있는 게 아닐까?'

하지만 곧 소녀의 앙칼진 목소리가 울려 퍼지며 이것이 꿈이 아님을 확인해 주었다.

"저 자식이 또 여기서 알짱대잖아, 변태처럼!"

예쁘장한 말명의 양 볼이 분노로 빨갛게 물들었다. 길게 땋은 머리가 탐스럽게 흔들렸다.

"그럴 수도 있지. 새 사촌이 왔는데 궁금할 수도 있잖니."

"뭐가 궁금해, 뭐가! 뭐가!"

현백이 다시 작게 한숨을 내쉬었다. 향긋한 송이향과 그의 옷깃에서 풍기는 담배향이 그녀의 어깨로 떨어졌다. 온은 정신이 아찔했다.

"저거 여자만 보면 좋아가지고, 어떻게든 한 번 앵겨 보려고. 쟤는 변태야, 완전 변태라구, 오빠!"

"됐어. 그만두고 너도 나가 봐. 우린 밥도 마저 먹어야 하고 할 이야기도 있어. 괜히 호종이 때려서 소리 나게 만들지 말고, 사이좋게 있어. 사람들에게 의심받는다. 이따가 밤에 산에서 보자."

'우리'라는 말에 온과 소녀 모두가 반응했다. 온은 약간 신경이 쓰였을 뿐이지만, 소녀의 얼굴은 눈에 띄게 붉어졌다. 소녀는 온과 현백을 번갈아 바라보더니 그녀를 무섭게 노려보았다. 못마땅한 기색이 역력했다.

"어서."

현백의 단호한 말에 마지못해 발걸음을 옮기던 소녀는 뒤돌아 다시 한 번 온을 노려보았다. 호랑이도 잡아먹을 기세다.

분명 나를 싫어하는군. 왜인지는 몰라도.

그냥 저 나이 때는 이유 없이 호불호가 갈리는 법이라고 온은 쓸쓸하게 생각했다.

"증거 1."

온이 몸을 돌려 무슨 소리냐는 듯 현백을 바라보았다. 현백이 빙긋이 웃으며 청바지 주머니에 손을 넣었다.

"저 덩치 큰 호랑이는 호종. 어제 본 계룡 이모 아들이고, 여자애는 말명. 개양 이모 막내딸이에요."

기가 막힌다는 온의 표정을 보고 현백이 더 환하게 웃었다.

미소년의 잘생긴 입술에서 뽀얀 입김이 뿜어져 나오는 걸 온은 멍하니 바라보았다.

"저런 사촌들이 있는지 몰랐죠? 봐요, 당신은 다르다니까. 자신에 대해서 한 가지 더 알게 되었네요. 들어와 밥 마저 먹어요."

천천히 방으로 들어가는 현백의 넓은 등을 온은 툇마루에 선 채 멍하니 바라볼 수밖에 없었다.

베이비 페이스를 가진 미소년, 호랑이, 그리고 호랑이를 패는 여자애.

이런 엄친아, 엄친딸이라니.

*   *   *

그날 밤.

온은 가쁜 숨을 내쉬며 지리산 자락을 오르고 있었다. 끝 간 데 없는 무기력에 휩싸여 하루 종일 죽은 듯이 누워 있던 그녀를 일으켜 정갈한 저녁상을 받게 한 현백은, 달이 뜨자 길을 나서기를 청하였다.

그는 어딜 가는지, 뭘 하러 가는지도 말해 주지 않았다.

온은 하루 종일 별당 밖으로 나서지 않았다. 마음이 혼란스러워 정리할 시간이 필요했다.

간밤에 들었던 엄마의 이야기. 바람의 여신 영등할망이라는 엄마의 정체. 허무맹랑한 상황을 완벽하게 제 마음에서 몰아내기도 전에 목격해 버린 호랑이와 소녀의 격투. 눈앞에서 생생하게 움직이던 거대한 동물과 그 동물을 발로 마구 차 대던 말명이라는 여자애의 날랜 몸짓.

그들이 이 모든 것이 일종의 몰래카메라가 아니라는 것을 증명해 버리고 말았다. 그런 괴이한 장면을 보지만 않았어도, 어제 일은 신흥종교 단체에 빠진 아줌마들의 집단 광기 같은 것으로 치부해 버리고 넘어갈 수 있었을 텐데.

누가 봐도 그게 훨씬 이성적인 이해 방식이다. 이 모든 상황에 대해.

현백.

흰 얼굴의 미소년의 존재 또한 이성적으로는 이해할 수 없는 이 상황을 자꾸만 받아들이도록 밀어붙이는 또 다른 근거가 되어 버렸다.

온유함과 안쓰러움을 동시에 담고 있는 눈동자. 20대 초반 청년의 것이라고는 믿기지 않는 침착함과 우아함. 그런 사람이 확신하는 것이라면 그냥 믿어도 좋을 것 같았다.

그녀는 복잡한 마음으로 뽀얀 이부자리 위에서 몸을 뒤척였다.

누가 방 불을 때고 있는지 온돌방은 절절 끓었다. 일본에서 돌아온 후 제대로 된 휴식을 취하지 못한 온의 몸이 버터처럼 녹아내리고 있었다.

이부자리 옆 벽의 고운 벽지 무늬를 눈으로 따라가며 그녀는 아버지를 생각했다.

원래부터 없었던 사람, 아버지.

엄마가 미혼모로서 혼자서 자신을 낳았다는 것을 인지한 것은 아주 어린아이였을 때였다. 철이 들기도 전에 아버지에 대한 모든 질문은 금지되었다. 딱히 엄마가 말 못하게 한 것도 아니었다. 어린 온은 그저 직감적으로 알고 있었다. 아버지에 대해 엄마에게 물으면 안 된다는 것을. 아버지에 대해서 말하면 엄마가 울어 버리리란 것을.

하지만 처음부터 그것을 당연하게 받아들인 것은 아니었다. 세상에 의지할 사람이 서로뿐인 모녀였지만 그들 사이에는 보이지 않는 장벽이 있었다.

모녀 사이에 놓인 거리감의 근원은 아버지였다.

있었던 것은 확실하지만 이제는 없는 사람, 아버지. 얼굴 한번 본 적 없는 아버지는 두 사람 사이에 놓인 유리막 같은 존재였다.

아버지는 누군가를 피해 뭍에서부터 도망쳐 왔다고 했다. 뭐하는 사람이었을까? 왜 섬으로 숨어들었던 걸까? 어떻게 생겼을까?

왜…… 우리를 버렸을까?

거기까지 생각하자 머리가 까맣게 타들어 가는 느낌이 들었다. 27년 동안 미뤄 왔던 육친에 대한 감정이 한꺼번에 밀려드는 것이 버거워서, 그녀는 한 손으로 눈을 비비며 아버지 생각을 지워 버리려고 애썼다.

온은 다시 팽개쳐 두고 온 서울 생활에 대해 생각했다. 휴대폰도 잃어버려서 없다.

도대체 어디에 두고 왔지? 어제 갔던 삼겹살집과 호프집을 차례대로 떠올려 봐도 도무지 모르겠다. 현백에게 휴대폰을 빌려 볼 수도 있지만 그러기는 싫다. 딱히 그녀를 찾을 사람도 없었다. 아직 학기가 시작하기 전이었고, 게다가 일요일.

어쩌면 번역 때문에 박 교수님이 찾으실지도 모르지만……휴대폰이 꺼져 있으면 이내 포기하시겠지. 서울에서 10년을 살았지만 그녀를 찾을 사람이 없을 거라는 생각이 들어 서글픈 웃음이 나오려던 찰나, 문득 한 사람, 자신을 찾을지도 모를 한 사람이 떠올랐다.

윤성준.

그와 마지막으로 만난 지 벌써 이틀. 그가 자신을 찾을지 온은 사뭇 궁금했다. 그가 보여 준 사진 속 석상을 이모라는 사람들, 그리고 엄마가 이미 알고 있다. 그가 찾는 물건은 그것을 꽃상이라고 불렀던 노부인의 것인 듯했다.

온은 서울에 돌아가 성준에게 뭐라고 말해야 할지 생각해 봤지만 딱히 할 말이 떠오르지 않았다. 석상을 일본인 회장에게 가져가는 일은 그에게 무척 중요한 일이라고 했다. 그런 그에게 그 석상은 자기도 잘 모르는 엄마 지인의 소유물이라고, 그러니까 구매하는 걸 포기해 달라고 솔직하게 말해야 하나? 그것은 좀 웃기는 일이다.

그런데 노부인은 왜 자신이 그 석상을 찾는 일에 나서야 한다고 했을까. 내가 그 석상 사진을 제비가 박씨 물듯이 물어 가지고 와서인가?

끝없이 꼬리를 무는 생각이 사라진 끝에는 성준의 모습이 있었다. 온은 어느새 그의 넓은 어깨와 큰 키, 자신만만한 웃음과 낮게 울리는 다정한 목소리를 떠올리고 있었다.

오랜만에 찾아온 설렘. 어쩌면 사랑이 될지도 모르는 사람.

그가 자신을 찾고 있을까? 단지 석상 일 때문이 아니라 자신을 조금이나마 생각해 주고 있을까?

온은 그것이 궁금했다. 아무도 자신을 찾지 않는 서울에서 그 사람만은 자신을 기억해 주길 바라는 마음이 온의 심장 한편에서 피어나고 있었다. 그날 자신이 느꼈던 감정과 두근거림을 그가 조금이라도 느꼈기를 바라며.

한편으로 이런 생각도 있었다. 서울에서 바쁘게 움직이고 있을 성준의 존재와 그를 향한 자신의 애정의 싹이 이 말도 안 되는 상황에서 자신의 이성을 붙들어 주는, 그러니까 그녀의 현실 감각을 지켜 주는 단 하나의 끈이라고.

윤성준만은 생생한 현실 속에 있고, 그녀가 여기서 빠져나갔을 때 따뜻하게 웃으며 현실의 온기로 그녀를 맞아 주었으면 좋겠다고.

지금 그녀는 서울에 있는 성준의 존재를 현실에서 이어진 구명줄처럼 붙잡으며 매달리고 있었다.

이런 생각을 하다 그녀는 스르륵 수면의 늪에 빠져들었고, 현백이 저녁상을 들고 들어올 때까지 절절 끓는 방에서 곤히 잤다. 그렇게 개운한 몸으로 나선 한밤의 산행이었다.

벌써 30분 넘게 산길을 오르고 있었다.

온의 펌프스가 눈에 젖어들기 시작했다. 두툼하게 눈이 쌓인 산길은 앞서가는 현백의 발자국 외에는 아무것도 지나간 흔적이 없었다. 도대체 어딜 가는 건지, 이게 길이 맞기는 한 건지 묻고 싶은 맘이 굴뚝같았지만 랜턴을 들고 성큼성큼 앞서 나가는 그의 뒷모습에 자신감이 어려 있었기 때문에 그녀는 질문을 삼켰다.

길을 떠나면서 현백이 해 준 말은 "당신은 당신 자신에 대해서 좀 더 알아야겠어요. 우리도 그랬으면 싶고."였다. 단지 그 말뿐이었다.

그렇게 10여 분쯤 더 올랐을까. 달이 산 끝까지 올랐다.

오늘은 보름이었다. 얼음처럼 차가운 밤. 눈에 반사된 달빛으로 숲이 아주 어둡지는 않았다. 세상에서 가장 거대한 가로등 아래 지리산이 차갑게 빛났다.

"다 왔어요."

현백은 커다란 나무 두 그루가 서 있는 곳까지 와서야 비로소 온을 돌아보았다. 온의 발은 이미 꽁꽁 얼어 있었다.

"발이…… 추워요."

현백이 서둘러 그녀 쪽으로 다가왔다. 그러더니 황급히 주저 앉아 온의 발을 신발에서 빼서 만져 보았다.

"이런, 낮에 시내 나가서 다른 신발을 구해 줄걸. 이따가 내려 갈 때는 호종에게 부탁할게요. 몰랐어요. 미안해요."

그녀의 작은 발을 그의 따뜻한 손이 감싸자 그 온기로 온의 마음까지 따뜻해졌다.

조심스럽게 다시 신발을 신긴 현백은 그녀의 손을 잡고 두 나무 사이로 갔다.

"여기서부터 중요해요. 제 발자국을 따라 걸어요."

"네……?"

"제 발자국을 밟으면서 따라오라구요."

"아니, 그러니까 왜……?"

현백은 온의 질문에 대답하지 않고 앞서 나갔다. 잠시 물끄러 미 현백의 등을 바라보던 온은 일단 그가 시키는 대로 따라 해 보기로 했다.

온은 이곳에서 바보였다. 여기서 그녀가 아는 거라곤 하나도 없다. 그렇다면 그저 시키는 대로 하는 수밖에. 온은 현백의 큰 보폭을 폴짝폴짝 뛰듯이 밟는다.

왼, 왼, 오른, 왼, 왼, 왼, 오른, 오른…….

어린 시절 보도블록을 골라 밟으며 집까지 걸어가던 생각이 났다. 다른 아이들처럼 엄마가 유치원까지 마중 나와 주지 않았기 때문에 온은 집까지 혼자 걸어오곤 했었다.

현백이 앞서 찍고 간 발자국은 그 시절 용호동의 붉은 보도블록처럼 불그스름하게 빛났다. 주변에 쌓인 눈들은 붉은 블록을 감싸고 있는 평범한 회색 블록과 닮았다.

현백의 발자국만 붉은 블록…… 붉은 블록…… 붉은…….

잠깐. 눈이 얼마나 두껍게 내렸는데, 왜 발자국이 붉은색이지? 밑창에 열선이라도 깐 거야……?

그런 생각이 든 순간 그녀의 귓가에 따뜻한 바람이 일렁였다. 등 뒤의 공기는 차가웠는데 방금 들이마신 공기는 분명 따뜻하고 축축했다.

마치 봄처럼.

그녀는 발자국을 따라오느라 바닥만 쳐다보고 있던 얼굴을 번쩍 들었다.

현백은 온의 몇 미터 앞에 멈춰 서 있었다.

그와 온은 족히 100제곱미터는 될 만한 넓은 평지 한쪽 끝에 막 들어서던 참이다. 들판 사방에는 큰 나무들이 빽빽이 둘러싸고 있었다. 들판과 그 바깥은 완벽하게 격리되었다. 넓은 공간 위 하늘에는 보름달이 떠 있었고 날카로운 겨울 달빛이 두 사람의 머리 위로 쏟아지고 있었다. 그리고 놀랍게도 달빛 아래 들판은 눈이 쌓이지 않은 채 푸르렀다.

온은 그저 놀라서 푸른 들판을 멍하니 바라보았다.

현백이 뒤돌아보며 웃었다.

"놀랐죠?"

"이게 뭐⋯⋯?"

현백이 다가와 온의 팔뚝을 잡고 초원 안쪽으로 이끌었다.

"증거 2. 사계지(四季地)."

"사계지?"

"지리산의 사계가 있는 곳이에요. 어머니의 중심이기도 하구요."

온은 무슨 말인지 도무지 알 수 없었다. 현백은 초원 대각선 방향 모퉁이 쪽으로 온을 데려갔다. 그쪽으로 가자 공기가 더욱 따뜻해졌다. 축축하고 아릿한 나무 향기가 코끝으로 밀려들어왔다.

"신발 벗어요."

온은 걸음을 멈추고 아기처럼 그가 시키는 대로 했다. 그녀는 젖은 펌프스를 벗어 한 손에 모아 쥐었다. 현백에게 이끌려 들판을 가로질러 가면서 맨발로 밟은 풀들은 싱싱했다. 발걸음을 옮길 때마다 풀 냄새가 진동했다.

땅은 여름 한낮의 온기를 머금은 듯 따뜻했고, 온의 발에 스친 작은 들꽃들이 달빛 아래 잔잔히 흔들렸다.

"우리 어머니가 천왕성모라는 걸 짐작했어요?"

온을 넓적한 바위에 앉히며 현백이 물었다. 그는 들판을 둘러싸고 있는 큰 활엽수 잎을 서너 장 따 와 온의 발을 털어 주고 땅 위에 두 장을 놓았다.

"여기에 발을 놔요."

온은 스스로가 해수욕장에서 신발을 잃어버린 어린아이처럼 느껴졌다. 맨발로 나무 이파리 위에 발을 올려놓은 채 바위 위에 앉아 있자니 큰오빠의 보살핌을 받는 여섯 살짜리 계집애가 된 느낌이었다.

발밑의 땅은 여전히 따뜻했다. 현백은 신발을 바위에 올려놓고 그녀 옆에 털썩 주저앉았다.

"어머니는 지리산신인 천왕성모예요. 그쪽의 어머니가 바다와 바람의 신인 영등할망인 것처럼, 우리 어머니는 이 산에 좌정한 여신이죠. 지리산신이 여신인 건 알고 있었죠?"

온은 별로 할 말이 없었다. 그녀가 어렸을 때부터 매년 나물 보따리를 들고 찾아온 산청 이모가 지리산 여산신이라는데 따로 할 말이 있을 리가 없잖은가.

점점 어젯밤부터 보고 들은 일련의 사건들을 거부하기 힘들어지고 있다는 생각이 들었다.

이 따뜻한 땅의 온기가, 한겨울의 풀 냄새가, 보름달 아래 푸른 들판이 이제는 거부할 수 없노라고, 이전의 안온한 이성의 세계로는 돌아갈 수 없노라고 외치고 있었다.

"여기는 이 산의 네 계절이 있는 공간이에요. 어머니의 힘으로 계절을 거스른 터이기도 하구요. 이런 건 그 공간을 다스리는 좌정신만이 만들 수 있는 거예요. 거기에 들어올 수 있는 건 허락받은 신체(神體)들뿐이구요."

"난?"

"이로써 그쪽이 신의 몸을 지녔다는 게 증명된 셈이죠. 사실은 좀 긴장했어요. 못 따라 들어오면 어쩌나 하고."

"못 따라 들어와요?"

"뭐랄까. 여긴 실재하지만 실재하지 않는 공간이니까. 인간이 막 들어올 수 있는 곳이 아니니까요."

실재와 비실재. 그런 건 나도 본 적 있다.

"엘리베이터의 7과 1/2층, 아니, 킹스크로스역 9와 3/4 플랫폼 같은 거 아닌가?"

온이 멍하게 물었다. 현백이 쿡쿡 웃었다.

"해리 포터를 정말 좋아하는군요. 어제도 그 이야기를 하더니."

현백이 유쾌하게 웃었다.

"간단하게, 산이지만 보이지 않는 산이라고 생각하세요."

현백이 네 모퉁이를 차례대로 가리키며 말했다.

"이쪽부터 봄, 여름, 가을, 겨울. 네 계절이 반시계방향으로 돌아요. 계절마다. 이곳은 어머니의 온실이면서 지리산의 중심이기도 하죠. 지금 우리는 이 산의 여름에 앉아 있는 거예요."

넓적한 나뭇잎 위의 발로 전해지는 온기가 지리산의 여름을 말해 주고 있었다. 그렇다. 온은 지금 지리산의 여름에 발을 대고 있는 것이다. 그것도 휘영청 달 밝은 1월에.

"여신에 대해서, 그러니까 천왕성모나 계룡산 여산신, 개양할미에 대해 들어 본 적 있어요?"

온은 천천히 고개를 저었다. 교양으로 민속학 수업을 한 번 들어 본 게 다인 그녀가 알 리가 있나.

아, 계룡산신은 안다. 학교 근처 골목에 계룡산신을 모신다는 '정아보살' 간판을 본 적이 있다. 현백이 그런 그녀의 마음을 안다는 듯이 빙긋 웃었다.

"두 분 다 아주 큰 여산신들이세요. 서울에 돌아가면 찾아봐요. 나도 전에 그랬어요."

나도 전에 그랬다니. 그럼 당신도 나처럼……?

가까스로 입을 떼서 물어보려고 하는 순간, 현백이 자리에서 일어섰다.

"애들이 왔네요."

애들? 현백이 바라보는 들판 반대편을 보자 푸른 코트를 입은 소녀가 보였다. 그 뒤에는 소녀보다 키가 큰, 180정도 되어 보이는 낯선 남자가 서 있었다. 두 사람은 물 흐르듯이 들판을 가로질러 왔다. 온은 무빙워크를 탄 것처럼 스르르 다가오는 그들을 유심히 살펴보았다.

달빛 아래 소녀의 푸른 코트는 더욱 선명해 보였고, 뺨은 빨갛게 상기되어 있었다. 올라오는 데 힘들었나 보군. 여전히 화난 표정인 것을 보아 아직도 온에게 감정이 남아 있는 상태임이 틀림없었다.

말명 뒤에 따라오는 키가 큰 남자는 가까이서 보니 열일고여

덟쯤 되어 보이는 소년이었다. 덩치가 크고 제법 살집도 있는, 기골이 장대한 사람이었다.

그 순간, 온의 머릿속에 성준의 실루엣이 지나갔다.

비행기에서 처음 본 그의 거대한 몸집에 얼마나 놀랐던가. 김치찌개집에 쪼그려 앉아서 찌개를 쳐다보고 있던 모습은 또 어떻고. 온의 입가에 자신도 모르게 미소가 걸렸다.

그가 그리웠다.

이 사계가 함께 있는, 산이면서 산이 아닌 괴상한 공간에서 벗어나 그와 함께 있고 싶었다. 그의 괴상한 유머감각에 키득키득 웃어 주고 싶었다. 다시 평온한 침묵 속에서 그와 차를 마시고 싶었다.

커다란 흑곰 같은 그와.

온이 이런 생각에 빠져 있는 동안, 두 남녀는 온과 현백이 있는 바위 근처에 다다랐다. 가까이서 본 소년의 얼굴엔 장난기가 가득했다. 위엄과 기품이 어린 얼굴은 전형적인 호남형이었는데 묘하게 낯이 익었다. 그는 빙글빙글 사람 좋게 웃고 있었고, 온을 내려다보는 얼굴엔 반가워하는 기색이 역력했다.

"늦었구나."

"달이 사계지 위에 차오를 때였어. 정확히 왔다구. 오빠가 빨리 온 거지."

말명이 뾰루퉁한 목소리로 말했다.

"그래, 알았다. 호종이는 누나에게 아직 인사 안 했지?"

어딘가 뼈가 있는 현백의 말에 호종이 머리를 긁적였다.

"누나, 안, 안녕하세요. 호…… 호종이에요."

수줍어하며 소년이 꾸벅 인사했다.

묘하게 고양이상이다. 웃는 얼굴이 익살스러우면서도 귀염성이 있었다. 절로 마주 웃어 주고 싶은 그런 인상이다.

"아무렴! 무릎에 앉아서 실컷 비비적거린 일은 있어도 인사는 안 했겠지!"

가시 돋친 말에 호종이 고개를 돌려 말명을 노려보았다. 쳐다보는 눈매가 순간 섬뜩했다. 노르스름한 흰자위와 날카롭게 빛나는 검은자위는 맹수의 그것이었다.

그러니까…… 아침에 본 커다란 호랑이가 이 애랑 동일 인물이라는 말이지, 지금.

온은 말명을 잡아먹을 듯 쳐다보는 호종의 눈을 보며 역시 이걸 받아들일 수밖에 없다고 체념했다.

"그리고 누나는 무슨 누나야! 니가 몇 살인데 누나냐? 손녀도 고손녀겠다."

"뭐! 이게!"

얼굴이 더욱 무섭게 변한 호종이 이를 드러내 보였다. 송곳니가 날카롭게 빛났다.

"둘 다 그만."

단호한 현백의 목소리에 둘의 실랑이가 멈췄다.

"너희가 몇백 살이든 간에 상관없어. 너희의 시간은 우리들

162 우리여신

과는 다르니까. 어린 건 어린 거지. 그런 식으로 할 거면 나도
이제 말명할매라고 불러야겠구나."

"오빠!"

당황한 말명이 현백을 흘겨봤다. 애정이 담긴 새침한 표정.

아, 저 아이, 현백을 좋아하는구나! 그 나이 또래를 겪어 본
온은 쉽게 눈치챌 수 있었다. 분명 현백이 저 새치름한 소녀의
첫사랑일 것이다.

"그러니까 말명이도 언니라고 부르렴."

말명은 대답 없이 숲 반대편만 노려보고 서 있었다. 온은 풋
사랑이 가득한 소녀의 마음을 이해할 수 있을 것 같았다. 현백
또한 그런 소녀의 마음을 읽었는지 더는 강요하지 않았다.

잠시 후, 달이 더욱 커지고 밝아졌다.

현백이 달을 한 번 올려보고, 온을 돌아보며 말했다.

"그럼 슬슬 시작해 볼까요?"

맨발의 온은 바보가 된 것처럼 되물었다.

"뭘?"

"그쪽의 신체 테스트?"

내가 무슨 프로 운동선수라도 되나? 피지컬 테스트를 받게?
그것도 이 밤중에 눈 내린 산속, 아니, 눈 내린 산속의 푸른 공
터에서. 온의 표정에서 그녀의 생각을 읽었을까, 현백이 조용히
덧붙였다.

"몸 신(身) 말구, 신 신(神) 자요. 신성(神性) 시험. 이걸 하려고

이 밤에 여기까지 올라온 거니까요."

신성?

현백이 바위 위에 앉아 있는 온에게 손을 내밀었다. 그녀가 생각 없이 그 손을 잡자, 그는 강한 힘으로 그녀를 일으켜 세웠다.

현백의 손에 이끌려 종이인형처럼 흐느적거리며 일어난 온은 마음속으로 소리쳤다.

아아…… 나한테 그런 게 있을 리가 없잖아?

*   *   *

5분 후.

호종은 봄의 공터로 온을 이끈 후 신이 난다는 얼굴로 그녀 앞에 마주섰다. 빙글빙글 웃던 호랑이 소년은 뭔가를 보여 주겠다는 듯 눈을 반짝였다.

그리고 잠시 후.

커다란 덩치의 소년이 펄쩍 뛰어올라 재주를 넘었다.

바람 한 뼘 정도 움직일 시간이 지나자 그 자리에 소년은 없고 아침에 봤던 커다란 호랑이만이 꼬리를 흔들며 앉아 있었다.

도톰한 스웨터를 입은 서글서글한 인상의 소년이 순식간에 호랑이로 변하는 장면을 본 온은 그저 입을 벌린 채 "와……" 하고 탄성을 뱉는 것 외에는 할 수 있는 일이 없었다.

이건 블록버스터의 CG에 비할 바가 아니었다. 그 모든 것은 눈 깜짝하는 사이에 일어났다.

온의 찬탄 어린 시선에 흥이 난 호랑이 소년은 연신 몸을 날리며 어젯밤 본 적이 있는 새끼 호랑이로, 다시 소년으로, 다시 커다란 호랑이로 변신하는 모습을 마술쇼처럼 연달아 보여 주었다.

눈꺼풀이 채 한 번 깜빡이기도 전에 여러 모습으로 거듭 둔갑하는 소년의 기이한 능력에 온은 열렬한 찬양 모드로 짝짝짝짝 박수를 쳤다. 그녀가 감동하자 호종은 더욱 신이 나서는 커다란 호랑이로 변해 온 들판을 날뛰었다.

"아니, 이봐요, 두 사람. 지금 구경하라는 게 아니잖아요."

호종의 호들갑스러운 쇼와 열렬한 방청객 모드로 박수를 치고 있는 온을 보며 현백은 어이가 없다는 듯 웃었다.

얼떨결에 둔갑 마술쇼로 변질되긴 했지만, 사실 그녀는 지금 호종의 지도하에 변신 능력이 있는지를 테스트 받고 있던 중이었다.

"자, 호종이는 진정하고."

현백은 호종을 흘끗 보며 진정시키고 이내 온에게 시선을 돌렸다. 고요한 눈동자와 마주하자 흥겨웠던 온의 태도도 차분해졌다.

"마음을 모으고, 자신의 내면을 꺼내 봐요. 사계지의 기운에 자신을 일치시켜 보는 거예요."

그러나 아무리 현백이 시킨 대로 집중을 해 봐도 27년 동안 순수하게 범인(凡人)으로 살아온 사람이 갑자기 둔갑이라는 것을 할 수 있을 리 없었다.

몇 분을 노력해서 집중해 봤지만 아무것도 변하지 않자, 온은 미안하다는 듯이 호종을 쳐다보았다.

그녀 앞에 주저앉은 커다란 호랑이는 강아지처럼 꼬리를 탁탁 치며 긴 혀를 내밀고 헐떡이고 있었다. 너무 날뛴 탓에 기진맥진해 버린 이 귀여운 소년 산신은 민화 속 호랑이와 꼭 닮아 있었다.

15분 후.

여전히 자신에게 호의적이지 않은 말명의 시선에도 아랑곳하지 않고 온은 빙긋 웃으며 어린 여신과 마주섰다.

예쁘장한 소녀의 질투가 자못 깜찍하다는 생각이 들었다.

온에게 부여된 두 번째 과제는 말명과 함께 다른 생명의 능력을 빌릴 수 있는지에 대해서 알아보는 것이었다.

말명은 굳은 얼굴로 바닥을 향해 두 손바닥을 펼치며 눈을 감았다. 그러자 바닥을 가득 덮은 여름풀들이 반응하기 시작했다. 펼쳐진 말명의 두 손바닥 쪽으로 서서히 작은 물방울들을 내뱉기 시작한 것이었다.

이슬이 풀 위에 내리는 일은 있어도 풀이 되려 이슬을 내뱉어 손바닥 쪽으로 모아 주다니.

샤워기의 물줄기가 역류하는 것처럼 땅바닥의 풀들로부터

물방울들이 방울방울 솟아올랐고, 헬륨 풍선처럼 떠오른 작은 물방울들은 말명의 두 손바닥 아래에서 두 개의 탁구공만 한 물구슬을 이루며 떠올랐다.

처음에는 작은 크리스털 조각처럼 반짝이던 것들이 이제 커다란 유리구슬처럼 빛나고 있었다. 그것은 마치 무중력 상태를 떠다니는 커다란 물방울 같았다.

"난 생명의 수분을 움직일 수 있어요. 당신은요?"

여전히 온을 당신이라고 부르는 말명의 목소리에는 어린 여신으로서의 자부심이 어려 있었다. 온은 현백이 당부한 대로 마음을 모으고 말명처럼 두 손바닥을 땅을 향해 펼쳐 보였지만 물은커녕 풀잎 하나 바람에 실려 날아오지 않았다.

눈을 감은 온의 귓가에 말명의 비웃음 소리가 들렸다.

살짝 비위가 상해서 눈을 뜬 순간, 아까 말명의 손바닥 아래 맺혀 있던 두 개의 물구슬이 자신의 얼굴 앞에 둥둥 떠 있고, 물구슬 저편엔 의기양양한 웃음을 띤 말명이 팔짱을 끼고 서 있는 것이 보였다.

당장이라도 물 풍선 게임을 하듯 온의 얼굴을 물 범벅으로 만들어 버리고 싶다는 표정이었다.

'흥. 못된 아가씨로군.'

온은 눈앞에 어른거리는 날파리를 내쫓듯 얼굴 앞에 떠 있는 물구슬을 한 손으로 내리쳤다. 맨발로 풀밭 위에 서 있던 온의 발등으로 소나기가 쏟아지듯 물방울이 떨어졌다.

23분 후.

현백은 그녀를 이끌고 가을의 땅으로 갔다. 그는 낙엽과 누릇누릇한 풀들이 뒤섞여 있는 땅에 온을 앉히고 그 자신은 그녀 뒤에 섰다.

"땅에 손을 대요."

현백이 온의 등 뒤에 앉아 뒤에서 그녀의 두 손을 잡고 땅에 댔다. 온의 귓가에 쌉싸래하고 따뜻한 현백의 입김이 느껴졌다.

"생명과 교감할 수 있는지를 알아보는 거예요. 땅 밑에 있는 이름 모를 씨앗이 부풀어 올라 주기를 바라 보아요. 간절하게. 이 사계지에 가득 차 있는 생명력과 공명하면, 이 밑에 뭐가 있든 그 부름에 답할 거예요."

생명이 움튼다.

자신에게 생명을 틔울 만한 힘이 있을까. 그건 신이나 할 수 있는 일이다.

나는 인간이고.

"안에 분명히 있어요."

그의 따뜻한 손이 이제 그녀의 어깨를 잡았다.

"자신 안에 여신이 있다는 걸 믿어요."

자신 안에 무엇이 있든 그걸 확인했으면 좋겠다고.

오랫동안 잘 알고 있다고 믿었던 그녀의 어머니가, 그리고 한 번도 알려고 하지 않았던 그녀의 아버지가 딸의 무엇을 만들었는지, 스물일곱이 된 지금이라도 확인하고 싶다고. 온은 그렇게 생각했다.

현백이 말한 대로 내면이 열리길, 맑은 얼굴을 한 진정한 자신을 마주하고 또 확인할 수 있기를 간절히 바랐다.

그때.

그녀가 손바닥을 댄 땅 속에서 무언가가 움직이는 것이 느껴졌다. 살며시 손을 떼자 손이 누르고 있던 자리에서 푸른 싹이 돋아났다.

여리고 연한 새싹. 자연의 순리보다는 그녀의 손끝에서 나오는 기운을 더 믿는다는 듯, 싹은 빠르게 자라났다. 잠이 오지 않는 밤마다 보았던 디스커버리 채널의 생태 다큐 화면처럼 빠르게 잎이 커지고 줄기가 굵어지는 것을 한눈에 확인할 수 있었다. 온의 가슴이 두근거렸다.

능력…… 내게도 이런 능력이 있었던 걸까?

꽃의 주변을 감싸듯 손을 오므리자 쑥갓처럼 삐쭉삐쭉한 이파리가 마저 다 성장하였고, 흰 꽃봉오리가 막 벌어지려고 했다.

그때, 그녀의 어깨를 잡고 있던 현백의 따뜻한 손이 사라졌다. 현백이 일어선 것이다.

그리고 그 순간, 고요한 정적 속에 꽃이 성장을 멈췄다.

온은 깨달았다. 이 꽃을 피운 건 자신이 아니라는 걸.

자신의 몸에 손을 대고 있던 현백의 기운이 꽃을 자라게 했다

눈 속의 모데미꽃 169

는 것을. 그녀는 담담한 눈빛으로 피다 만 꽃봉오리를 내려다보
았다.

계절을 거스른 채 피어난 꽃. 자신의 능력이 더해지지 못해서
다 자라지 못한 꽃.

온은 못다 핀 흰 꽃봉오리가 자신과 닮았다고 생각했다. 운
명을 거스르고 태어난 아이. 여신의 딸이라면서 능력도 없이 텅
빈 몸으로 태어난 그녀 자신과 닮아 있다.

불현듯 어젯밤 노부인이 온을 '완전히 비어 있는 아이'라고
불렀던 사실이 떠올랐다.

그 할머니 눈에는 다 보이나 보군. 온은 씁쓸하게 웃었다.

유리병처럼, 그녀는 텅 비어 있었다. 그걸 알게 된 지금, 온은
씁쓸했다.

현백이 말없이 그녀의 맞은편에 와 앉았다. 온의 씁쓸한 표
정을 본 그는 천천히 꽃봉오리에 손가락을 댔고, 이내 꽃은 얼
음장 같은 겨울 달처럼 뽀얗게 피어났다. 반투명한 순백의 꽃잎
다섯 장이 달빛 아래 은은하게 빛났다.

"모데미풀이었네요. 우리의 부름을 받아들인 건."

현백이 흰 꽃의 줄기를 가볍게 꺾어 그녀에게 내밀었다.

"천왕봉 근처 모뎀골이라는 데가 있어요. 거기서 처음 발견
되어서 모데미풀이죠. 예쁘죠? 꽃도, 이름도."

온이 바람개비 돌리듯 손끝으로 줄기를 돌리자, 꽃잎이 부드
럽게 흔들렸다. 한없이 약해 보였다.

"닮았어요. 당신이랑."

현백의 위로하는 듯한 눈빛에 온은 살며시 웃어 보였다.

그래, 내가 이렇게 약하지.

30분 후.

온은 각기 다른 감정으로 그녀를 바라보는 여섯 개의 눈동자들 앞에 무표정한 얼굴로 서 있었다. 현백은 깊은 생각에 잠겨, 말명은 의기양양함과 비웃음을 담아, 호종은 끝없는 호의와 어리광을 담은 눈빛으로 온을 바라보고 있었다.

그녀는 자신이 터무니없는 성적임에도 불구하고 부모님의 강권에 못 이겨 명문여고를 지원했다가 떨어진 소심한 여중생 같다고 생각했다. 이 모든 시험이 자기 같은 평범한 여성에게는 가당치 않은 것이었다는 걸 누군가에게 변명하고만 싶었다.

"이제 그만할까요……. 아무것도 없나 봐. 나에겐."

"아니에요, 있어요."

현백이 단호한 어조로 말했다. 자신은 무언가를 알고 있다는 듯이.

현백의 말에 온은 싱긋 웃어 보였지만 마음 한편은 여전히 무거웠다. 겉으로는 투덜대면서 부인했어도 내심 자신이 여신이었다는 어머니의 무언가를 이어받았기를 바랐던 것 같다.

만약 그랬다면 그녀 자신에 대해서 좀 더 확신이 생겼을 거라고, 이런 혼란을 그럭저럭 받아들여 보려고 했을 거라고…… 온은 씁쓸하게 생각했다.

"이제 그만해요. 밤이 깊었어요."

우울한 마음을 감추며 온이 담담하게 말했다.

내려오는 길은 호종이 도와주기로 했다. 그녀는 아직 마르지 않은 차가운 펌프스를 다시 신고 커다란 호랑이로 변한 호종의 등에 올라탔다. 두툼한 목덜미를 살며시 긁어 주자 호종이 기분 좋게 그르렁댔다.

잠시 후, 온을 등에 태운 호종은 눈 덮인 지리산 산속을 바람처럼 내달렸다.

기호지세(騎虎之勢).

지금 그녀가 처한 상황을 가장 잘 드러내는 말이다. 보름달이 커다랗게 뜬 밤, 호랑이를 타고 달리는 온은 이제 이 기묘하고 위태로운 세계를 인정하지 않을 수 없다는 것을 깨달았다.

평소에 믿지 않았던 초자연적 존재들, 신성이라고는 없는 평범한 자신의 몸과, 그럼에도 불구하고 여신의 딸이라는 이유로 그녀에게 부여된 석상 회수 임무.

그리고 묻어 둔 기억 속에서 떠오른 아버지라는 존재.

두 번의 달이 뜨는 동안, 그것은 거부할 수 없는 자신의 문제가 되었다.

얼음장처럼 차가운 산 공기를 가르며 온은 생각했다. 이 빌어먹을 운명을 어떻게든 받아들여야 할 것 같다고.

자꾸만 가슴에 움트는 억한 마음을 억지로 가라앉히며 온은 호종의 부드러운 목덜미에 얼굴을 묻었다.

그 밤, 호랑이의 등에 올라타고 숲 속을 질주하는 온의 오른손에는 꽃이 한 송이 쥐여져 있었다.

날선 칼과 같은 겨울바람에도 결코 짓이겨지지 않는, 순백의 모데미풀이 겨울 달빛 아래 흔들리고 있었다.

　　내비게이션이라고 불러 주기엔 너무나 멍청한 작은 기계의
실수로 결국 엉뚱한 길에 접어들어 버린 성준은 한숨을 쉬며 차
를 멈췄다. 투덜투덜대며 차 문을 열고 내린 그의 눈앞에는 뜻
하지 않은 아름다운 광경이 펼쳐져 있었다.

　　그것은 어슴푸레 동터 오는 하늘 아래 얼어붙은 강물이 희뿌
옇게 빛나는 모습이었다. 밤새 악몽을 꾸다 깨어난 후 다시 잠
을 이루지 못하고 일찌감치 길을 나선 그에게, 이 풍경은 작은
행운이라고 할 만한 것이었다.

　　멀리 보이는 눈 덮인 겨울 산 아래로 꽁꽁 언 강줄기, 그 위에
다시 융단처럼 덮인 눈을 바라보면서 그는 온을 생각했다.

　　손을 내밀어 잡을 수 없는 아름답고 아스라한 풍경. 하얗게

언 강은 꿈속 그녀와 닮았다.

지난밤 꿈에서도 그녀는 산속을 걸어가고 있었고, 성준은 여전히 그녀를 붙잡을 수 없었다. 현실의 그녀 또한 종적을 감췄다. 어제 하루 종일 몇 번이고 전화를 걸었지만 그가 들은 것은 전화기가 꺼져 있다는 냉정한 자동 응답 멘트뿐이었다.

그녀는 어디로 사라진 걸까. 그녀를 처음 만난 지 열흘이 채 지나지도 않았는데 그는 그녀와 연락이 닿지 않는다는 사실을 견뎌 낼 수가 없었다.

5시 정각이 되자 성준은 이명호 목사에게 전화를 걸었다. 이 목사는 성준의 집안과 오랜 인연이 있는 목회자이자 신학자로, 지금은 양평에 작은 흙집을 지어 은거하고 있었다. 그는 가족과 떨어져 10년도 넘게 그곳에서 저술과 연구에만 집중하고 있었다.

몇 년 전, 연구에 필요한 책을 찾으려고 영국에 온 이 목사를 안내했던 것이 인연이 되어, 성준과 이명호 목사는 간간이 이메일로 서로의 소식을 주고받고 있었다.

그런 와중에 오늘 아침 성준이 굳은 목소리로 전화를 걸었고, 매일 새벽 5시에 기침(起寢)하는 이 목사는 흔쾌히 그의 아침 방문을 허락한 것이다.

멍하니 강줄기를 보고 있던 그가 흘러가던 정신을 추슬러서 차에 올라탔다.

이 망할 내비게이션. 30분 안에 목사님 집 앞에 자신을 데려다 놓지 않으면 가만두지 않을 테다.

　도로의 방향이 반대인 것도 그를 정신없게 했지만, 역시 오늘 아침 목사님 댁 방문의 관건은 이 이상한 기계다.

　정확히 45분 후.

　성준은 이 목사의 소박한 나무 식탁에 앉아 홍차를 담은 찻잔을 받아들고 있었다. 이명호 목사는 자신이 마실 커피와 함께 빵 몇 조각이 담긴 투박한 나무그릇을 탁자에 내려놓고 맞은편에 앉았다. 굵은 주름 사이로 온유하고 맑은 기운이 엿보였다. 단정하게 다듬어진 희끗희끗한 머리와 수수한 복장에서 온유한 위엄이 풍겨져 나왔다.

　"커피 향이 좋군요."

　성준이 커피 향을 칭찬하자 이 목사가 푸근하게 웃었다.

　"저 아래 강가에 있는 카페 주인이 준 걸세. 직접 로스팅한 거라더군. 대신 나는 내가 구운 빵을 주지. 좋은 물물교환 아닌가? 이것하고 같이 들게. 아직 아침 전이지?"

　성준은 고개를 끄덕이며 나무그릇에서 이 목사가 구웠다는 빵을 집어 들었다.

　"자네 눈이 빨갛구먼. 말해 보게. 그 꿈의 무엇이 자네를 그렇게 괴롭게 하나?"

　이 목사는 성준이 보낸 이메일을 통해 온이 등장하는 꿈에 대해 대략적으로 알고 있었다. 오늘 새벽 성준이 건 전화로 꿈속의 여인이 현실에 등장했다는 것까지 들은 참이다.

"잘 모르겠습니다. 길다면 길고 짧다면 짧은 인생이지만, 이렇게까지 저를 옭아맨 꿈은 없었습니다."

"처음 자네에게 주어진 특별한 은사에 대해 들었을 땐 나도 조금 놀라긴 했었지. 꿈을 통한 계시라는 게 구약에서부터 끊임없이 등장하는 사건이긴 하지만 자네처럼 자주, 또 구체적으로 예지몽을 꾸는 사람을 실제로 본 적은 없었거든. 그런데 지금 꾸고 있다는 그 꿈은 자네의 중심을 흔들고 있는 것 같네만…… 아마도 중요한 예지겠지."

"연애도 귀찮아서 안 하던 접니다. 언젠가 나타나면 그때 결혼하면 되겠지 생각하면서 어머니의 등살에도 버텨 왔습니다. 하지만 꿈을 꾸기 시작하면서 분명히 알 수 있었어요. 이 꿈속의 여자가 제 운명의 상대라는 걸. 그리고 그 사람이 나타났는데…… 꿈은 진행이 될 뿐 멈추지 않아요. 다른 것도 아니고, 제 운명의 상대의 죽음을 막지 못하는 꿈이라니. 예지몽치고는 잔혹하지 않습니까?"

성준이 찻잔의 손잡이를 꽉 쥐었다. 그의 손가락이 꿈을 꿀 때처럼 하얗게 변했다.

"벌……일까요?"

"무슨 소리인가?"

"교회에 나가지 않아서 말입니다. 어머니가 이 사실을 아시면 분명 그렇게 말씀하실 텐데. '탕자로 살더니 벌 받았구나.'라고 말입니다."

이 목사가 빙긋 웃었다.

"징벌의 하나님이 아니시지 않는가? 자네도 알면서 그러는
군."

"아무리 기도를 해도 꿈은 멈추거나 바뀌지 않는 게…… 그
게…… 견딜 수 없이 괴롭습니다, 목사님. 이렇게 무기력한 기
분은 처음이에요."

이 목사는 성준의 이야기를 들으며 잠자코 커피를 마셨다.

"이렇게 그 사람을 죽일 거라고 계속해서 예시하는 게…… 도
대체 무슨 의미일까요. 네 운명의 상대를 드디어 보여 주마. 그
리고 곧 죽일 것이다. 이런 뜻일까요? 이삭을 죽이기로 예고 받
은 아브라함이 되어 버린 느낌이에요. 꿈이 끊임없이 제게 인정
하라고 강요하는 것 같아서 미쳐 버리겠어요."

이 목사가 따뜻하게 웃으며 머그잔을 내려놓았다.

"이삭은 결국 살지 않았나?"

"전…… 자신할 수 없습니다. 이렇게 선명하게 오래 꾸고 있
는 꿈. 그 여자가 죽지 않을지 자신할 수가 없어요. 이건 그저
상징에 불과한 걸까요? 그랬으면 좋겠습니다. 그렇지 않다면
정말 죽게 되는 걸 테니까요. 지금 그 사람과 통화가 되지 않아
요. 어느 도로에서 쓰러졌는지, 누구의 칼에 찔렸는지, 어제 내
내 그 생각만 했어요. 정말 그분이…… 제게 왜 이러시는지 알
수 없어요."

"이보게, 성준."

이 목사가 주먹을 꼭 쥔 채 탁자 위에 놓인 그의 손을 가볍게 두드렸다.

"갓 열 살을 넘은 자네를 처음 봤을 때, 자네는 참 맑은 소년이었네. 기도도 열심히, 신학 공부도 열심히 했지. 십여 년 후 자네를 다시 만났을 때, 자네는 순수했던 믿음을 많이 잃어버린 상태였지. 그때 난 자네를 보며 자신에게 그런 은사를 주신 하나님께 화를 내고 있다는 인상을 받았다네. 하지만 그럼에도 불구하고, 난 여전히 자네 안의 깨끗한 영혼을 느낄 수 있었어. 그리고 지금도 마찬가지라고 생각하네. 꿈을 두려워하고 하나님을 두려워하는 자네를 하나님께서 버리실 리 없지. 나는 정말 그렇게 생각한다네. 그런데 말일세⋯⋯."

성준은 이 목사의 차분한 목소리를 들으며 말없이 커피 잔 모서리를 노려볼 뿐이었다.

"어미의 자궁을 막 빠져나온 갓난아이를 왜 데려가시는지, 그럴 거면 왜 태어나게 하셨는지, 우리는 얼마나 많이 신께 여쭈었는가. 사랑하는 가족이, 건강한 벗들이 왜 다치고 아파해야 하는지, 인류는 수천 년 동안 거듭 신에게 질문해 왔네. 매 세대마다 새롭게 물었지. 지치지도 않고. 지금 자네와 나의 세상도 그걸 묻고 있어. 그러나 성준, 우리는 그 답을 정확히 모르네. 모른다, 그게 우리의 답이지."

성준은 맥이 풀려서 눈을 감아 버리고 말았다. 머리가 너무 무거웠다.

"지금 자네와 내가 할 수 있는 건 기다리는 일일세. 겸허하게, 그분의 뜻을."

"하지만……."

"아네, 알아. 다급하겠지. 오랫동안 고통스러운 꿈을 꾸면서 기다려 온 사람이 어쩌면 곧 죽을지도 모른다는 생각을 하는 자네 마음, 내 짐작해 볼 수 있네. 하지만 지금까지 자네가 지켜 온 믿음으로 기다리게나. 기다리는 것 말고는 다른 일을 할 수 없는 처지 아닌가. 우리가 인간인 이상 말일세."

성준은 허탈하게 웃었다.

"이 꿈을, 이 예지를 멈추기 위해 뭘 할 수 있을지 듣고 싶었어요. 그런 게 있을지 확신할 수 없었지만."

"그분의 뜻에 대해 우리가 할 수 있는 일이라고는 마음을 다해서 청하는 일뿐일세. 하실 일이 우리에게 지나치게 가혹한 일이 아니기를. 그런 것이라면 지금이라도 마음을 바꿔 주시기를. 한때 자네가 갖고 있던 그 순수한 믿음으로 기도하는 것이 어떻겠나."

성준은 피곤한 얼굴을 양손으로 쓸어내리며 천천히 입을 열었다.

"연락 안 드린 지 오래되어서 그분이 받아주실지 모르겠군요."

성준의 시니컬한 유머에 이 목사가 껄껄 웃었다.

"그래도 돌이키지 않으시면 말입니다…… 그래서 그분 뜻대로 되면…… 받아들여야 하는 거겠죠?"

"순종이야말로 인간이 할 수 있는 단 하나의 선한 일이 아니겠는가."

성준은 눈을 감았다.

그녀에게 무슨 일이 생기기 전까지 그는 뭐라도 할 것이다. 그러나 그녀가 죽음으로 간다면 그걸 받아들일 수 있을지, 그는 자신할 수 없었다.

오랜 시간 동안 꿈속에서 그녀를 구해 주지 못한 그였다.

그녀는 처음 만난 순간 그를 악몽에서 깨워 주었다. 그는 그녀에게 자신을 구해 달라고 말했다. 그것은 첫눈에 알아본 자신의 운명에게 그가 보내는 구애였다.

그러나 정작 꿈이 현실화되면……

그 순간, 자신은 그녀를 구할 수 있을까.

만약 구하지 못한다면 그는 그녀의 죽음을 바라볼 수밖에 없다. 그녀의 죽음을 맞이하는 순간 하나님께 순종할 수 있을지…… 성준은 자신이 없었다.

그가 그 죽음에 저항한다면, 그것은 탕자로서 그가 저지르는 마지막 반항이 될 것이다.

이 목사는 그런 성준의 마음을 읽기라도 한 듯 위로하는 목소리로 말했다.

"걱정 말게. 신이 사랑 없이 그러실 분이 아니라는 걸 나도 자네도 알지 않는가? 다 계획하신 일이 있을 걸세."

*　　　*　　　*

현백은 부드럽게 액셀러레이터를 밟으며 직선 구간에 접어들었다. 동이 트기 직전 집에서 출발한 그의 차는 어느덧 아침 햇살 아래 쭉 뻗은 통영—대전 중부고속도로를 질주하고 있었다.

옆자리의 온은 겨울 햇살이 떨어지는 눈 쌓인 산줄기를 바라보고 있을 뿐, 말이 없었다.

현백은 그녀의 침묵이 내심 걱정되었다. 밤새 그녀는 잠들지 못한 것 같았다. 오늘 새벽 별당에 딸린 부엌에 목욕통을 놓고 더운물을 부어 주었을 때도, 목욕 후 호롱불을 밝히고 그와 함께 이른 아침을 먹을 때도 온은 아무런 말이 없었다.

"영등 이모…… 지금 우리 어머니와 함께 계세요. 올라가기 전에 뵙지 않을래요?"

출발하기 전 조심스럽게 꺼낸 현백의 제안에 그녀는 무표정한 얼굴로 가볍게 고개를 저었다. 현백은 어머니를 만나는 것을 재차 권하지 않았다. 그녀의 마음을 이해했기 때문이다.

대신 그녀는 산청을 벗어나기 전 경호강가에서 현백의 어머니를 만났다. 철마다 래프팅을 위해 각지에서 사람들이 찾아오는 경호강이었지만, 해가 뜨기 전 얼어붙은 강가에는 그들 말고는 아무도 없었다. 현백은 차에서 기다리고 온 혼자서 강가로 걸어가 그녀를 기다리고 있는 산청 이모를 만났다.

돌아온 그녀의 얼굴에는 아무것도 떠올라 있지 않았다. 혼란도, 좌절도, 분노도 모두 지워 버린 무감각한 얼굴. 그러나 지금 그녀의 내면이 얼마나 복잡한 상태인지 현백은 짐작할 수 있었다.

현백보다 그녀를 잘 이해할 수 있는 존재는 세상에 없다. 오직 두 사람, 자신과 그녀만이 이 땅에 있는 반인반신이니까. 그 또한 지난날 그녀와 같은 일을 겪었으니까.

그는 굳게 닫힌 그녀의 입술을, 굳어 있는 작은 어깨를, 질끈 묶은 검고 긴 머리를 천천히 쓰다듬어 주고 싶었다. 그녀의 집 앞에서 그녀를 처음 만난 그 순간부터 혈육처럼, 쌍둥이처럼 자신과 닮은 이 여인을 안아 주고 싶었다.

가을 소국처럼 연약한 그녀의 몸이 고뇌에 꺾이지 않도록. 자신이 느꼈던 슬픔에 흐느끼지 않도록.

온은 경호강가에서 산청 이모에게 들은 이야기를 곱씹으며 깊은 생각에 잠겨 있었다.

동트지 않은 새벽 강가는 무척 추웠고 길게 이야기할 수 있는 상황이 아니었다. 이모 또한 긴 이야기를 할 작정은 아니었던 듯싶다.

"온아."

도톰한 흰 두루마기를 입고 강가에 선 산청 이모가 어두운 강 저편을 바라보며 입을 열었다. 새벽 강바람에 이모의 옷깃이 흩날렸다.

어두운 천지사방에 이모의 두루마기만 빛나고 있었다.

"어젯밤 있었던 일은 너무 마음 쓰지 마렴. 네게 신성이 없어도 문제될 건 아무것도 없단다."

온은 이모의 다정한 위로에 무슨 말을 해야 할지 몰라 그저 침묵만을 지키고 서 있었다.

"아가, 우린 네가 서울에 올라가서 꽃상을 찾는 일을 도와주었으면 한다."

"그 꽃상이라는 거…… 어제 그 할머니 거라는 게 확실해요?"

"꽃상은 우리 모두의 것, 우리 모두에게 중요한 물건이지. 잃어버린 지 60년이나 되었는데 도무지 찾을 수가 없었다. 모두가 백방으로 찾았지만 나타나지 않았던 물건을 네가, 영등이 딸이 찾아왔다는 게 얼마나 기쁜지 모르겠구나."

"제가 뭘 할 수 있을지 모르겠어요."

"걱정 말아라. 찾아오는 일은 다른 아이들이 할 거다. 넌 그저 그 애들에게 그게 어디 있는지만 알려 주면 돼."

밀고인가.

온의 머릿속에 성준의 얼굴이 스쳐 지나갔다. 그게 그에게 얼마나 중요한 일인지 잘 모르겠지만, 어찌되었든 간에 그녀는 성준이 실망하는 얼굴을 보고 싶지 않았다.

"제가 소장자를 만나면 이야기해 볼게요. 제 쪽으로 팔라고…… 말은 해 볼게요."

"글쎄…… 그게 그렇게 되는지 모르겠구나. 그런 말로 알아들을 상대였다면 애초에 우리 것을 훔쳐갔을까."

"하지만 이모."

산청 이모가 그녀의 뺨을 부드럽게 만졌다. 이모의 손길이 햇솜처럼 부드러웠다.

"만약 그럴 수 있다면 우리도 좋겠다, 아가. 인간들의 돈이라는 게 얼마나 들든지 상관이 없으니 말이다. 하지만 그 문제는 현백이에게 맡기렴. 넌 그냥 때가 되면 그 애를 불러 주기만 하면 돼."

"이모……."

온이 이모의 옆얼굴을 응시하며 물었다. 어느덧 동이 터 오고 있었고, 밝아오는 강가 저편에서 세차게 바람이 불어 이모의 푸른 한복 치마가 너울너울 흔들렸다.

"그러고 나면, 꽃상을 찾고 나면…… 저는 어떻게 하나요?"

이모가 천천히 고개를 돌려 온의 흰 얼굴을 바라보았다.

온은 지리산 자락에서 불어오는 바람에 긴 머리를 흩날리며 외롭게 서 있었다. 단아한 얼굴에 슬픔이 어려 있었다.

"그걸 찾아 드리고 나면 저는 그냥 이렇게 살아도 되는 건가요?"

떨리는 온의 물음에 이모가 다가와 천천히 그녀를 안았다. 온의 가슴에, 얼굴에 따뜻한 봄기운 같은 것이 느껴졌다. 여신이란 이런 건가. 이 끝없이 따뜻한 품이…….

갑자기 눈물이 핑 돌았다. 온은 이모를 마주 안아 주지 않고 그저 팔을 늘어트린 채 눈을 꼭 감았다.

"이 일이 끝나면 너는 다시 네 삶을 살아가면 된다, 아가. 네 엄마가 영원한 삶을 포기한 건 너와 함께 살기 위해서였어. 인간으로 태어난 너를 세상 속에서 키우고, 인간으로 자라는 너와 함께 늙어 가고 싶어서. 네 엄마는 너와 함께 죽음을 맞고 싶다면서 우리를 떠났단다. 그런 네 엄마를 위해서라도 너는 인간으로 살아야 해."

온은 입술을 깨물었다.

"그리고 그것과는 별개로…… 너는 우리들의 딸이다. 그건 변하지 않는 사실인 거야."

우리들의 딸이라는 말에 왈칵 눈물이 솟았다. 온은 입술을 꽉 깨물었다. 잠시 후, 그녀는 산청 이모의 어깨에 작은 숨을 내뱉으며 천천히 그 품에서 벗어났다. 말할 수 없는 감정으로 가슴이 가득 찬 온은 인사도 없이 현백이 기다리고 있는 차 쪽으로 걸어갔다.

"현백이에게 의지하렴, 아가. 그 애가 널 돌보아 줄 거다."

앞을 향해 걷는 온의 등 뒤로 이모는 점점 멀어지고 있었지만 이모의 목소리는 귓가에서 속삭이는 듯 가깝게 들렸다.

그러나 그녀는 돌아보지 않았다. 차를 타기 직전 마지막으로 이모가 서 있던 쪽을 쳐다보았을 때…… 강가엔 아무도 없었다.

그들은 점심때가 다 되어서야 온의 원룸 앞에 도착했다. 서울에 들어서자 날이 흐려지기 시작하더니 간간이 눈발이 날렸다. 돌아오는 차 속에서 두 사람은 거의 이야기를 하지 않았다. 올라오는 길에 휴게소에서 이른 점심을 해결하면서 간단히 몇 마디 나눈 것 외에는 두 사람 모두 침묵을 지켰다.

"괜찮겠어요?"

현백이 시동을 끄고 물었다. 온이 담담하게 되묻는다.

"뭐가요?"

"혼자 있어도 괜찮겠냐구요."

"걱정 마요."

온은 작게 고개를 끄덕이고 차에서 내렸다. 한낮의 원룸 골목은 조용하기만 하다. 움직이는 건 흩날리는 눈발뿐이다. 지난 이틀 동안 학교 앞 원룸 골목에 변한 것이라고는 아무것도 없었다.

변한 건 그녀 하나였다.

현백은 차에서 내려 멍하니 고개를 숙이고 서 있는 온을 바라보았다. 그때 온의 뒤편에서 차 문이 열리는 소리가 들리더니 누군가가 그녀의 이름을 불렀다.

"온."

낮고 굵은 목소리.

그녀가 멍하니 뒤를 돌아보자 거기에 성준이 서 있었다. 현백의 차 뒤에 세워져 있던 검은 아우디에서 내린 성준이 그녀를 바라보고 있었다. 온은 순간 온몸이 아득하게 무너져 내릴 것만 같았다. 그녀는 복잡한 감정에 휩싸여 그저 아무 말 없이 성준을 바라보고 서 있었다.

"누나."

현백이 그녀를 누나라고 불렀지만, 온은 돌아보지 않았다. 그저 천천히 자신을 향해 걸어오는 성준을, 그의 굳은 얼굴을 바라볼 뿐이었다.

자신의 삶을 뒤엎어 버린 지난 이틀 밤 동안 무던히 참으려고 노력했던 눈물이 그녀의 눈가에 고여서 성준의 모습이 자꾸만 흐릿해지고 있었다.

이제는…… 참고 싶지 않아.

"누나."

현백은 성준을 흘끗 한 번 보고 다시 온을 불렀다. 현백의 목소리에는 확실히 불편한 기색이 실려 있었다.

"가요."

현백은 온을 향해 다가오는 저 커다란 남자가 마음에 들지 않았지만, 일단 위험한 인물은 아니라는 느낌이 들어서 물러서기로 했다. 그러나 한편으로 저 남자가 누구인지 알고 싶었다.

그녀의 남자친구인가. 그런 생각이 들자 기분이 몹시 좋지 않았다. 지난 48시간 남짓 그녀를 돌봤던 기억 때문인지도 모른다.

현백 자신도 이해할 수 없는 강렬한 보호본능이 내면 깊숙한 곳에서 솟아오르는 것을 느꼈다. 그는 불편한 감정을 억누르며 차 문을 열었다.

현백은 차에 타기 전 슬쩍 뒤를 돌아 그 남자를 노려보았다. 커다란 걸음으로 그녀에게 다가가던 남자 또한 현백의 시선을 피하지 않고 마주보았다.

거대한 맹수 같은 성준의 검은 눈동자가 현백의 아름답고 깊은 눈과 맞부딪치자 매섭게 빛났다. 서울에서 현백 자신보다 키가 큰 남자를 만나기는 쉽지 않았으나 저 사람은 한 뼘은 더 커 보였다.

그가 평범한 인물이 아니라는 것은 한눈에 알아볼 수 있었다. 그가 뿜어내는 기운이 보통 사람의 것과는 다르다는 걸 신성(神性)을 지닌 현백이 느끼지 못할 리 없었다.

뭔가가 있어.

저 남자…… 뭐지?

그러나 지금 당장 저자의 존재를 확인하고 싶진 않았다. 적어도 지금은 아니었다.

"꼭 전화해요. 다시…… 올게요."

현백이 마지막으로 온에게 다짐을 받았고, 온은 그를 돌아보지도 않은 채 천천히 고개를 끄덕였다. 이제 온의 바로 앞에까지 온 거대한 남자는 전화하라는 현백의 당부를 듣고는 더욱 무섭게 그를 노려보았다. 현백 또한 한 번 더 차갑게 성준을 쳐다보고 차에 올라탔다. 그녀를 이대로 놓고 가고 싶지 않았지만, 지금 저자와 부딪치는 것이 온에게 더 좋지 않을 것 같았다.

현백의 은빛 차가 골목을 빠져나가자 골목은 다시 정적에 휩싸였다. 조금씩 내리던 눈발이 더욱 굵어졌다. 일요일 한낮의 골목은 죽은 듯이 고요했다.

성준이 그녀 앞에 와서 서자 온은 고개를 숙이고 시선을 돌렸다.

"여기…… 어떻게 찾았어요?"

"무슨 일이에요?"

두 사람이 동시에 물었다. 온이 물기 어린 눈을 감추려는 듯 피식 웃었지만 성준은 웃지 않았다. 온의 눈가에 떨어질 듯 고인 눈물을 보았기 때문이다. 그의 가슴에 칼로 저미는 듯한 통증이 밀려왔다.

혹시 아까 그 자식 때문인가. 계집애같이 생긴 재수 없는 자식.

"연락이 안 돼서 와 봤어요. 무슨 일이에요?"

온이 얼굴을 들어 성준의 눈을 바라보았다. 그의 날카로운 턱선, 거뭇하게 올라오기 시작한 수염, 그녀를 바라보는 감정이 소용돌이치는 눈빛들을 바라보면서, 지금 자신을 있는 그대로 받아 줄 사람은 오직 이 사람밖에 없다는 생각이 들었다.

온의 눈에서 한 방울 눈물이 떨어졌다.

그리고 그 순간, 성준이 그녀를 거칠게 품에 안았다. 연약하

회귀(回歸) 191

게 흔들리는 들꽃처럼 힘없이 그의 품으로 무너진 온은 성준의 부드러운 캐시미어 코트 자락에 얼굴이 묻히자 참았던 눈물을 쏟아내고 말았다. 성준은 온의 머리칼에 얼굴을 묻고 깊은 숨을 들이켰다.

그녀의 푸른 향기가 그의 폐로 밀려들어 왔다.

찾았다. 그녀를 찾았다.

깊은 울음으로 파르라니 떨리는 몸, 부러질 듯 연약한 이 어깨를 한 번 안아 보지도 못하고…… 그렇게 자신의 운명을 영영 잃어버린 게 아닐까 두려워했던 성준은 이제 이렇게 그녀를 품에 안을 수 있게 되었다는 사실에 안도감을 느꼈다.

"놓쳐 버릴 뻔했잖아."

온의 귓가에 낮고 허스키한 성준의 목소리가 들렸다. 뜻 모를 격렬함을 담고 있는 그의 목소리에 그녀의 울음이 더욱 깊어졌다. 참았던 두려움과 슬픔이 눈물과 뒤엉켜 쏟아졌다.

울음이 제 몸 어디서 새어 나오는지도 모른 채, 온은 그의 품에서 흐느꼈다. 그에게 기대어 울어도 괜찮은지 생각하지도 않고, 그녀는 그저 커다란 동굴에 바람이 지나가듯 몸 안의 아픔을 밀어냈다.

잔뜩 흐려진 하늘에서 내리는 눈발이 더욱 거세졌다.

그날 저녁.

온은 검고 따뜻한 구덩이 같은 꿈에서 깨어나서 천천히 눈을 깜빡였다.

따뜻한 오렌지빛 조명이 낯선 천장으로 손을 뻗고 있는 것이 보였다. 방은 전체적으로 어두웠다. 빛이 닿지 않은 반대편 천장의 구석은 더욱 어두웠다. 그녀는 소리 없이 고개를 돌려 빛의 근원지를 바라보았다.

그녀가 누워 있는 침대의 왼편 조금 떨어진 곳에 넓은 통유리창이 있었고, 그 옆에 갓을 씌운 세련된 거실 스탠드가 은은하게 불을 밝히고 있었다. 시간이 얼마나 흘렀는지 모르겠지만 창밖은 짙은 어둠이었고, 도심의 불빛들만이 오징어잡이배의 조명처럼 반짝이고 있었다. 스탠드 갓에 여과되어 새어 나온 연한 불빛이 커다란 통유리 창에 부드럽게 부딪혔다.

그리고 그 창 아래 그가 앉아 있었다.

고풍스러운 앤티크 의자를 침대 방향으로 비스듬히 놓고 성준은 알 수 없는 표정을 짓고 있었다. 한 손에 서류를 들고 있지만 그의 시선은 지금 어두운 창밖을 향해 있다.

온은 소리를 내지 않고 몸을 돌려 성준을 관찰하기 시작했다.

낮에 매고 있던 푸른 넥타이도 푼 채, 그는 편안한 차림이었다. 흰 드레스 셔츠 단추를 두세 개 정도 풀어 버리고 양 소매도 두어 번 접어올린 상태로 그는 검게 물든 도시의 밤을 바라보고 있었다.

단단한 팔 근육이 접은 소매 아래 드러났고, 첫 만남 때부터 그녀의 마음을 끌었던 강인한 턱선은 부드러운 조명 아래서 더욱 도드라졌다. 반짝이는 불빛들이 박혀 있는 검은 유리 캔버스를 배경으로 은은한 조명을 받으며 앉아 있는 그는, 렘브란트의 초상화 속 인물처럼 기품 있는 아름다움을 뿜어내고 있었다.

그러나 그는 그 초상화 속 인물들과는 결정적으로 다른 부분을 가지고 있었다.

그를 돋보이게 하는 건 잘생긴 얼굴과 단단한 몸의 선, 형체를 채우고 있는 우아한 색깔들이 아니었다. 그를 진정 아름답게 하는 것은 윤성준이라는 남자가 온몸으로 내뿜고 있는 힘이었다. 굳이 입을 열어 말하지 않아도 그 존재만으로 다른 사람의 우위에 설 수 있는 사람.

그 순간, 그녀는 그를 잡고 싶다고 생각했다.

자신의 안에서 소용돌이치고 있는 혼란을 잠재우고 싶었다. 그의 그늘 아래서 비바람을 피하는 새처럼 쉬고 싶었다. 현실과 자신을 이어 주는 유일한 끈, 윤성준. 그를 잡고 싶다.

멍하니 이런 생각에 잠겨 그의 얼굴을 바라보았을 때, 어느 샌가 이쪽으로 고개를 돌려 자신을 응시하고 있는 성준의 눈과 마주쳤다. 성준이 부드럽게 미소 지었다. 알 수 없는 표정으로 창밖을 응시하던 아까와는 전혀 다른 모습, 전혀 다른 분위기다. 온도 그에게 작게 웃어 보였다. 그 순간, 두 사람 사이에는 편안한 감정만이 흐르고 있다.

"물 마실래요?"

"주세요."

성준이 천천히 일어서면서 묻자 그녀도 침대에서 일어나 등받이에 상체를 기댔다. 머리맡 협탁에 놓인 탁상시계는 저녁 6시를 가리키고 있었다. 성준이 냉장고에서 물 한 병을 꺼내와 유리컵에 따라 건네주었다. 그녀는 그가 건넨 차가운 물을 한 모금 들이켰다.

　"저, 많이 잤나 봐요."

　"서너 시간 정도? 조금 일찍 일어났으면 노을을 봤을 거요. 오늘 구름 사이로 노을이 멋졌거든. 배 안 고파요?"

　질문하는 성준의 입가에 편안한 미소가 걸려 있었다.

　"고파요."

　"뭔가 기운 나는 걸 먹읍시다. 밖이 꽤 추워요. 룸서비스로 시켜 먹죠."

　온은 가볍게 고개를 끄덕였다.

　잠시 후, 성준이 주문한 룸서비스를 객실에 딸린 거실에서 먹고, 두 사람은 다시 방에 들어와 안온한 침묵에 잠겼다. 딱히 말을 하지 않아도 좋았다. 지난번 광화문에서 만났을 때도 그랬다. 그들에겐 굳이 말이 필요 없었다.

　"뭔가, 물어보는 게 좋을까?"

　성준의 권유로 온은 침대 위에 앉았고 그는 아까처럼 창가 옆 의자에 자리 잡고 앉아 있었다. 성준의 느린 질문에 온이 무슨 말이냐는 듯 그를 쳐다보았다.

　"당신에게 무슨 일이 있었는지. 물어보는 게 좋아요?"

그녀가 작게 웃었다.

"예의 바르군요. 미리 그런 걸 물어봐 주다니."

"신사니까."

그가 으스대는 듯한 표정을 지어 보이자 온이 부드럽게 웃었다.

"음…… 안 물어보는 게 좋겠어요."

"그래요, 그럼."

두 사람은 다시 말이 없어졌다.

그녀는 그의 등 뒤에 펼쳐진 빌딩의 불빛들을, 그는 그녀가 앉아 있는 침대 위 흰 시트 자락을 바라보고 있었다. 잠시 후, 성준이 다시 입을 열었다.

"역시, 물어보고 싶어. 한 개는."

온이 웃었다.

귀여운 면이 있다, 이 남자.

"그 남자, 누구예요?"

"누구……?"

"아까 골목에서 봤던."

"아, 엄마 친구 아들이에요."

"흠."

온이 시트자락을 매만졌다.

"엄마가 친구분 댁에 가셨는데…… 급하게 일이 생겨서…… 그 애 차 타고 지방에 갔다 왔어요."

"그렇군요."

"음…… 그 애…… 신경 쓰여요?"

온이 장난스럽게 웃으며 그를 놀렸다.

"뭐, 적잖이."

온이 입을 가리고 웃었다. 너무 커다랗게 웃어 버릴까 봐 입을 가린 것이었다. 그의 솔직한 말에 그녀의 가슴이 두근거리기 시작했다.

"왜 울었는지는 묻지 않을게요."

"왜요?"

"그런 거, 말하고 싶지 않을 테니까."

"역시 신사로군요."

온이 그를 부드럽게 놀렸다.

그가 사려 깊은 마음씨를 지녔다는 것에 그녀는 안도감을 느꼈다. 그는 분명 좋은 사람이다.

"물론, 말하고 싶다면 언제든지 듣고 싶어요. 당신과 관련된 일이라면 무엇이든."

그가 그녀의 눈동자를 응시하며 말했다. 그의 입가에 웃음이 어렸다. 그가 웃을 때마다 두 뺨에 작은 보조개가 파였다. 커다란 체구에서 뿜어져 나오는 힘과는 별개로, 그녀를 향해 지어 보이는 벨벳 같은 미소와 작은 보조개 때문에 그가 한층 더 부드럽게 느껴졌다.

온은 그의 다정한 배려에 말없이 고개를 끄덕였다.

"저…… 이제 갈게요."

"자고 가요."

그 순간, 그녀와 그의 눈이 부딪쳤다. 그는 진지한 표정이었다. 온의 가슴이 세차게 뛰었다.

"내가 거실 소파에서 잘게요. 오늘은 여기서 자고 가요."

온이 빙긋이 웃으며 침대에서 내려섰다.

"덮친다는 말이 아니라서 실망이에요."

"아, 덮친다고 할걸."

온이 킥킥 웃으며 옷걸이에 걸린 코트를 내려 입었다. 그가 다가와서 그녀가 코트를 편하게 입을 수 있도록 잡아 주었다.

"정말 혼자서 괜찮아요?"

혼자서 괜찮은가. 아까 현백도 그렇게 물었지.

사실 살면서 꽤 여러 번 들었던 질문이다. 오랜 시간에 걸쳐 여러 사람에게 들었던 그 질문에 대한 기억들이 하나하나 떠올랐다. 전에 사귀었던 남자친구들, 그전엔 학교 친구들, 선생님…….

어린아이였을 때 데리러 오는 사람 하나 없이 혼자서 집에 가는 그녀에게 유치원 선생님이 묻기도 했다. "온아, 혼자서 괜찮아?"라고.

그리고 그 모든 질문에 그녀는 "응."이라고 대답했었다.

지금 그가 자신에게 물었다. 혼자서 괜찮으냐고.

온은 처음으로 괜찮지 않다고 대답하고 싶었다. 혼자서 버티기에는 버겁다고. 어머니, 아버지…… 그들 사이에서 태어난 정체불명의 아이인 자신이 버겁고 또 버겁다고, 그래서 혼자서는 힘들다고.

그러나 이 모든 것을 그와 함께 나눌 수는 없는 일이다. 그녀 자신에게도 무엇 하나 확실하게 설명할 수 없는 자신의 처지를 그에게 털어놓을 수는 없으니까.

성준이라는 커다란 나무 그늘로 날아들고 싶어도 그 나무에게 자신을 소개할 수 없게 되어 버린 청조(青鳥). 그것이 바로 현온, 그녀 자신이었다.

온은 어젯밤 호종의 등에서 스스로 결심한 걸 잊지 않았다. 그녀 스스로 이 모든 걸 견뎌 내기로 결정하였다. 그건 오롯이 어머니의 딸인 그녀의 몫이니까.

온은 턱을 들고 성준의 눈을 똑바로 바라보았다. 물기를 머금은 촉촉한 눈동자가 가느다랗게 흔들리고 있었지만, 그 안에 담긴 그녀의 굳은 결심은 흔들리지 않았다.

"혼자서도…… 괜찮아요."

온은 빙긋 웃어 보였다. 성준은 한참 동안 온의 눈동자를 들여다본 후 말없이 코트 앞섶을 여며 주었다. 집까지 바래다주겠다는 그의 제안을 거절한 온에게 성준은 택시라도 태워서 보내겠다며 기어코 따라나섰다.

그가 묵고 있는 주니어 스위트를 나서기 전, 방문 앞에서 온은 즉흥적으로 뒤돌아서서 커다란 성준의 허리를 안았다.

평소의 그녀라면 상상조차 할 수 없었을 대담한 행동이었지만, 오늘 낮 집 앞 골목에서 그의 품에 안겼을 때 느꼈던 안도감을 다시 한 번 느끼고 싶었다. 그 욕망이 그녀를 과감하게 했다.

얇은 셔츠 안쪽에서 뛰고 있는 심장의 박동이 그녀의 뺨으로 전해졌다. 아름드리나무를 안은 듯 포근하고 편안했다. 온은 잔잔한 평온에 물들어 눈을 감았다.

"있잖아요."

그녀는 그의 앞섶에 대고 속삭였다.

"성준 씨를 안 지 얼마 되지 않았지만, 지금 내 현실을 지키고 있는 사람은 당신뿐이에요. 이상한 소리라고 생각하겠지만…… 그게 그래요."

그것은 그에게 온전히 기댈 수 없는 온이 할 수 있는 최대한의 고백이었다. 자신의 복잡한 마음이 이런 방식으로 흘러나온 것이다. 그녀는 작은 한숨을 내쉬며 천천히 그를 안았던 팔을 풀었다. 반걸음 물러서서 머뭇거리며 성준을 올려다보니 그의 알 수 없는 표정이 보였다. 온은 수줍게 웃으며 더듬거렸다.

"이렇게…… 이렇게 폐를 끼쳐서 정말 미안해요."

그 순간, 그가 거칠게 그녀에게 입을 맞췄다.

알 수 없는 갈망이 담긴 키스. 그녀가 자신의 소유라고 외치는 목소리, 다시는 놓치지 않겠다는 강렬한 다짐…… 그런 갈급함이 담긴 입맞춤이었다.

온은 두 손으로 그의 가슴을 짚은 채 소리 없는 성준의 외침

을 들었다. 그녀의 몸속으로 그의 애틋한 감정이 물결처럼 밀려
들어 왔다.

다시 눈물이 날 것만 같았다.

잠시 후, 조심스럽게 입을 뗀 성준이 그녀의 눈동자를 뚫어지
게 바라보며 나지막이 속삭였다.

"현실이든 꿈이든, 내게서 도망치지 말아요."

허스키한 그의 목소리에 온의 심장이 두근거렸다.

"도망쳐도 놓치는 일은 없어."

제6화
검은 피에 젖은 밤

목요일 밤, 박 교수의 연구실.

몇 달째 방구석에 쌓여 있던 박 교수의 묵은 우편물을 혼자서 정리하고 있던 온은 자신의 시선이 자꾸만 새 휴대폰 쪽으로 가는 것을 막을 수 없었다.

그녀는 회식자리에서 잃어버린 휴대폰 대신 일주일 전 새 스마트폰을 샀다. 미술사학도지만 나름 얼리 어댑터라고 자부하는 지석 선배의 성화로 요즘 광고에서 한창 떠들기 시작한 요란스러운 전화기를 장만하게 된 것이다. 온은 3년 넘게 사용한 2G 전화기에 만족하고 있었고 되도록 비슷한 종류로 구매하고 싶었지만, 기어코 매장까지 따라와 잔소리를 늘어놓는 지석 선배의 강권에 못 이겨, 그녀의 생활패턴과는 별 상관 없는 풀터치 스마트폰을 갖게 된 것이다.

그러나 지금 그녀가 휴대폰을 바라보고 있는 이유는 흔히들 사람들이 새 물건을 장만하였을 때 느끼는 애착 때문이 아니었다. 어쩐지 지금 그가 전화할 것만 같다는 생각이 들었기 때문이다.

온이 휴대폰을 구입하고 나서 제일 처음 들었던 목소리는 성준의 낮은 읊조림이었다.

휴대폰 없이 지냈던 며칠, 그녀의 존재 자체를 뒤흔들어 버린 몇 가지 사건들이 지리산 자락에서 벌어지고 있던 바로 그때, 성준은 그녀에게 수차례 전화를 걸었던 것이다.

음성사서함을 가득 채운 성준의 낮고 단단한 음성을 들으면서 그녀는 밀려드는 묘한 감정에 눈을 감을 수밖에 없었다.

첫 번째 목소리에서 두 번째, 세 번째 메시지로 갈수록 그의 굵은 목소리에서 격한 마음의 결이 느껴졌다.

그는 분명히 그녀를 걱정하고 있었다. 그리고 그가 자신을 걱정했다는 사실이 그녀를 행복하게 했다. 그들이 만나기 전, 성준이 마지막으로 남긴 메시지에서 그의 목소리는 수은(水銀)처럼 가라앉아 있었다.

「나요.」

그는 한동안 말을 잇지 못했다.

「돌아와요. 내게.」

수화기 속 성준은 왜인지 알 수 없지만 바닥까지 절망하고 있었고, 아이러니컬하게도 그녀는 그 절망이 아름답다고 느꼈다.

녹음된 그의 목소리를 다 들은 후, 그녀는 그에게 처음으로 전화를 걸었다. 바로 직전까지 들었던 그 절망의 목소리가 6월의 녹음처럼 살아 있는 것으로 바뀌었다는 사실이 그녀의 가슴을 부드럽게 흔들었다.

그날 이후, 성준은 시간이 날 때마다 온에게 전화를 걸었다. 늦은 오후에도, 늦게까지 이어지는 회의와 접대를 마치고 호텔 룸에 돌아와서도, 그는 어김없이 그녀에게 전화했다. 전화하지 않는 시간에도 그녀를 그리워했다는 것을 숨기지 않은 채.

어젯밤에도 온은 도톰한 이불 속에서 누에고치처럼 웅크린 채 달콤한 그의 목소리를 들었다. 잠결에 듣는 목소리가 온풍처럼 온의 몸을 따뜻하게 감쌌다.

그는 친절하고 위트 있는 사람이었다. 끊임없이 그녀에 대해서 질문했고, 그녀의 모든 것을 알고 싶어 했다. 그는 온의 유머에 시원하게 웃었고, 그녀의 짓궂음을 포용해 줄 수 있는 사람이었다. 그녀가 대답을 망설이는 문제에 있어서는 기다릴 줄 알았으며, 재촉하는 일도 없었다.

성준은 온을 알고 있었다. 그런 말 말고는 달리 표현할 수 없는 어떤 특별한 느낌이 두 사람 사이에 존재하고 있었다.

집 앞에서 온을 안고 마음을 고백한 이후, 온은 그가 자신을 지켜보고 있다는 느낌을 지울 수 없었다. 떨어져 있어도 그의 시야 안에서 보호받고 있는 기분, 울타리가 보이지 않지만 안온한 초원에 방목된 초식동물처럼 안전하면서도 자유로운 느낌. 초원 끝의 단단한 울타리는 잔혹한 맹수들의 습격과 거친 운명의 폭풍으로부터 자신의 모든 것을 지켜 줄 것만 같았다. 그것은 이전의 연애에서는 한 번도 느껴 보지 못한 안도감이었다.

타인에게는 냉혹하지만 자신에게는 한없이 온유한 제왕. 그게 윤성준이라는 남자다.

온은 테이블 위 휴대폰을 바라보며 남은 우편물들을 천천히 뜯었다. 이 쓸데없는 편지들을 모두 정리하기 전에 전화벨이 울리길 바랐다.

흑곰처럼 검은 매력을 지닌 그로부터의 걸려온 전화벨이.

그러나 온의 전화벨이 울린 건 그날 새벽이었다.

온은 이불 속에서 얼굴을 내밀지 않고 손만 뻗어 탁자 위에 놓인 전화를 받았다.

「나예요.」

그였다. 온은 몽롱한 상태에서 꽃잎이 벌어지는 것처럼 소리 없이 미소 지었다.

"오늘도 신사답게 새벽에 전화했군요."

잠투정 같은 온의 대답에 성준이 부드럽게 웃었다.

「자고 있었어요?」

"응."

「그렇군요…….」

성준이 잠시 망설이는 듯싶더니 이내 신중한 목소리로 물었다.

「음…… 미안한데, 지금 나올 수 있어요?」

"지금?"

　온은 이불 속에서 얼굴을 내밀어 탁자 위의 시계를 바라보았다. 2시를 가리키고 있었다. 이 신새벽에 무슨 일일까?

「석상을 팔겠다는 쪽에서 연락을 해 왔어요.」

"아니, 지금 시간이 몇 신데……."

「나도 내일 낮에 보자고 해 봤지만 지금 아니면 안 된다고 딱 자르더군. 지금 못 오겠으면 다음에 다시 연락하겠다고. 언제 다시 연락할지는 모르겠다는 식이어서 일단은 가겠다고 했어요. 혹시 같이 가 줄 수 있어요?」

　온은 잠시 망설였다. 그러나 곧 목소리를 가다듬고 밝게 대답했다.

"뭐, 심야 데이트라고 해 두죠."

　저편에서 성준이 큭큭 웃는 소리가 들렸다.

「성격 좋은 아가씨로군.」

"뭐, 어차피 나갈 거라면 심야 아르바이트보다는 심야 데이트라고 생각하는 편이 낫지 않겠어요? 난 긍정적인 사람이라구요."

　성준이 비로소 크게 웃었다.

　성준은 30분 후쯤 그녀의 집 앞으로 가겠다고 말하고는 전화를 끊었다. 그녀는 그가 불러 주는 목적지 주소와 상호명을 받아 적고 인터넷으로 대략적인 위치를 확인해 두었다. 그리고 편하게 입을 옷을 꺼내 침대 위에 펼쳐놓았다.

그녀는 도톰한 아이보리색 스웨터와 낡은 청바지, 컨버스 운동화를 신기로 했다. 재빨리 가벼운 화장을 마치고 편한 카멜색 더플코트까지 걸쳐 입은 온은 침대에 걸터앉아 성준이 오기를 기다렸다.

현백에게 연락해야 할까.

한참을 휴대폰을 노려보고 나서 온은 천천히 버튼을 눌러 현백의 번호를 찾았다. 그러나 통화 버튼을 누르진 않았다. 휴대폰을 새로 산 후, 그녀는 한 번도 현백에게 전화를 걸지 않았다. 성준의 메시지로 가득 찬 휴대폰 음성사서함의 마지막 메시지는 현백이 녹음한 것이었음에도 불구하고.

성준의 호텔 룸에 누워 실신하듯 잠들어 있던 그날 오후, 현백은 부드럽고 차분한 목소리로 메시지를 남겼던 것이다.

「현백이에요. 휴대폰 찾으시면 연락 주세요.」

성준과는 또 다른 온유함이 담긴 현백의 목소리는 캐시미어처럼 부드러웠다. 휴대폰 너머에서 들려오는 현백의 부탁에 온은 답하지 않았다. 그저 그가 남겨 둔 번호만 저장해 두었을 뿐이다.

그녀에게 현백은 혼돈으로 가득 찬 산청에서의 사흘과 연결되어 있는 인물이었다.

그녀는 알고 있었다. 그 아이에게 전화를 거는 순간, 성준과 이어진 평온하고 안전한 현실에서 자신이 다시 분리되리라는 것을.

강제로 옷이 벗겨진 것처럼 그녀의 존재를 발가벗겨 버린 그곳. 호랑이가 날뛰고 물방울을 모아 자신의 얼굴에 던지려는 소녀가 있는 곳, 사계절이 한 공간에서 흐르고 그곳을 관장하는 여신들이 사는 환상의 땅에 온은 다시 가고 싶지 않았다.

물론 그 모든 혼란 속에서 그녀를 붙들어 준 사람이 현백이었으며, 그녀는 그에게 미안함과 고마움을 느끼고 있긴 했다. 그러나 지금은 성준이라는 달콤한 끈을 불안하게 잡고서 그를 외면할 수밖에 없었다.

현백에게 전화를 걸지 못하는 다른 이유도 있었다. 그것은 바로 성준에 대한 미안함 때문이었다. 만약 자신이 현백에게 꽃상에 대한 정보를 제공한다면, 성준은 아마도 그 석상을 손에 넣지 못하게 될 것이다. 현백은 돈으로, 만약 그것이 불가능하다면 힘으로라도 꽃상을 가져올 것이다. 온은 신과 신의 자식들이 가진 놀라운 능력을 사계지에서 보았고, 만약 그들이 꽃상이 있는 곳만 알게 된다면 반드시 그것을 되찾아 오리라는 것을 직감했다.

그런 생각을 하면 온은 자신의 마음이 한없이 불편해지는 것을 느꼈다. 아무리 그것이 도난당한 물건이고 원소유주가 존재하는 것이라 해도, 성준이 꽃상을 구매하지 못하고 빈손으로 돌아가게 된다면 그녀는 그에 대한 죄책감에서 자유로울 수 없을 것이다.

이런 생각을 하며 온은 불안하게 휴대폰을 만졌다.

산청에서 보았던 이들의 얼굴이 하나하나 머릿속을 스쳐 지나갔다.

꽃상은 엄마와 산청 이모, 그동안 그 존재조차 몰랐던 다른 신들이 그들의 정체를 온에게 드러내면서까지 어떻게든 찾아오려고 했던 물건이다. 그 석상에 어떤 사연이 숨겨져 있는지 알 수 없지만, 그들에게 정말 중요한 물건임에 틀림없다.

산청에서 떠나오던 날 경호강가에서 당부했던 산청 이모의 목소리가 새벽의 강바람처럼 온의 귓가에 맴돌았다. 그녀의 귓불에 대고 속삭였던 바람의 소리가 지금 다시 들리는 것 같아서, 온은 괴로움에 눈을 질끈 감았다.

그리고 잠시 후.

통화 버튼 위를 서성이던 온의 엄지손가락이 작은 한숨과 함께 차가운 액정 위로 내려앉았다.

　　　　　*　　　*　　　*

새벽의 인사동은 암흑과 얼음의 거리다. 인사동의 가게들은 대부분 일찍 문을 닫기 때문에 상점가는 어둠에 휩싸여 있다.

골목골목 숨은 음식점에서 과한 반주를 곁들여 저녁을 해결

했던 사람들까지 하나둘 돌아가면 자정 전이라도 거리의 불빛은 대부분 사라져 버린다.

어젯밤 꽤 많은 눈이 내렸고 오늘밤은 기온까지 더 내려가 인사동의 큰길까지 인적이 없었다. 낮 시간 거리를 가득 채웠던 인파의 행렬은 마치 환상이었다는 듯이. 길고양이도 오가지 않는 단단한 돌길에는 낮에 녹았던 눈이 얼어붙어 있었고, 군데군데 서 있는 가로등 밑에는 음식점에서 내다놓은 음식물 쓰레기통들만 멀뚱멀뚱 서 있을 뿐이다.

그들은 인사동 초입 탑골공원 근처에 차를 세웠다. 인사동이 초행인 성준 대신 온이 주소가 적힌 쪽지를 보고 찾아보기로 했다. 내비게이션을 이용해 큰 건물을 찾아가는 것이라면 몰라도, 인사동의 좁고 복잡한 골목을 뒤져 주소만으로 작은 고미술상을 찾는 일은 성준 혼자서 하기에는 어림없는 일이었다. 천천히 걷던 온은 수도약국 사거리 근처에서 멈춰 섰다.

"조금 더 아래쪽이었던 것 같은데⋯⋯."

"나 혼자서 왔다면 동틀 때까지 못 찾았을 거요."

성준이 익살맞은 표정을 지어 보이자 온이 킥킥 웃었다.

이 골목 저 골목을 몇 번이나 오간 끝에, 그들은 어느 후미진 골목 끝 구석에 자리 잡은 문제의 고미술상을 찾아낼 수 있었다. 가게의 쇼윈도와 유리문에는 흰 블라인드가 내려져 있었지만 블라인드 사이로 희미한 불빛이 새어 나오고 있었다. 성준이 슬쩍 문을 잡아당겨 보았지만 유리문은 굳게 잠겨 있었다.

"여기인 것 같은데…….."

"손님을 불러 놓고 주인이 없다니. 손님 대접이 형편없군."

성준이 그녀를 보며 씩 웃어 보였다. 온도 마주 보고 미소 지었지만 가슴 한편에 자리 잡은 불편한 마음 때문에 활짝 웃을 수 없었다.

현백은 잘 찾아올 수 있을까. 좁고 복잡하게 얽힌 골목들 사이에 숨은 자신을.

온은 집에서 나오기 직전 현백에게 전화를 걸어 곧 인사동에서 판매인을 만날 거라고만 말해 두었다. 자세한 주소나 상호를 알려 주지도 않았으며, 성준이 눈치채지 못하게 살짝 기다려 줄 테니 어디로 오라는 말도 하지 않았다. 그녀는 완벽하게 성준의 편에 설 수도, 적극적으로 현백을 도와 꽃상을 되찾는 일에 가담할 수도 없었다.

온은 자신이 해 줄 수 있는 일은 이 정도 정보를 흘려주는 것뿐이라고 스스로를 합리화하면서 통화 버튼을 눌렀던 것이었다.

온의 두서없는 전화에도 현백은 당황하지 않았다. 그저 여느 때와 같이 차분한 목소리로 이렇게 말했을 뿐이다.

「알았어요. 이따가 봐요.」

뒤돌아서면 어쩐지 현백이 지켜보고 있을 것 같아서 그녀는 눈을 감은 채 마른침을 한 번 삼켰다. 한편으로는 그가 이곳을 잘 찾아왔으면 싶었고, 다른 한편으로는 자신을 찾지 못했으면 싶었다.

현백이 그들 앞에 나타나면 그녀는 성준에게 뭐라고 말해야 할까.

혼란스러운 마음을 가누지 못한 온이 가게 앞에 우두커니 서 있는 동안 성준은 굳게 잠긴 가게 문을 점잖게 문을 두드렸다.

"계십니까?"

안에서는 기척이 느껴지지 않았다. 다시 두어 번 문을 두드려도 마찬가지였다.

"여기가 아닐지도 모르겠어요."

길 안내를 맡은 그녀가 자신의 잘못으로 엉뚱한 곳의 문을 두드리게 한 것은 아닌지 불안해하던 그때, 유리문에 내려진 흰 블라인드 뒤로 사람의 그림자가 어른거렸다.

"누구요?"

그림자는 걸쭉한 목소리로 물었다.

"전화를 받고 왔습니다. 박 선생님께."

그러자 유리문이 조금 열리고 험상궂게 생긴 젊은 사내가 고개를 쓱 내밀었다. 30대 중반쯤 되어 보이는 사내의 얼굴은 언뜻 보아도 험한 인상이었다. 뭉툭한 코에는 번지르르한 기름이 흐르고 있었으며, 방금 교도소에서 나온 사람처럼 머리를 짧게 깎았다.

"이리로 오라는 연락을 받았습니다만."

그는 쭉 찢어진 눈을 희번덕거리며 어두운 골목에 서 있는 성준과 온을 차례대로 훑었다. 사내의 눈길이 닿자 두툼한 코트 안쪽 온의 흰 피부에 소름이 돋았다.

"들어오쇼."

한참이나 두 사람을 살핀 후, 사내는 미심쩍어하는 기색을 감추지 않으며 유리문을 반쯤 열었다. 그는 먼저 들어온 성준을 따라서 온이 들어올 때까지 기다렸다가 잽싸게 문을 닫아걸었다.

생각 외로 가게 안은 별로 따뜻하지 않았다. 남자가 여기서 오래 기다린 것은 아닌 듯했다.

온은 사내가 문을 걸어 잠그는 사이 빠르게 가게 안을 둘러보았다. 놀랍게도 가게 안에 놓인 어느 것 하나 제대로 된 물건이 없었다.

전공인 탱화 외의 모든 고미술품들에 대해 잘 안다고 말할 수 있는 것은 아니었지만, 그런 그녀가 보기에도 진열된 것 대부분이 모조품이었다. 어쩌면 이 남자가 소장하고 있다는 석상도 가짜가 아닐까 하는 생각에 온은 괜스레 핸드백에 손을 넣어 미리 챙겨 온 석상 사진을 만지작거려 보았다. 만약 석상이 모조품이라면 한 번에 제대로 가려낼 수 있을지 자신이 없었다.

"혼자 온다는 거 아니었수?"

사내가 의심에 가득 찬 눈초리로 껄렁대며 말했다. 아까 밖에서 사내의 얼굴만 보았을 때는 몰랐지만 그는 체격이 좋은 편이었다. 키는 작은 편이었지만 싸움으로 단련된 듯 딴딴한 몸에

험악한 인상까지, 흔히 말하는 '깍두기'형 인물이었다.

"석상의 진품 여부를 가려 줄 감정사입니다."

"감정사가 낀다는 이야기는 전에 전화했던 인간한테 못 들었는데."

사내가 의심과 위협을 섞어 성준과 온을 번갈아 노려보았다.

"이런 물건을 사는데 감정사도 데려오지 않을 거라고 생각했나?"

놀랍도록 침착하고 평온한 태도로 성준이 대답했다. 그에게서 차가운 위엄이 느껴졌다. 온 또한 무덤덤한 표정을 지으려고 노력했지만 잘 되지 않았다. 사내는 흥! 하고 코웃음을 치더니 말없이 가게 뒤쪽 쪽방으로 들어갔다.

모조품으로 가득 찬 골동품 가게에 주인도 없이 온과 성준 두 사람만 남게 되었다.

난방이 되지 않는 가게 안은 선득선득했고 선반에 놓인 기괴한 조각들과 싸구려 자기들만이 가게 구석에 켜 놓은 스탠드 불빛을 받아 천박하게 반짝일 뿐이었다.

"역시 손님 대접이 시원치 않아."

성준이 가볍게 툴툴대자 온이 빙긋 웃어 보였다. 성준이 마주 웃어 보이자 긴장됐던 그녀의 마음이 한결 편안해졌다. 만난 지 얼마 되지 않았지만 그는 이제 그녀를 편안하게 만드는 거의 유일한 사람이 되었다.

"늦은 시간에 이런 곳에 따라오게 해서 미안해요. 역시 혼자

올 걸 그랬나."

"아까 혼자서는 못 찾아왔을 거라면서요."

"그건 그렇지."

금세 천연덕스럽게 수긍하는 성준을 보며 온은 부드럽게 미소 지었다. 성준도 입가에 띤 웃음을 지우지 않은 채 천천히 가게 안을 돌며 선반에 있는 물건들을 살펴보기 시작했다.

"이런 건 얼마나 하려나?"

"팔리는 가격은 알 수 없고, 들여오는 가격은 아무리 비싸도 한 장을 넘지 않을 거예요."

성준이 놀랍다는 표정을 지으며 한쪽 눈썹을 추켜올렸다.

"1억?"

온이 빙긋이 웃으며 고개를 저었다.

"아니요. 배춧잎 한 장."

성준이 무슨 소리인지 못 알아듣고 있다가 온이 입 모양으로 '만 원'이라고 하자 그제야 알아들었다는 듯이 고개를 끄덕였다.

"그럼 이게 다……?"

"아마 중국에서 왔겠죠."

"흠."

성준은 심드렁한 표정으로 선반 위의 자기들을 훑어보았다.

"이런 가짜를 누가 산다는 거지?"

"배춧잎 한 장을 모르는 사람이 사지요."

모르는 척 그를 놀리는 그녀의 말에 성준이 쿡쿡 웃었다.

"아마 외국인이나 관광객들 상대로 비싸지 않은 가격에 팔 거예요. 조금만 자세히 살펴봐도 조잡한 솜씨가 보이니까 큰돈 낼 사람은 없을 테고."

온의 설명에도 이해가 가지 않는 듯 성준이 선반 위에 있는 작은 금불상을 집어 들고 이리저리 살펴보았다.

"모르겠죠?"

"모르겠군."

"성준 씨는 가격표가 붙어 있는 슈퍼마켓 말고 어디 가서 혼자서는 뭐 안 사는 게 좋겠어요."

온이 계속해서 성준을 놀리자 성준은 사람 좋게 웃으며 불상을 내려놓고는 그녀 쪽으로 다가왔다.

"그럼 이제부터 당신이랑 같이 가면 되겠군. 고미술상도, 슈퍼마켓도."

그녀의 얼굴 바로 앞까지 내려온 그의 얼굴을 보고 그녀는 자신도 모르게 숨을 멈췄다.

그녀를 휘감아드는 힘. 그 힘으로 그의 눈이 반짝였다. 그 순간, 온의 심장에 달린 작은 북이 거세게 요동치며 파르르 울렸다. 실내가 어두워서 망정이지, 만약 불이라도 밝았다면 화끈 달아올라 있는 자신의 두 뺨을 그에게 들켜 버렸을 것이다.

그의 입술이 자신 쪽으로 다가올 것 같다는 생각을 하며 정신이 아득해지려는 찰나.

가게 뒤 쪽방과 이어진 문이 갑자기 벌컥 열리면서 사내가 들어왔다. 성준은 아무 일 없었다는 듯이 우아하게 몸을 돌려 돌아온 사내를 바라보았지만 그의 뒤에 서 있던 그녀는 당황한 표정을 숨길 수가 없었다. 온은 시선을 내리깐 채 앞을 가리고 있는 성준의 등을 노려보며 붉어진 얼굴과 숨결이 진정되기만을 간절히 바랐다.

"따라오쇼. 물건은 다른 데에 있소."

다른 데?

온이 성준 옆으로 다가가 무슨 일이 일어나는 거냐는 듯한 눈빛으로 그를 바라보았다. 그 또한 의외라는 표정을 지으며 온의 얼굴을 내려다보았다. 성준 또한 예상치 못한 상황이었던 것이다.

"여기라고 하지 않았나? 다른 데라니."

"아, 그게 뭐, 여기 들이기는 어려운 물건이라. 누가 보면 또 곤란하기도 하고."

빈정대는 어투로 능글맞게 말끝을 늘여 끄는 사내에게 온과 성준은 불쾌감을 느꼈다. 이곳으로 들이기 어려운 것이라니. 고작 50센티미터도 되지 않을 것 같은 작은 석상 하나를, 국보급이나 보물급 유물도 아닌 그냥 석상 하나를 이곳에 들이지 못할 이유가 뭔가. 성준은 짜증이 치밀었다.

"그럼 진작 그쪽으로 오라고 했으면 이런 번거로움은 없었을 것 아니오."

성준이 딱딱하게 굳은 얼굴로 말했지만 사내는 대꾸도 없이 능글능글한 웃음만 지어 보일 뿐이었다.

"아니, 그래서. 갈 거요, 말 거요?"

성준은 뒷문을 반쯤 열어 붙잡은 채 능글맞게 물어오는 사내를 한 번 노려보고는 곁에 선 온을 바라보았다.

"미안하지만……."

"아, 저는 괜찮아요. 일단 가죠."

온의 흔쾌한 대답에 성준은 작게 고개를 끄덕였다. 그러고는 그녀의 오른쪽 손목을 부드럽게 잡아 이끌었다.

갑작스러운 스킨십에 그녀의 심장박동이 빨라지기 시작했다. 그의 손이 부드럽게 손목을 쓸어내려 그녀의 작은 손을 꼭 쥐었다. 따뜻하고 커다란 손이 '내가 지켜 줄 테니 함께 가자.'고 말하고 있는 듯했다. 손목 아래 혈관이 부풀어 오르는 게 느껴질 만큼 온의 심장은 터질 듯이 뛰고 있었다.

문 뒤에는 한 평 남짓한 사무 공간이 있었고, 한쪽 벽으로는 밖으로 이어지는 작은 섀시 문이 뚫려 있었다. 그곳을 빠져나가자 좁디좁은 골목이 나왔다. 사람 두 명이 동시에 지나다닐 수 없을 정도로 좁은 길은 '서울에서 가장 좁은 골목'이라고 불러도 좋을 만한 것이었다.

덩치 좋은 사내는 퉁퉁한 자신의 몸으로 골목 양쪽 벽을 쓸 듯이 하여 좁은 길을 빠져나갔다. 성준은 뒤도 돌아보지 않고 가 버리는 사내의 태도에 어이가 없었지만, 일단 자신의 큰 몸을 옆으로 세워 벽에 닿지 않게 빠져나가려고 했다. 그들에 비해 가냘픈 온은 훨씬 수월하게 골목을 빠져나갈 수 있었다.

좁은 골목이 끝나고 조금 더 넓은 골목을 지나 비로소 대로가 나온다 싶었더니 다시 골목으로 접어들었다. 인사동에 여러 번 와 본 일이 있던 온도 도무지 방향을 찾을 수 없을 때쯤, 갑자기 눈앞에 어두컴컴한 낙원상가 굴다리가 나타났다.

남자는 덩치에 맞지 않는 잽싼 걸음으로 무단횡단을 했다. 가게를 나온 이후부터 남자는 줄곧 그렇게 잰걸음이었다. 성준과 온은 조금 떨어져서 남자를 따라갔는데 사내를 놓치지 않기 위해 온은 거의 뛰다시피 걷고 있었다.

"여기가 어디예요?"

어두컴컴한 낙원상가 굴다리를 올려다보며 성준이 물었다.

"낙원상가요."

"아는 데예요?"

"차 타고 지나가 보기만 했어요. 악기도 팔고 영화관도 있고."

상가 인근 새벽까지 열려 있는 순댓국집 가마솥 앞을 지날 때 성준이 인상을 찌푸리는 것이 보였다. 익숙하지 않은 돼지 냄새가 고역스럽다는 표정이다. 그러나 그는 별다른 말 없이 빠른 걸음으로 앞서 나가는 사내를 뒤쫓는 데에만 집중했다.

살을 찌르는 듯한 새벽바람이 온의 코트 속을 파고들었다.

눈이 다시 얼어붙은 골목길을 걸어서 인사동을 빠져나온 이

후, 그녀의 손은 줄곧 그에게 잡혀 있었다. 그녀가 넘어지지 않도록 성준이 그녀를 세심하게 이끌고 있다는 것이 느껴졌다. 그녀 또한 성준의 손을 꼭 잡고 이 알 수 없는 새벽의 추격전에서 밀려나지 않기 위해 보폭을 넓혀 빠르게 걸었다.

사내는 다시 낙원상가 뒤쪽 골목으로 접어들었다. 도대체 어디까지 갈 작정인가.

이제 종로3가 뒷골목까지 와 버렸다. 사내는 익숙한 길인 듯, 잠시의 망설임도 없이 다시 어느 오래된 골목으로 접어들었다. 폭이 채 1미터도 안 되어 보이는 골목 양쪽으로 언제 지어졌는지 알 수 없는 오래된 주택들이 다닥다닥 붙어 있었다.

대문은 옛 한옥집처럼 나무로 되어 있었고, 담은 벽돌로, 지붕은 기와를 올린 국적 불명의 낡은 집이었다. 눈이 쌓여 얼어 있는 보도블록을 제외하면 골목에 존재하는 어느 것 하나도 '새'라는 접두사를 달 만한 것이 없었다. 전봇대에 기대 서 있는 꽁꽁 언 쓰레기봉투들만이 그곳에 존재하는 새것이었다.

사내는 똑같이 생긴 집들 중 하나 앞에 서더니 비로소 온과 성준을 돌아봤다.

"들어오쇼."

그러더니 그들을 기다리지도 않고 대문을 밀고 들어가 버렸다.

그러나 사내와는 달리 두 사람은 섣불리 집 안으로 들어서지 못했다. 성준은 이런 이상한 곳까지 온을 끌고 오게 된 것이 마음에 걸려 낡은 대문 앞에서 망설이고 있었다. 그렇다고 새벽 3시가 넘은 지금 온을 안전하게 데려다 놓을 만한 곳을 알지도 못할뿐더러, 그녀를 데려다 놓고 다시 이곳으로 돌아올 수도 없을 것 같았다. 지금 상황에선 자신과 함께 있는 것이 가장 안전하다고 판단한 성준은 온의 작은 손을 힘주어 잡았다.

한편, 온은 골목 주변을 조심스럽게 살펴보고 있었다.

그녀 자신도 현 위치를 파악하지 못할 만큼 인사동에서 꽤 멀리 나왔다. 현백이 이곳을 찾아올 확률은 더욱 적어진 것이다.

대문 앞에 매직으로 대충 갈겨 쓴 주소를 현백에게 알려 줘야 할까?

그녀는 성준의 옆얼굴을 살짝 올려다보았다. 성준과 함께 있는 상황에서 역시 그런 일은 불가능하다. 그녀는 불안한 마음을 억누르며 좁은 골목 위 좁은 하늘을 올려다보았다.

화면 보호기처럼 매연이 잔뜩 낀 먹색 하늘과 근처에 서 있는 고층 모텔의 네온사인만이 자신의 얼굴을 내려다보고 있을 뿐이라고 생각한 그때.

네온사인이 달려 있는 8층짜리 모텔 건물 옥상에서 무엇인가 검은 물체가 움직였다.

온의 심장이 거세게 고동쳤다.

설마 찾아……낸 걸까?

온이 움직이는 그림자에 집중해서 그의 존재를 확인하려는 순간, 성준이 온의 손을 잡아당겼다. 깜짝 놀라 성준을 올려다

보자 그는 그녀를 안심시키려는 듯 듬직한 미소를 지어 보였다.

"뭐, 일단 들어가 봅시다."

그렇게 옥상 위의 존재를 제대로 확인하지 못한 채, 온은 성준의 손에 이끌려 낡은 대문 안으로 들어섰다. 그녀를 내려다보고 있던 검은 그림자가 현백일지 모른다는 생각에 문턱을 넘어서는 온의 가슴은 세차게 뛰고 있었다.

들어선 집의 내부는 낡은 대문만큼이나 엉망이었다. 중부 지방의 전형적인 옛 가옥 형태인 기역자집으로, 사람이 살지 않은 지 꽤 되었는지 눈이 얼어붙은 좁은 마당에는 잡초와 술병, 비닐봉지 같은 쓰레기들이 뒹굴고 있었다.

안방으로 보이는 방을 제외하고는 모든 방에 불이 꺼져 집은 어둠에 휩싸여 있었다. 좁은 마당 가운데에 붉은 네온사인 불빛만 내려앉고 있을 뿐이었다.

그들을 데려온 사내는 신발을 신은 채 막 안방 앞 툇마루에 올라서던 참이다.

"왔어요."

그러자 안방의 반투명한 유리 미닫이문이 파르르 열리더니 그 안에서 60대 후반쯤 되어 보이는 남자가 비칠비칠 걸어 나왔다.

온과 성준을 이곳까지 인도한 사내와 똑 닮아 있는 중년사내는 분명 저 남자의 아버지리라. 두꺼운 패딩점퍼를 입고 있는 그는 어딘지 넋이 빠진 표정이었다. 그는 두려움과 경계를 담은 눈빛으로 마당에 서 있는 온과 성준을 쳐다보았다. 그런 아버지의 태도에도 아랑곳하지 않고 아들은 껄렁껄렁한 폼으로 품에서 담배 한 개비를 꺼내 불을 붙여 물었다.

"들…… 들어오슈."

중년 남자가 작은 목소리로 말하고 방으로 들어가자 온과 성준도 신발을 신은 채 그곳으로 따라 들어섰다.

방은 밖에서 보는 것보다 꽤 넓었다. 아무런 가구도 없는 빈방 한가운데에는 휴대용 가스난로가 놓여 있었고, 전기가 끊어졌는지 등산용 랜턴이 조명을 대신하고 있었다. 가스난로 옆에는 오그라든 체구의 노인이 낡은 군용 담요를 깔고 앉아 있었다.

온은 방에 들어서면서 이들 세 사람이 혈연으로 이어진 3대라는 걸 한눈에 알아보았다. 뱀처럼 쭉 찢어진 눈매와 험상궂은 이목구비가 그들의 핏속에 동일한 유전인자가 흐르고 있음을 증명해 주었다. 다른 점이 있다면 이들 3대의 최고령자인 노인은 아들 손자와는 달리 시체와 다름없는 모습을 하고 있다는 것이다.

산송장이다.

성준은 속으로 중얼거렸다. 검버섯으로 가득 덮인 얼굴, 오그라든 등과 어깨, 머리숱이 거의 남아 있지 않은 민머리까지. 지금 당장 관에 누인다 해도 이상할 것이 조금도 없었다.

그러나 노인의 죽어 가는 신체 중에 살아 있는 듯 보이는 것이 한 가지 있었으니, 바로 두 눈이었다. 움푹 팬 뺨 위로 눈 한 쌍이 섬뜩하게 빛나고 있었다. 보통이 아닌 안광(眼光)이었다.

그는 담요 위에 웅크리고 앉아서 매서운 눈동자로 방 끝에 서 있는 온과 성준을 찬찬히 훑어보고는, 묘한 웃음을 지어 보였다. 자신의 전신을 훑는 이무기 같은 노인을 보며 그녀는 자신도 모르게 몸을 떨었다. 노인은 죽음과 손을 잡고 앉아서 이 집에 오는 자들을 하나하나 잡아먹을 준비를 하고 있는 것만 같았다.

"드디어…… 가져갈 사람이 왔구만."

마른 나뭇가지가 자기들끼리 부대끼는 듯 쉰 소리로 노인이 말했다.

"찾아오기 힘들었습니다."

성준이 불편함을 숨기지 않으며 무뚝뚝하게 말하자 노인이 다시 징그러운 미소를 지었다.

"평생을 쫓기다 보면…… 자네도 이해할 걸세."

"물건은 어디 있습니까?"

노인이 천천히 턱짓을 하자 아들인 중년의 남자가 방구석에 놓여 있는 상자를 하나 들고 왔다. 그는 온과 성준 앞에 상자를 내려놓고 천천히 상자를 봉한 테이프를 뜯어 그 안에 가득 찬 신문지와 비닐 등을 헤치고 내용물을 꺼냈다.

남자가 꺼낸 것은 긴 유리 실린더였다. 그는 거의 껴안다시피 조심스럽게 유리병 꺼냈지만 온은 그의 손이 바들바들 떨리고 있다는 것을 눈치챘다. 단순한 조심성과 염려로 보기에는 지나치게 이상한 행동이었다. 그는 마치 유리관에 몸이 닿는 것을 두려워하는 사람처럼 보였다.

실린더는 보통 어머니들이 집에서 과실주를 담을 때 사용하는 커다란 유리병 정도의 크기였다. 높이 50센티미터 정도의 유리관에는 어찌된 일인지 물이 가득 차 있었다. 그리고 그 안에는 무엇인가가 담겨 있었다. 그러나 실린더를 꺼낸 남자의 몸에 가려 그 안에 든 것이 무엇인지는 정확히 보이지 않았다.

"물건을 확인해도 되겠습니까?"

실린더를 손에 든 남자는 조심스럽게 성준의 발치에 그것을 내려놓았다.

온은 자신의 심장이 거세게 뛰는 것을 느꼈다. 저것이 자신을 뒤흔들면서까지 엄마와 이모들이 찾으려고 했던 바로 그 물건일까. 아니면 가게에 진열돼 있던 모조품들처럼 우리를 속이기 위한 가짜 석상에 불과한 걸까.

중년 사내가 조심스러워하는 태도로 보아서는 그렇지 않을 확률이 높았지만, 만약 가짜라면…… 자신이 그걸 구분해 낼 수 있을까.

온이 복잡한 마음으로 안쪽 입술을 깨물고 있을 때, 중년 남자는 방구석에 놓인 랜턴을 가져와서 실린더 옆에 놓았다. 온과 성준이 물건을 확인할 수 있도록 배려한 것이었다.

그녀는 떨리는 마음을 가라앉히며 유리관 앞에 쪼그려 앉았다. 그리고 마른침을 삼키며 천천히 병 안을 들여다보았다.

그녀는 붉은 랜턴 불빛 아래에서 석상의 감은 눈두덩을 보았다.

그리고 그 순간.

그것이 진품이라는 사실을 알았다.

물이 가득 차 있는 유리 실린더 안에 석상이 있었다.

성준이 자신에게 준 사진을 보고 의심했던 것과는 달리 진짜 물속에 있었고, 그녀의 핸드백 안에 들어 있는 사진은 석상을 물 밖으로 빼내지 않은 그 상태로 그대로 찍은 것이었다.

석상은 끈으로 묶어 올린 듯, 또는 아래에서 받쳐 올린 듯 실린더 한가운데에 꼿꼿이 서 있었다. 마치 물속에 안겨 있는 것처럼 실린더 정중앙에 떠 있는 것이다. 바싹 말랐을 때 물에 뜨는 돌로 화산유리의 일종인 부석(浮石)이라는 것이 있긴 하지만, 이 석상은 이미 꽤 오랜 시간 동안 물에 잠겨 있던 것으로 보이고, 언뜻 보아도 그 재질이 화산암은 아니었다. 어떤 돌로 만들어진 것인지 당장은 가늠하기가 어려웠다.

그러나 무엇보다 온의 가슴을 두근거리게 만든 것은 석상이 지닌 아름다움이었다. 사진에서는 발견할 수 없었던 진품만의 아우라가 석상 주변을 감싸고 있는 것을 그녀는 똑똑히 느낄 수 있었다.

석상의 얼굴은 청초한 여인처럼 가냘픈 청순미를 지니고 있었다. 꼭 감은 눈매의 끝은 약간 올라간 모습이었으며, 마모가 되었다고 생각했던 얼굴 또한 또렷하게 살아 있었다. 석상의 두 뺨은 부드러운 곡선을 그리고 있었고, 목과 가슴으로 이어지는 선들은 강물이 흐르듯이 유려하게 떨어졌다. 사진 속에서는 거칠게만 보였던 옷자락들도 실제 물결에 흔들리듯이 부드럽게 흩날리는 것처럼 보였다.

석상의 오른손에 쥔 꽃은 처음엔 연꽃이라고 생각했지만 자세히 보니 다른 꽃인 것 같았다. 통일신라의 일부 관음상에서부터 보이는 꽃이 일반적으로 연꽃인 데에 비해, 이 석상이 쥐고 있는 꽃은 연이 아니라는 점이 독특했다. 가느다란 오른 손가락은 맵시 있게 구부러져 부드러운 꽃봉오리를 쥐고 있었다. 꽃 또한 돌을 쪼아 만든 것이라고는 믿을 수 없을 정도로 섬세하게 조각되어 있어 막 피어날 듯 생생했다.

회색의 돌에는 색이 없었지만 불빛 아래 꽃봉오리는 선명한 분홍빛을 띠고 있는 것처럼 보여서 온은 자신도 모르게 그 솜씨에 입을 벌려 감탄했다.

물속에 있음에도 불구하고 비교적 잘 보존된 석상의 상태를 보고 온은 묘한 안도감을 느꼈다. 그녀와 같은 미술사학도들은 잘 보존된 작품을 보며 강박적인 흥분을 느끼곤 했다.

온은 정신없이 꽃상의 모습을 훑었다.

어쩌면 고려 전기보다는 통일신라시대 물건에 가까운 것이 아닐까 생각될 만큼 석상은 압도적인 우아함을 뽐내고 있었다.

이것은 그녀가 도쿄의 국립박물관에서 질릴 만큼 보았던 한중일 삼국의 국보급 불상들과는 차원이 다른 것이었다.

석상을 조각한 솜씨를 떠나서…… 이 물건에는 분명 무엇인가가 있었다. 그녀를 숨 막히게 하는 무엇이.

그때 중년 남자가 떨리는 목소리로 노인에게 속삭였다.

"아버지, 저게 또 변했어요."

성준은 고치처럼 웅크리고 앉은 노인의 입술이 순간적으로 떨리는 것을 보았다. 노인이 뱀처럼 혀로 입술을 훔쳤다. 무의식에서 나온 습관인 듯했다. 그들은 확실히 긴장하고 있었다. 온은 고개를 들어 노인을 노려봤다.

"이게 뭐죠?"

노인의 얼굴에 기분 나쁜 웃음이 피어올랐다.

"그게 뭐라고 생각하나, 아가씨?"

온은 고개를 돌려 그녀가 석상을 관찰하는 모습을 등 뒤에서 지켜보고 있던 성준을 바라보았다. 성준 또한 이 이상한 판매인들에게 짜증과 궁금증을 느끼고 있던 참이었다. 그가 딱딱한 목소리로 말했다.

"설마, 이게 가짜란 말은 아니길 바라겠소."

"그건 진짜일세. 자네가 '가져갈' 진짜이구말구."

노인은 가져간다는 말을 이유 없이 힘주어 발음했다.

그렇다. 이것은 분명 진짜다.

온은 마음속으로 되뇌었다. 사진과는 전혀 다른 것이지만, 그녀는 확신할 수 있었다. 이것이 진짜라고.

하지만 이게…… 도대체 무엇이란 말인가.

"그럼 뭐가 변했다는 겁니까?"

성준의 날카로운 질문에 노인이 갑자기 유리가 긁히는 소리로 웃기 시작했다.

"네 녀석들…… 이 물건이 뭔지에 대해서 전혀 모르고 여기에 왔구나?"

노인이 웃음을 멈추지 않자 방 안에 독이 가득 찬 것 같은 느낌에 온은 숨이 막혔다.

"어떤 놈인지 몰라도 영악하구만. 잘도 멍청한 것들을 꾀어서 보냈어."

"그러니까 이게 뭐냐구요!"

신경이 곤두서다 못해 폭발해 버린 온이 소리 질렀다. 온의 날카로운 목소리가 빈 방 벽에 부딪친 후 잠시 정적이 흘렀다. 성준의 표정은 점점 굳어가고 있었다.

그때, 갑자기 저 멀리서 개와 고양이들이 울부짖는 소리가 들려왔다.

그것은 도시의 뒷골목 어디에서나 들을 수 있는 영역 싸움의 소란이 아니었다. 아주 멀리서부터 시작된 울음소리는 순식간에 그들이 있는 집 바로 앞까지 도달했다. 얼어붙은 도시를 헤매는 유기견과 길고양이들이 공포에 질려 우는 소리가 해일처럼 이 집으로 밀려드는 것 같았다.

그리고 그 마지막은 그들이 서 있는 낡은 집 안마당에서 터졌다.

　"뭐야! 씨발! 이, 이거 뭐야! 뭐야!"

　밖에서 노인의 손자가 소리를 지르기 시작했다.

　"꺼져, 꺼져! 씨발! 꺼지란 말이야!"

　그리고 몇 초 후, 그는 더 이상 말을 잇지 못했다. 그때부터 그의 목에서는 오직 찢어지는 비명만이 새어 나왔기 때문이다.

　"아아아아아악!"

　아귀 떼에게 잡아먹히는 들짐승처럼 처절한 비명이 바깥에서 들려오자 방 안에 있던 모든 사람들은 얼어붙었다. 그 순간, 그들이 서 있는 낡은 집은 지옥의 한복판이었다.

　제일 먼저 정신을 차린 사람은 성준이었다. 성준은 다급하게 안방 미닫이문을 열어젖히고 툇마루로 뛰어나갔다.

　그곳에서 그가 처음으로 본 것은 시멘트로 포장한 앞마당에 수돗물처럼 흐르고 있는 피였다. 그들을 인도해 온 젊은 사내가 허벅지 아랫부분이 없는 상태로 핏물 속을 헤엄치고 있었다.

　"아아아아아악! 아버지! 아버지! 아아아아악!"

　굵은 핏줄기는 그가 입고 있던 검은 방수파카에 물들지 않고 그의 배 밑에 질척하게 고여 있다가 마당 한쪽 구석 수챗구멍으로 천천히 방향을 틀었다. 그 와중에도 사내의 두 다리는 소방 호스처럼 쉴 새 없이 피를 내뿜고 있었다.

　피바다, 그야말로 피바다였다.

남자의 찢어진 다리 한쪽은 핏물 사이에 장작개비처럼 놓여 있었고, 그 옆에는 피 칠갑을 한 잭나이프가 떨어져 있었다. 남은 다리 한쪽은 어디에 갔는지 보이지 않았다.

　다리가 잘린 남자는 지옥의 가장 뜨거운 불구덩이를 헤엄치는 것처럼 고통스러운 표정으로 연신 비명만을 질러대고 있었다.

　짓궂은 사내아이가 장난삼아 다리를 떼어내 버린 벌레와 같이…… 사내는 고통에 젖어 자신의 피가 고인 구덩이 속을 허우적대고 있었다.

　급작스럽게 벌어진 이 참혹한 광경에 그만 몸이 굳어 버린 성준은 천천히 눈을 돌려 마당 구석 어둠에 휩싸인 공간을 응시했다. 그리고 그는 곧 마당 한구석에서 무섭게 빛나는 눈 한 쌍이 자신을 노려보고 있음을 발견했다. 누런 흰자위에 감싸인 시커먼 눈동자의 주인은 흥분이 가라앉지 않은 듯 낮게 그르렁대며 거친 숨을 몰아쉬었다.

　저게…… 뭐지?

　성준은 흔들림 없는 표정으로 눈동자를 주시하려고 노력했다.

　어떤 눈이라도 피해선 안 된다. 눈을 피하는 순간 승부의 천칭이 패배 쪽으로 기운다는 것을 성준은 잘 알고 있었다.

　그는 계속 어둠 속 괴생물체에게서 시선을 떼지 않으면서 천천히 옆으로 손을 뻗어 툇마루 한쪽 기둥에 세워져 있는 각목

하나를 집어 들었다. 물론 그는 섣부르게 공격하지는 않을 셈이다. 아마 저 사내는 잭나이프로 저것을 찌르려고 했던 것 같다. 저것은 자신을 공격하는 사내의 다리를 걸레로 만들어 놓은 것일 테고.

성준은 마음을 가라앉히고 자세를 잡았다. 어린 시절부터 25년 넘게 해 온 검도였다. 저 짐승이 어디에서 탈출한 어떤 놈인지는 몰라도, 적어도 그의 검도 실력은 그녀가 이 짐승에게서 도망갈 시간을 벌어 줄 만큼은 될 것이다.

부디 안방에 다른 곳으로 통하는 문이 있기를. 자신의 다리가 저렇게 된다 할지라도 그녀만은 안전하게 도망칠 수 있게 해 주시기를. 이 순간이 예언된 그녀의 마지막이 아니기를.

성준은 필사적으로 각목을 움켜쥐고 중단 자세를 취했다.

"아……!"

그때 안방에서 나온 온이 피범벅이 된 마당을 발견하고 작게 소리 질렀다.

"빨리 들어가요. 들어가서 다른 문을 찾아."

그녀의 기척을 느낀 성준이 뒤도 돌아보지 않고 목소리를 낮추어 말했다. 그러나 온은 그 자리에서 움직일 수가 없었다. 마당 한쪽 구석에서 으르렁대고 있던 노란 눈동자가 온의 모습을 보고, 그들이 서 있는 툇마루 쪽으로 한 걸음 다가왔기 때문이다.

찢어진 다리 한 짝을 입에 문 커다란 호랑이가 물 흐르는 듯

한 걸음걸이로 천천히 어둠 속에서 빠져나왔다. 마당 가운데로 쏟아지는 네온사인 불빛이 부드러운 호종의 털을 붉게 비추고 있었다.

온은 숨이 막혔다.

그녀가 얼굴을 묻었던 호종의 부드러운 목덜미, 넓은 등이 꿈처럼 느껴졌다. 그녀에게 한없이 친절했던, 어리광이 심한 소년 호종이, 지금 입가에 잔뜩 피를 묻힌 채 사람의 다리 한 짝을 물고 자신 앞에 서 있는 것이다.

오직 맹수의 본성으로 자신을 보고 낮게 으르렁대는 호랑이. 호종의 커다란 발과 보드라운 앞발 털 위로 사내의 다리에서 흘러내린 핏방울이 엉겨 붙고 있었다.

온은 그 광경을 그저 멍하니 바라만 보았다. 호랑이와 그녀 사이에 선 성준은 온에 대한 걱정과 두려움으로 미쳐 버리기 일보 직전이었다.

또각. 또각. 또각.

그때, 대문 문턱을 넘는 경쾌한 발자국 소리가 들렸다. 그 순간, 여섯 개의 눈동자가 대문으로 향했다.

푸른 코트를 입은 가냘픈 소녀, 말명이었다.

전처럼 풍성한 머리를 한 가닥으로 땋아 내린 말명은 피범벅이 된 마당을 흘끗 보더니 이내 툇마루에 서 있는 온을 차갑게 응시했다.

"그딴 거 먹지 마. 입맛 버려."

온에게 눈을 거두지 않은 채 호종에게 다리를 내려놓을 것을 지시한 그녀는 사내의 다리가 뻗어내고 있는 핏줄기를 피해 사뿐히 마당을 가로질렀고, 날렵하게 툇마루 위로 올라섰다. 바람에 업힌 듯 가벼운 몸놀림이 요정 같은 말명의 앳된 얼굴과 어울렸지만, 그 얼굴에 떠오른 표정만큼은 결코 깜찍하지 않았다.

10대 소녀답게 오밀조밀한 이목구비에는 거부할 수 없는 위엄이 서려 있었다. 꽃상을 찾으러 온 말명은 지금 차갑게 가라앉아 있었다.

갑작스러운 소녀의 등장과 그녀가 뿜어내는 냉엄한 기운에 눌린 듯, 성준도 온도 그 자리에서 움직이지 못했다.

툇마루에 선 말명이 온의 옆을 스쳐가며 비웃듯이 말했다.

"할 일 다 했으면 가 봐요."

제7화
지붕 위의 대결

온은 말명의 작은 얼굴을 노려보았다. 말명은 희미한 웃음을 띤 채 온의 시선을 피하지 않았다.

반인반신인 주제에, 그것도 능력 하나 없는 빈 몸인 주제에 네깟 것이 무엇이냐고. 말명의 시선은 노골적으로 온을 깔아뭉개고 있었다. 온은 그 적대감에 자신의 정신이 아득해지는 것을 느꼈다.

사계지에서 재주를 넘어 보이며 한껏 재롱을 떨던 아이가 발등에 피가 엉겨 붙은 저 짐승과 같은 존재인가. 좋아하는 오빠 앞에서 얼굴을 붉히던 작은 소녀가 저토록 매서운 눈빛으로 자신을 깔아뭉개고 있는 것인가.

온은 할 말을 잃었다.

다리가 찢긴 채 마당을 기어 다니던 사내는 더 이상 움직임이 없었다. 몸속의 모든 피가 빠져나간 듯, 좁은 시멘트 바닥은 피로 질척했고 마당 구석 하수구로 붉은 핏줄기가 가느다랗게 이어지고 있을 뿐이었다.

말명은 천천히 시선을 돌려 반쯤 열린 미닫이 안쪽을 바라보았다. 소녀의 예쁜 얼굴은 경멸로 일그러져 있었다. 문에 손조차 대지 않고 바람처럼 방 안으로 들어선 말명은 분노를 담은 목소리로 읊조렸다.

"바로 너로구나."

말명의 분노 어린 시선을 받으며 산송장은 '씨익' 웃었다. 반쯤 정신 나간 웃음이었다. 아까 온에게 보여 준 여유 있는 비웃음이 아니라, 죽음이 코끝에 와 닿았을 때 짓는, 불안감이 가득한 웃음이었다.

그의 얼굴에 뜻 모를 해방감이 떠올랐다. 오랫동안 기다려 온 존재를 만났다는 듯이 그는 즐거워하고 있었다. 미닫이문 사이로 그 광경을 지켜보고 있는 온의 등줄기에 소름이 돋았다.

징그럽고 또 징그러운 웃음.

뱀이 껍질을 벗는다.

"아이구, 어린 신이 오셨구먼요."

주름으로 쪼그라든 얼굴이 복합적인 감정으로 더욱 징그럽게 일그러졌다. 노인의 능글맞은 태도에 말명의 얼굴은 더욱 딱딱하게 굳었다.

"너…… 인간인 주제에."

노인이 입을 벌리며 커다랗게 웃었다. 입속은 이 하나 없어 불 꺼진 아궁이처럼 검었다.

"이놈! 잘도 꽃상을 훔쳤겠다!"

이제 노인은 몸을 움찔거리며 더욱 크게 웃었다. 자신에게 남은 마지막 에너지를 웃는 데 써 버리려는 것일까. 늙은 이무기는 광기를 담아 마른 몸을 연신 씰룩거리며 몸 안쪽 깊숙한 곳에서부터 전신을 울리며 웃고 있었다.

노인의 웃음이 커질수록 말명의 분노도 커져갔다. 말명은 이를 꽉 깨물며 낮게 물었다. 가늘고 아름다운 목소리는 극단적인 노여움으로 착 가라앉아 있었다.

"어디 있느냐?"

헐떡이던 노인의 웃음이 잦아들었다.

순간 방 안은 정적에 휩싸였다. 말명은 빠르게 방 안을 훑어보았지만 박스와 신문지가 어지럽게 널려 있을 뿐, 정작 꽃상은 보이지 않았다. 말명의 얼굴이 하얗게 질렸다.

"어디 있느냐고 묻지 않느냐!"

말명은 유리가 찢어지는 소리로 분노의 비명을 질렀다. 그녀의 목소리는 하이톤의 사자후나 다름없었다. 귀가 멀어 버릴 것 같은 비명에 안방의 유리창과 반투명 유리 미닫이가 파르라니 떨렸고, 툇마루 아래위에 서 있는 온과 성준, 호종에게까지 그녀의 분노가 전해져 왔다.

그때, 커다란 소리 때문에 방 안이 흔들리면서 어둠에 가려 보이지 않던 방 한쪽 구석의 나무문이 삐걱하고 열렸다. 낡은 나무문은 부엌으로, 부엌은 다시 뒷골목으로 연결되어 있었다.

말명은 미치기 일보 직전까지 치민 분노로 부들부들 떨면서 열린 나무문과 노인을 번갈아 노려보았다. 이제 노인은 비실비실 웃으며 말명의 처분만을 기다리고 있었다. 방문 사이로 그들을 지켜보고 있는 온의 얼굴도 불안감으로 점점 하얗게 질려 갔다.

노인의 아들인 중년 사내가 꽃상을 담은 유리병을 들고 이 집을 빠져나가 버렸다. 다리가 잘려 죽은 아들과 늙은 아버지를 버리고, 그 남자는 석상 하나를 달랑 들고 도망친 것이다.

도대체 그게 무엇이기에…… 가족을 버리고 도망친 건가?

분명한 것은 신들이 애타게 찾고 있는 그 물건이 다시 신들의 손에서 빠져나갔다는 것이다. 그리고 그 사실을 알게 된 말명은 지금 폭주하고 있었다.

"이 늙은 뱀!"

노여움이 극한에 다다른 말명이 빠르게 노인의 쪽으로 다가가 격하게 그의 목덜미를 잡아채려는 순간.

콰과광!

갑자기 노인의 등 뒤, 뒷골목 쪽으로 난 벽이 굉음을 내며 무너져 내렸다. 온이 서 있는 미닫이문 맞은편 벽에 커다란 철거용 추로 단박에 내려친 것처럼 보이는 지름 1.5미터 정도의 커다란 원이 뚫린 것이다.

벽을 등지고 웅크리고 있던 노인도, 격렬한 분노로 똬리 튼 이무기의 숨통을 끊어놓으려 했던 말명도, 방문 앞에 서서 숨죽여 방 안을 들여다보고 있는 온도 갑작스레 폭발하듯 무너져 내린 뒷벽을 멍하니 바라보았다.

낡은 시멘트와 벽돌이 부서지면서 피어난 매캐한 먼지가 서서히 걷히고, 멀리 도심의 어슴푸레한 불빛이 벽이 있던 자리를 대신했다. 뚫린 구멍 저편은 불빛 없는 어두운 뒷골목이었다. 그리고 그곳에서 누군가가 좁은 골목의 한쪽을 막고 있는 벽돌 벽에 기대서서 방 안의 인물들을 바라보고 있었다.

키가 큰 여자였다. 검은 천 같은 것으로 코와 입을 가린 여자는 검은 가죽 재킷과 블랙 진을 입고 있었다. 길쭉길쭉한 팔다리와 호리호리한 몸매, 하나로 올려 묶은 포니테일이 마치 패션지에서 빠져나온 모델 같았다. 얼굴의 반절 이상을 가린 천 때문에 이목구비를 다 알아볼 수는 없었지만, 드러난 두 눈에는 분명 흥미로움이 어려 있었다.

흰 쥐의 장을 들여다보는 연구원처럼, 원주민의 동굴 안을 들여다보는 탐험가처럼 여자의 눈은 빛나고 있었다.

말명은 갑자기 벽을 부수고 등장한 여자의 건방진 눈을 파 버리고 싶었다. 머릿속은 지금이라도 꽃상을 가지고 도망친 인간을 쫓아가야 할지 아니면 이 이무기의 숨통을 끊어야 할지 몰라 복잡했으며, 그 와중에 갑자기 등장한 괴여인의 존재에 극한의 분노가 끓어올랐기 때문이다. 지금이라도 당장 이곳을 물로 다 쓸어버리고 싶어서 미칠 지경이었다.

꽃상은 어디 있는가. 자신과 호종이 찾아오기로 한 꽃상은 어디로 가 버렸는가. 그리고 저 미친 인간 년은 뭔가!

불타오르고 있는 말명의 낯빛을 본 괴여인은 천천히 벽에서 몸을 떼서 좁은 뒷골목 한가운데에 바로 섰다. 그러더니 천천히 왼손을 들어 손가락을 까닥까닥 흔들었다.

검은 복면 위쪽 눈은 분명히 웃고 있었다.

이리 와.

말없이 마치 애완견을 부르듯 부드럽게 움직이는 손가락의 메시지에 말명의 윗눈썹이 움찔거렸다.

"네 년은…… 뭐냐?"

마지막 이성의 끈을 간신히 잡으며 어린 여신이 물었다. 그러자 복면 뒤에서 높고 가벼운 웃음이 터졌다. 가냘프고 상쾌한 목소리였지만, 그 웃음의 목적은 오로지 말명을 도발하는 것, 그 이상도 그 이하도 아니었다.

그 웃음이 뚫린 구멍으로 들어와 방 안에 울리는 순간, 제어의 끈이 끊어졌다. 말명은 쇳소리를 내며 괴여인 쪽으로 돌진했다. 그러나 그와 동시에 검은 옷의 여인 또한 번개와 같은 속도로 골목에서 사라졌다. 모든 것이 너무나 순식간이었다. 검은 메뚜기는 간신히 사라진 방향만 알아챌 수 있을 정도로 빠르게 뛰어올라 가버린 것이다.

격노한 말명은 날개가 달린 듯 날렵한 몸놀림으로 벽에 뚫린 구멍을 통해 뒷골목으로 내려섰고, 분노에 이성을 잃은 채 검은 여인이 사라진 쪽으로 눈을 돌렸다. 소녀의 작은 발은 땅을 딛자마자 탄성을 받은 공처럼 튀어 올랐고, 1초도 되지 않아 그 모든 광경을 보고 있었던 온의 시야에서 사라졌다.

온은 밀려드는 두려움에 떨리는 두 손으로 입을 막았다. 열린 미닫이문에 털썩 몸을 기대 보았지만 온몸이 떨리는 것을 막을 수 없었다.

그때.

"으르르르르르릉……."

그녀의 등 뒤쪽에서 호종이 으르렁대고 있음을 느꼈다. 온은 황급히 몸을 돌려 성준과 호종을 바라보았다.

두 남자, 아니, 한 명의 남자와 한 마리의 맹수는 여전히 서로 대치 중이었다. 호종의 누런 눈에는 벌겋게 핏발이 서 있었고, 여전히 피바다 위에 서서 성준 쪽을 노려보고 있었다. 그녀를 등진 채 호종을 향해 중단 자세를 취하고 있는 성준도 각목의 각도 하나 흐트러짐 없이 긴장된 등줄기를 그대로 유지하고 있었다. 어두워서 잘 보이지는 않았지만 그의 뒷목덜미가 축축하게 젖어 있는 것만 같았다.

말명이 방 안의 일에 정신이 팔린 동안 마당의 두 존재는 서로에게 틈을 보이지 않으려 집중하면서, 다만 소리를 통해서 방 안에서 벌어지고 있는 상황을 상상하고 있었다. 그런데 갑자기 말명이 이곳을 떠났고, 그녀의 기운이 사라진 것을 눈치챈 호종이 먼저 움직임을 보인 것이다.

호종이 천천히 성준과 온이 서 있는 툇마루 쪽으로 다가왔다. 각목을 쥐고 있는 성준의 손은 호종의 움직임에 따라 방향을 잡기 위해 미세하게 움직였다. 호종은 맹수 특유의 유연한 걸음걸이로 찰박찰박 피를 튀기며 툇마루 아래까지 다가왔다. 시뻘건 피가 흰 빛을 띠는 뱃가죽에까지 번졌다. 성준은 자신의 등 뒤에 서 있는 온에게 소리 죽여 말했다.

"들어가요……. 제발."

그의 목소리에 담겨 있는 절실한 애원에도 온은 조금도 움직이지 않았다. 그녀는 그저 다가오는 호종의 눈망울만 응시할 뿐이었다. 호종 또한 성준이 아닌 온을 바라보고 있었다.

커다랗고 아름다운 눈이었다. 여전히.

그리고 그 눈이 지금 그녀에게 말하고 있었다. 그녀는 호랑이 소년의 소리 없는 말을 들은 것 같았다.

호종은 한 마리 말벌처럼 사뿐하게 마루 위로 올라섰다. 피 묻은 발이 낡은 마루 위에 끈적끈적한 발자국을 남겼다. 호종은 천천히 온에게 다가섰다. 호종이 그녀에게 가까이 올수록 그녀 앞을 막아서려는 성준의 각목과도 가까워졌다.

성준의 나무칼 끝이 약간 떨렸다. 호종이 느리게 눈을 깜빡였다. 긴 속눈썹이 부드럽게 떨렸다.

"그만."

온이 성준의 각목을 잡으며 속삭였다. 온이 의외의 행동을 하자 성준의 눈동자가 커졌다. 그가 거칠게 고개를 돌려 온을 바라보는 동안, 호종은 온의 코트 앞섶에까지 다가와 낙타색 코트 자락에 살포시 얼굴을 묻었다. 그리고 문 앞에 서 있는 그녀를 부드럽게 안방으로 밀어 넣었다. 온은 호종의 힘에 밀려 주춤주춤 뒷걸음질로 미닫이문 안쪽으로 들어갔고, 호종 또한 그녀의 앞섶에 코끝을 떼지 않은 채 방 안쪽으로 진입했다.

성준은 멍하니 그 모습을 바라보고 있었다. 지금 자신이 보고 있는 이 광경을 믿을 수가 없었던 것이다. 험악한 젊은 남자를 물어뜯어 죽인 맹수가 마치 순진한 양치기 개처럼 그녀를 방 안쪽으로 몰고 있는 것이다. 그 움직임에는 어떠한 살의나 공격성도 느껴지지 않았다.

분명 그녀와 저 짐승 사이에 무엇인가가 오갔다. 그것이 어떤 것이든 간에, 이 순간 온의 생명을 위협하지 않는 것이라면 그 무엇이라도 환영이라고…… 성준은 거칠게 뛰는 심장박동을 느끼며 생각했다.

온과 호랑이가 차례대로 방 안으로 들어가자 성준 또한 천천히 움직여 안방으로 진입하려고 하였다. 그 순간, 호랑이가 고개를 휙 돌리더니 성준을 향해 다시 으르렁대기 시작했다. 핏발선 눈 속에 떠오른 살의로 성준의 등줄기가 찌릿하게 곤두섰다. 갑작스러운 호랑이의 경계에 성준은 문턱을 넘지 못하고 방문 바깥쪽에 멈출 수밖에 없었다.

"그러지 마."

온이 사정하듯 호랑이에게 말했지만 성준을 노려보는 호랑이 눈 속의 적의는 가시지 않았다. 호랑이는 고개를 돌려 온을 바라보고 다시 성준을 노려보았다. 그러더니 그녀에게 무엇인가를 요구하는 듯 몇 초간 온과 눈을 맞췄다.

그녀가 잠자코 호랑이를 응시하는 듯싶더니 체념한 것처럼 그 짐승을 살짝 지나 미닫이문 쪽으로 한 발짝 다가섰다.

"……미안해요."

성준은 순간 아무런 생각이 들지 않았다.

미안해요, 라니. 그게 무슨 뜻인가.

그녀의 눈에 괴로움과 슬픔이 보였다. 갑자기 왜 이러는 걸까.

"어서 가요."

그녀의 작고 여린 목소리에 성준의 가슴은 터져 버릴 것 같았다. 그는 버럭 소리 질렀다.

"무슨 소리야! 당신!"

"나는…… 여기 남아요."

"안 돼!"

성준이 격렬하게 온의 오른 손목을 낚아채자 호랑이가 크게 포효했다. 한쪽이 뚫린 방 안 벽에 포식자의 분노가 부딪쳤다가 튕겨 나왔다. 그 소리로 성준과 온의 몸 또한 딱딱하게 굳었다.

그 얼음 속에서 먼저 깨어난 것은 온이었다. 그녀는 애정 어린 손길로, 그러나 단호하게 그의 손을 자신의 손목에서 떼어냈다. 그리고 성준을 향해 서글프게 웃어 보였다.

"걱정 말아요."

성준은 그녀가 지금 무슨 소리를 하는지 알 수 없었다. 그녀는 마치 저 맹수와 이야기를 나누기라도 한 것처럼 자신을 밀어내고 있다. 왜 그녀는 그녀 자신을 저 공간 안에 가두려고 하는 것일까. 나 대신 자신을 먹으라고 교감이라도 했단 말인가. 저 눈 속에 담긴 복잡한 감정들은 다 무엇이란 말인가.

"일단 여기서 빨리 떠나요. 여기서 나가서…… 호텔, 호텔로 가요."

성준이 뭐라 한마디 대답도 하기도 전에 그의 얼굴 앞에 반투명 미닫이문이 닫히고 안쪽에서 고리를 거는 소리가 들렸다.

문 저쪽에 그녀의 그림자가 보였다. 그러나 잠시 후, 그 그림자는 연기처럼 사라졌다.

성준은 멍하니 그 자리에서서 환상처럼 사라져 버린 온의 음영을 찾아보려고 노력했다.

그녀가 저기 있었다. 반투명한 유리 저편에. 그런데 지금은 없다.

가까스로 그의 정신을 흔들어 깨운 것은 분노였다.

호랑이에게 잡아먹혀도 좋다. 이 낡은 집 전체를 자신의 피로 물들여도 좋다.

그녀를 데려 와야 한다. 그녀를.

순식간에 이성을 잃은 성준이 그 커다란 발로 미닫이문을 걷어찼다. 문은 와장창! 소리를 내며 한 방에 나가떨어졌다.

그러나 방 안에는 그녀도, 호랑이도 없었다.

그곳에는 오직 허옇게 눈을 뒤집어 깐 채 죽은 노인의 시신만이 놓여 있었다. 휴대용 가스난로의 푸른 불빛이 방 가운데 덩그러니 놓인 시체를 비추고 있었다. 죽기 직전 무엇을 보았는지, 노인은 그 소름끼치는 웃음을 검버섯 가득한 얼굴에 띠고 있었다.

성준은 노인의 시신에는 눈길조차 주지 않은 채 방 반대편에 뚫린 커다란 구멍을 통해 재빨리 뒷골목으로 나섰다. 좁고 어두운 뒷목에는 아무도 없었다. 그녀도, 호랑이도.

그녀를 잃어버렸다는 생각이 든 순간, 성준은 거친 분노와 고통에 휩싸였다. 그는 어디로 가야 할지 생각도 않고 무조건 골목 끝으로 달려 나갔다.

*   *   *

호종의 등에 올라탄 온의 부드러운 피부 위로 정월달 칼바람이 살을 발라내듯 몰아쳤다. 호종은 잠시도 멈추지 않고 좁은 골목 사이사이를 미친 듯이 내달리고 있었다. 총알처럼 달리다가도 사람의 기척이 조금이라도 느껴질라 치면 호종은 그 즉시 방향을 틀었다.

이 커다란 맹수는 생전 처음 발 디딘 대도시를 소리 없이 질주하고 있었다. 불 꺼진 가정집 옥상으로, 빈 빌딩 사이로, 곧 부서질 폐가 앞마당으로, 그는 유령처럼 움직였다. 그리고 그 사실을 눈치채는 인간은 아무도 없었다.

그렇게 달리면서도 호종은 끊임없이 주변을 살피고 있었다. 온은 지금 그가 갑자기 사라져 버린 말명을 찾고 있다는 것을 알아챘다. 호랑이 소년은 코트 자락을 휘날리며 날아가 버린 사촌 누이의 흔적을 확인하기 위해 안간힘을 쓰고 있는 것이다.

온은 빠르게 달려 나가는 호종에게서 떨어지지 않기 위해 그의 목덜미 털을 꽉 움켜쥐었다. 그리고 넓은 등 위로 엎드리다시피 몸을 숙이며 다른 쪽 손으로는 호종의 몸통을 감쌌다.

호종의 옆구리 털은 끈적끈적한 피로 축축하게 젖어 있었다. 온의 흰 손에 죽은 남자의 것이 분명한 피가 붉게 묻어났다.

부드러운 털 아래로 거칠게 요동치는 호종의 혈관을 느끼며, 온은 피가 돌지 않는 시신들 사이에 홀로 남겨 두고 온 성준을 생각했다.

안방 문을 닫아걸기 전 보았던 성준의 눈. 불안해하는 표정. 그녀를 향해 애절하게 울부짖던 목소리.

그러나 그런 그에게 괜찮다고, 다치지 않을 거라고, 안심시켜 주는 말 한 마디 제대로 못 하는 자신의 처지……. 그 모든 것이 괴로웠다.

그녀는 아까 호종의 등에 올라타며 언제 죽었는지 모를 노인의 시신을 스치듯 보았다. 공포와 분노, 슬픔과 해방이 공존하고 있던 그 표정이 그녀의 손에 묻은 이 피 때문에 다시 생각났다.

노인은 무엇 때문에 이런 죽음을 맞았나. 노인의 아들과 손자는 무엇 때문에 이런 일을 당했나. 아니, 그녀 자신은 왜 이런 일을 겪고 있는 것인가.

지난 몇 주 동안 자신에게 일어난 모든 일은 거대한 손이 행하는 게임이었다. 자신은 게임판 위 한 마리 벌레다. 주사위는 계속 구르고, 그녀가 거대한 운명의 그림자를 피해 방향을 틀면 다른 점이 찍힌 주사위의 한쪽 면이 온의 머리 위로 쏟아진다. 주사위를 던진 손길의 존재를 간신히 인정하고, 그저 살아 보겠다고 구석으로 물러나 숨으면 또 다른 점이 찍힌 면이 이쪽으로 굴러와 그녀를 찍어 누르려 한다.

어머니의 과거와 그 놀라운 존재를 받아들이고, 어머니의 자매들과 그 자식들의 존재도 받아들이고, 그들이 잃어버린 물건에 대해서도 찾아보겠다고 생각했었다. 온전히 마음에 담지는 못해도, 주어진 것이라면 일단은 받아들여 보겠다고 했었다.

그럼에도 커다란 손은 멈추지 않는다. 손은 다시 주사위를 굴릴 것이고, 이 괴상한 게임은 판 위에 놓인 자신이 짓이겨져야 끝날 것이다.

그래서 나보고 뭘 어쩌라는 거야.

문 밖에 서 있던 그 사람에게…… 나를 걱정했던 그에게 뭐라고 해야 한단 말이야. 나와 같이 있으면 당신도 이 고통스러운 육각의 돌에 짓이겨져 죽을 테니 도망치라고? 그도 아니면 미안하다고? 당신이 꿈꿔 온 성공을 이루기 위한 중요한 과정을 망쳐서 미안하고, 낯선 도시의 후미진 골목, 시뻘건 피 구덩이 속에 혼자 놓아두고 와서 미안하다고?

아니면 이렇게…… 당신을 알게 되어서 미안하다고…….

온은 자신을 가지고 노는 거대한 손을 원망하며 차오르는 흐느낌을 삼켰다.

그사이 호종은 말명을 찾아냈다. 호랑이 소년은 거칠게 숨을 내쉬며 어딘가에서 멈췄고, 선 자리에서 하늘을 노려보며 낮게 으르렁거렸다. 호종의 갑작스러운 반응에 온 또한 얼굴을 들어 주변을 둘러보았다. 보도블록이 깔끔하게 깔린 산책로 주변으로 잘 정돈된 화단들과 잎이 떨어진 마른 나무, 푸른 소나무들이 자리하고 있었다.

'공원인가?'

분명 가로등 기둥이 군데군데 서 있음에도 불구하고 전구의 불은 꺼져 있다. 호종의 등에서 기어 내려와 눈물로 흠뻑 젖은 뺨을 피가 묻지 않은 손등으로 재빨리 훔치며 돌아선 순간, 그녀는 여기가 어딘지를 알아챘다.

운현궁(雲峴宮) 양관(洋館).

흥선대원군의 사저이자 고종의 잠저(潛邸)인 운현궁.

그 유서 깊은 건물 동쪽에 자리 잡은 서양식 건축물인 양관은 흥선대원군의 손자인 이준용(李埈鎔)의 거처였던 곳이다. 일본식으로 변형된 르네상스 양식 건물로, 운현궁 노락당(老樂堂) 동쪽에 위치해 있다.

 일본이 가진 근대 유럽에 대한 동경은 우리의 수도에 덕수궁 근정전, 조선 총독부 건물과 같은 슬픈 흔적을 남겼는데, 서울 도심 한복판에 남아 있는 이 프렌치 르네상스식 건물 또한 그 흔적 중 하나라고 할 수 있을 것이다.

 운현궁 양관은 정문을 중심으로 하여 대칭된 형태를 지니고 있다. 정면 중앙에 으리으리한 아치형 현관을 냈으며, 현관 양쪽으로 1, 2층 각 2개씩의 아치형 발코니를 올려 한껏 치장했다. 흰 돌과 벽돌을 섞어 올린 건물 외벽과는 달리 지붕은 현재 어두운 색으로 채색되어 있는 상태였다.

 그 짧은 시간 동안 종로 세무서, 운현 초등학교를 빠르게 통과해 운니동까지 올라온 호종은 지금 그 양관 지붕을 노려보고 있었다.

 호종의 시선이 향하고 있는 그곳에는 말명과 검은 괴여인이 서 있었다. 그들은 먼 도심의 빌딩 불빛과 근처에서 도로에서 간간이 들려오는 차 소리를 밀쳐 낸 채 침묵 속에서 서로를 노려보고 있었다. 검은 옷을 입은 키 큰 여인이 오른쪽 지붕 위에, 푸른 코트 자락을 흩날리며 공기 방울처럼 서 있는 말명이 왼쪽 지붕 위에 새처럼 버티고 서 있는 것이다.

검은 나방과 푸른 나비.

새벽하늘 위에 떠 있는 두 사람을 보며 온은 밤과 낮을 가르며 각각 날아오르는 얇은 날개들을 떠올렸다.

한편 말명의 머릿속은 빠르게 돌아가고 있었다. 말명은 지금 자신 앞에 서 있는 저 여자가 꽃상과 관련 있는 인간일 것이라고 확신하고 있었다. 분노에 휩싸여 여자를 쫓아오면서 여자의 빠른 발과 가벼운 몸놀림에 잠시 당황했었다.

분명 인간이다. 그런데 신처럼 움직이고 있었다. 그렇다면 답은 하나였다.

'영(靈)을 받은 자다.'

그러나 그녀가 아는 신은 아니었다. 만약 저 여자가 산신(山神)이나 지신(地神), 해신(海神) 중 어느 하나의 기운을 받아 움직이는 것이라면 여신인 말명이 모를 리 없다. 아니, 만약 그랬다면 여신인 자신을 공격하고 도발하는 일 자체가 일어나지 않았을 것이다.

지금 저 검은 여자가 흘리고 다니는 것은 낯설고 불길한 것이다. 눅눅하게 젖은 풀 냄새 같기도 하고 고인 바닷물 같기도 한 신력(神力).

분명 신의 힘일 텐데도…… 낯설다.

'어쩌면 귀(鬼)일지도 모른다.'

아니, 아니다.

귀신치고는 너무 강하다. 귀들은 사악하고 불안한 종자들이기 때문에 인간의 몸을 빌면 재미 삼아 농락하고 찢어 버리기 일쑤였다. 그들이 흔들어 대는 인간은 귀들의 거친 조종을 견뎌 내지 못하고 곧잘 죽어 버린다. 저렇게 여유를 부리며 자유자재로 힘을 발산하게 내버려 두는 건 귀신들의 방식이 아니다.

'그럼 뭐지?'

말명의 머릿속이 복잡해졌다. 그러는 와중에도 검은 여인은 포니테일로 묶은 머리를 부드럽게 흩날리며 맞은편 지붕 위에 한가롭게 서 있다. 지루하다는 듯 한쪽 발끝을 지붕 위에 대고 천천히 돌려가며 풀고 있기까지 하다.

말명은 그 건방진 태도에 잠시 사그라졌던 분노가 다시 치솟아 오르는 것을 느꼈다.

'저년이 뭐든지 간에 빨리 해치우자. 그리고 꽃상을 찾아야 해.'

말명은 가볍게 뛰어올라 양관 지붕의 정중앙 피뢰침 위에 섰다. 가느다란 철심을 발끝으로 밟으며 여자를 내려다보는가 싶더니 순식간에 상대에게로 떨어지듯 돌진했다. 검은 여인은 말명이 움직이는 순간 뒤쪽 나무 위로 물러났다. 마치 징검다리를 건너듯, 여자는 잎이 다 떨어진 나무꼭대기를 가볍게 밟고 말명의 공격을 피했다.

범상치 않은 능력을 지닌 괴여인은 어째서인지 말명을 먼저 공격하려고 하지 않았다. 오히려 싸울 생각이 없다는 듯 나무와 나무, 지붕과 지붕 사이를 마른 가랑잎처럼 흩날리듯 움직일 뿐이었다. 여유롭게 자신의 공격을 피해 다니는 여자에 화가 난 말명이 씩씩거리며 다시 양관 지붕 한가운데에 올라섰다.

어느새 여자는 운현궁 노락당 기와 위로 내려서 있었다. 맞배 지붕 위를 유유히 걷던 여자는 회첨골 부분에 올린 수키와를 왼발로 톡톡 건드리며 양관 지붕 위에 서 있는 말명을 올려다보았다.

또 웃고 있다. 여자가 복면 위로 눈웃음을 치자 순간 말명은 폭발해 버리고 말았다.

불러내서는 안 될 힘을 올려 버린 것이다.

말명의 눈이 번뜩이자 운현궁 양관 근처 모든 소화전과 수도, 물이 나올 수 있는 모든 꼭지에서 화산처럼 물이 솟구쳐 나왔다. 아래로 흐르는 물의 특성도 어린 여신이 뿜어내는 분노를 거스를 수는 없었다. 좁고 넓은 수도를 빠져나온 물줄기들이 거대한 동아줄처럼 하나로 엮이더니 순식간에 지름 3미터도 넘는 거대한 물기둥이 되어 공중으로 솟구쳤다. 이렇게 합쳐진 물기둥은 잠시도 멈추지 않고 전설 속 수룡(水龍)처럼 몸 줄기를 뒤틀며 노락당 지붕 위 괴여인을 향해 쏜살같이 뻗어 나갔다.

촤아아아아악!

자신을 향해 돌진해 오는 거대한 물기둥을 보자 이번에는 괴여인도 당황한 듯했다. 재빨리 노락당 위쪽 이로당(二老堂) 지붕으로 후퇴했지만, 갑작스러운 물줄기의 거센 몰아침에 달리 대항할 생각은 하지 못하고 있는 듯 보였다. 물줄기는 여자를 낚아챌 듯한 기세로 검은 여인의 1미터 앞까지 와 있었다. 검은 여인이 뒤로 튕겨나듯 황급히 물러서는 것을 보자, 말명은 토끼 몰이를 하는 것 같은 흥분을 느꼈다. 놀이에 몰입한 어린 여신이 힘차게 발을 굴러 양관 지붕에서 노락당 기와 위로 뛰어내리려는 그때,

양관 아래 서 있던 호종이 갑자기 커다랗게 포효했다.

"으르르르르…… 어흐흐흐흥!"

호종 곁에 서 있던 온은 산중 대호(大虎)의 포효에 도심 속 마른 겨울나무들이 허리를 꺾으며 반응하는 모습을 보았다. 어린 산신의 위엄에 모든 풀들이 공포에 떨고 있는 것이다. 바람도 멈춘 그때 크고 작은 나무들은 저마다 유연하게 몸을 구부리며 호종의 분노에 숨을 죽였고, 자연신에 대한 복종의 표시로 잎 없는 가지들을 바르르 떨며 몸을 숙였다.

온은 그 어느 때보다 더 산신으로서의 호종을 실감했다. 호종의 울음소리에 고개를 돌린 말명은 비로소 양관 아래 와 있는 호종과 온을 확인했다.

'아, 저 똥강아지! 저 여자는 왜 데려온 거야?'

지금 호종이 자신을 부르건 말건, 저 검은 여자를 놓칠 순 없다. 따라가서 잡아 족쳐야 한다. 말명은 호종의 부름을 무시하고 고개를 돌렸다.

그러나 말명이 이로당 위를 보았을 때, 여자는 그 자리에 없었다. 그녀의 정신이 흐트러져 있는 사이 제어받지 않은 물줄기

는 그대로 공중에 정지해 있는 상태였고 괴여인은 흔적도 없이 사라져 버렸다.

"아아아아악! 젠장!"

말명은 화가 나서 견딜 수가 없었다. 말명의 감정에 따라 물줄기가 울렁울렁 요동치더니 그녀가 코트 자락을 움켜쥐며 지붕 위에서 발을 구르자 급기야는 먹구름이 거센 소나기를 내뱉듯 후두두둑! 하고 사방천지로 터져버렸다.

거대한 물폭탄에 이로당 기와는 흥건히 젖었으며, 기와 몇 개는 갑작스러운 충격에 깨져 앞마당으로 굴러 떨어지기까지 했다. 폭발하듯 터져 버린 물줄기의 기세가 얼마나 셌는지 이로당 지붕과 상당히 떨어져 있는 온과 호종에게까지 그 물방울이 튈 정도였다.

이렇게 제 성질대로 분노를 쏟아 버리고 난 후에야 말명은 이곳으로 오기 전 현백이 한 당부를 기억해 냈다. 소란 피우지 말고 조용히 가져오라 했던 오라비의 지시를 잊어버리고 제 감정을 제어하지 못한 것이 이제야 생각난 것이다.

하지만 이렇게 된 이상 어쩔 수 없다. 꽃상 없이 빈손으로 돌아갈 순 없다구!

말명은 여자를 쫓기로 했다. 이를 악물고 다시 노락당 지붕 위로 뛰어내리려던 찰나,

"가지 마!"

온이 양관 지붕 위에 있는 말명을 절박하게 불렀다. 갑작스럽

게 터져 나온 울음 섞인 부름에 막 지붕 위에서 발을 떼려던 말명이 고개를 돌려 온을 내려다보았다.

"호종이가 다쳤어…… 가지 마!"

말명의 흰 얼굴이 더욱 하얗게 질렸다.

소녀는 바람과 같이 지붕에서 뛰어내렸다. 호종은 보도블록이 깔린 산책로 위에 잠들 때처럼 엎드려 있었다. 거칠게 숨을 들이쉬고 내쉬고는 있었지만 한눈에 보아도 상태가 좋지 않았다. 말명이 황급히 무릎을 꿇고 호종의 몸을 뒤집자 호종이 귀찮은 듯 몸을 살짝 들어 올려 다친 배를 보여 주었다.

길게 찢어진 자상(刺傷)에 피가 엉겨 붙어 있었다. 온과 성준을 폐가까지 인도해 온 노인의 손자가 아까 그 마당에서 호종을 찔렀던 것이다. 남자의 날카로운 공격에 갑작스럽게 상처를 입은 호종은 온순한 성격임에도 불구하고 맹수의 본능으로 남자를 물어뜯었고, 급기야는 두 다리를 날카로운 이빨로 잘라내 버린 것이었다.

상처는 길고 깊었다. 성준과 한동안 대치하면서 제 상처를 돌보지 못했고, 온을 태우고 종로 바닥을 화살처럼 질주하면서 상처는 더욱 벌어져 있었다. 시뻘건 생살이 바깥으로 드러나 있었고, 안쪽에서 새어 나온 피가 상처 주변에 흥건히 고여 있었다. 호종이 엎드려 있던 바닥에도 피가 배어 나와서 흰 블록이 거뭇거뭇하게 물들어 있었다.

말명은 머리가 핑 하고 도는 것 같았다. 이곳에 올 때까지 이

런 일이 일어날 줄 몰랐다. 꽃상도 놓치고, 호종은 다치기까지
했다.

어떻게 이런 일이 있을 수 있단 말인가. 이 땅의 어떤 영적인
것들이, 어떤 인간이…….

신을 해칠 수 있단 말인가.

인세(人世)와 닿은 일이 별로 없는 어린 여신은 혼란스러웠
다.

온 또한 가슴이 미어지는 것 같았다. 아까 호종의 등 위에서
그의 옆구리를 만졌을 때 느꼈던 피…… 젊은 사내의 것이라고
생각했던 그 따뜻한 피는 호종의 것이었다. 호종은 자신을 등에
태우고 죽을힘을 다해서 사촌을 찾은 것이다.

위험한 곳에 온을 놓고 오지 않으려고 무리해 가면서 자신을
데리고 나온 것이리라. 성준을 모르는 호종은 몸집이 커다란 인
간 남자에게 온을 맡기고 싶지 않았던 것이다.

온은 자꾸만 흐르는 눈물을 닦아 내지도 못한 채 피가 엉겨
붙은 호종의 뺨만 문지르고 있었다. 피를 많이 흘려 기운이 빠
진 호종이 괜찮다는 듯 혀를 내밀어 온의 손목을 핥았다. 말명
은 피 흘리는 사촌의 모습을 보며 입술을 꽉 깨물었다.

"아, 진짜…….”

그때 말명이 무엇인가를 들은 듯 자리에서 벌떡 일어났다. 그
러더니 나무 너머 도로가 지나가고 있는 서쪽 방향을 노려보았
다. 그들이 서 있는 양관 앞에서 운현궁 앞을 지나는 삼일로까

지는 100미터 남짓한 거리였다.

한동안 서쪽 하늘을 노려보며 차 소리를 듣는 듯 굳어 있던 말명이 황급히 쪼그려 앉아 호종의 감은 눈꺼풀을 거칠게 뒤집어 깠다.

"야, 야! 너 몸 좀 줄여. 너 들고 나가야 될 거 아냐."

호종이 귀찮다는 듯 천천히 눈을 깜빡였다.

잠시 후, 눈 깜짝할 사이에 상처 입은 맹수는 작은 새끼 호랑이로 변해 있었다. 온이 호종을 처음 봤던 밤 그녀 무릎에 안겼던 작은 몸이었다.

시간이 거꾸로 흐른 듯 커다란 몸이 줄어들었지만 배에 남겨진 자상은 그대로였다. 작은 배가 움찔거릴 때마다 벌어지는 붉은 살이 보기에도 너무 아파서, 온은 자신의 몸이 욱신거리는 것만 같았다. 상처 입은 새끼 호랑이는 입으로 계속 온의 손가락을 핥고 있었다.

다쳐도 어리광은 여전하구나.

온은 호랑이 소년에게 울음 섞인 웃음을 지어 보였다.

"얘 좀 들어요."

말명이 빠르게 걷기 시작했다.

온은 호종을 조심스럽게 끌어안고 말명을 따라갔다. 소녀는 바람처럼 빠르게 이동하더니 어느새 산책로 끝에 닿아 높게 세워진 솟을대문 앞에 섰다. 잠시 후, 뭔가가 부서지는 소리가 나더니 문이 열렸다. 자물쇠까지 걸려 있는 대문 빗장을 가볍게

부숴 버린 말명은 호종을 안고 걸어오는 온을 흘끗 돌아보고서
는 먼저 대문 밖으로 나섰다.

깊은 새벽 한산한 삼일로에는 간간이 차들이 지나고 있었다.
그들은 하나같이 빠른 속력으로 텅 빈 거리를 질주하고 있었다.
온은 대문을 빠져나오자마자 어두운 담 그늘 아래로 숨었다. 달
리는 차 안에서 그녀가 안고 있는 호랑이의 형체를 확인하는 것
은 불가능했지만, 온은 칼에 찔린 호종을 세상에 있는 모든 것
으로부터 보호하고만 싶었다.

솟을대문 바로 앞 도로에는 차 한 대가 비상등을 켜고 서 있
었고, 그 바로 옆에 한 남자가 그들을 기다리며 서 있었다.

현백이었다.

현백은 다친 호종을 안고 담 아래 떨며 서 있는 온을 굳은 얼
굴로 바라보고 있었다.

그의 눈에 비친 온은 너무나 약해 보였다. 커다란 도시 속에
서 피 흘리는 생명을 안고 어찌 할 바를 몰라 그저 떨고만 있는
작은 여자.

오늘밤, 이 잔혹한 싸움에서 아무도 온을 보호해 주지 않았
다. 그녀에게 이 운명이 닥치지 않도록 막아 준 사람이 아무도
없었다.

그녀를 이곳에 데려와서 내팽개친 그자를 용서할 수 없어.

그는 온이 안전하다는 것을 확인했음에도 치솟는 분노를 주
체할 수 없었다.

현백은 안타까운 눈빛을 한 채 뚜벅뚜벅 걸어서 온 앞에 섰다. 줄곧 품에 안긴 호종만 내려다보고 있던 온이 고개를 들었다. 훤칠한 키의 아름다운 소년 현백이 슬픈 눈으로 자신을 바라보고 있었다.

"호종이가…… 다쳤어. 어떡해……."

툭…… 투둑.

호종의 보드라운 털 위로 온의 눈물이 떨어졌다. 현백이 위로하듯 힘겹게 미소 지었다. 그리고 조심스럽게 호종을 받아 안아 차 문을 열고 뒷자리에 눕혔다.

온은 차창 밖에 서서 뒷자리에 눕혀진 호종을 들여다보았다. 새끼 호랑이는 그녀가 보고 있다는 것을 느낀 듯 살짝 눈을 뜨더니 '아옹, 아옹' 하고 작게 울었다. 온은 작은 짐승에게 눈물 어린 미소를 지어 보였다.

"타요."

현백이 온의 손목을 잡으며 부드럽게 끌어당겼다. 말명은 이미 앞좌석에 타서 말없이 앉아 있었다. 온이 그의 손을 부드럽게 떨쳐 냈다.

"나, 그 사람에게 가 봐야 해."

"누구? 그 남자? 그 사람, 거기 없어요. 타요."

현백이 거칠게 그녀의 손을 잡아 태우려고 하자 온이 몸부림을 치듯 그에게서 벗어나 뒷걸음질 쳤다.

그녀의 눈꺼풀이 불안하게 떨렸다.

"아냐, 가서 보고 올게요. 그 사람, 여기…… 잘 몰라. 날……
걱정할 거야."

"알아서 잘 갔을 거예요. 일단 우리랑 같이 가요!"

현백은 거의 소리를 지르고 있었다.

온은 작게, 그러나 단호하게 고개를 흔들었다. 그녀의 고집스
러운 거부에 현백 얼굴은 딱딱하게 굳었다.

"가지…… 말아요. 제발……."

현백은 그녀 쪽으로 손을 내밀며 속삭이듯 그녀에게 사정했
다. 할 수 있다면 묶어서라도 못 가게 하고 싶었다.

그자에게 돌아가다니. 안 돼. 그자는 그녀를 보호할 수 없어!

"어서 호종이를…… 데려가요."

온이 떨리는 목소리로 속삭였다. 그리고 뒤돌아서 낙원상가
쪽으로 미친 듯이 달려갔다.

"누나! 누나!"

현백이 거칠게 불렀지만 온은 돌아보지 않고 뛰었다. 텅 빈
거리 위를 질주하는 차들의 굉음만이 현백의 간절한 부름에 답
할 뿐이었다.

겨울밤은 길고 길어서 아직도 세상은 온통 어두웠다. 거리에
는 여전히 인적이 드물었다. 온은 기억을 더듬으며 얼어붙은 종
로 뒷골목을 헤맸다.

그리고 얼마 후, 그녀는 간신히 찾은 좁은 골목을 따라 더듬

듯이 그 집 앞에 다다랐다. 온은 피로 뒤덮인 앞마당을 상상하며 떨리는 손으로 천천히 대문을 밀었다.

그러나 집은 깨끗하게 비어 있었다. 네온사인 불빛이 내려앉은 네모난 마당은 물로 닦은 듯 깨끗했다. 시멘트 바닥에는 핏줄기, 아니, 핏방울 하나 남아 있지 않았다. 잘린 허벅지 단면에서 피를 쏟아내던 남자의 시신도, 통나무처럼 나뒹굴던 다리 두짝도 흔적조차 없이 사라졌다. 호종이 피 묻은 발로 올라섰던 툇마루도 걸레로 훔친 듯 말끔했다. 떨리는 손으로 닫아걸었던 미닫이문은 산산이 부서져 한쪽으로 치워져 있었다. 반투명 유리는 모두 깨져 있었으며 문짝도 완전히 떨어져 나간 채였다.

온은 쓰러질 듯 툇마루를 기어 올라가 비틀거리며 안방으로 들어섰다. 여전히 방은 어두웠고, 방 한가운데 놓인 가스난로는 꺼져 있었다. 검은 여인이 벽에 뚫어 놓은 커다란 구멍은 그대로였지만 그 구멍은 마치 원래부터 있었던 듯 오래되어 보였고, 근처에는 돌가루 한 톨조차 없었다. 구멍 밖 좁은 뒷골목은 오가는 이 없이 어둡고 고요했다.

징그러운 표정을 짓고 있던 노인의 송장도, 울부짖으며 그녀를 부르던 성준도 그곳에 없었다.

온은 노인의 시신이 누워 있던 난로 옆에 무너지듯 주저앉았다.

어쩌면 이 모든 것이 꿈일지 모른다. 저 구멍은 원래부터 이집에 있었던 것이었고, 부서진 미닫이문도 오래전부터 저렇게 기대 서 있었던 것일지 모른다. 이제 눈을 뜨면 자신은 포근한 이불 속에 누워 흰 천장을 보고 있을 것이고, 천천히 눈을 비비고 나서 기지개를 켜며 하루를 시작할 것이다.

온은 침을 한 번 삼켰다. 그리고 천천히 난로 위에 손을 댔다. 꺼진 난로 안쪽에 남은 열기가 느껴졌다.

그녀는 속지 않았다.

이 밤은 현실이다. 이 온기가 그것을 증명하고 있다.

그렇다면 그 사람, 무사히 빠져나간 걸까…….

온은 피가 말라붙어 얼룩진 작은 두 손으로 자신의 얼굴을 감쌌다. 깊은 우물처럼 몸 안쪽에서 울음이 솟았다.

자신을 이리저리 끌고 다니는 그 거대한 손에게 반항이라도 하듯, 온은 흐느껴 울었다.

제8화
절반의 인간, 절반의 신

더 이상 기다리고 싶지 않았다.

그렇지만 기다리고 있었다.

온은 제 손목을 잘라내는 심정으로 휴대폰의 전원을 껐다. 벌써 사흘째. 그녀는 성준의 전화도, 현백의 전화도 피하고 있었다.

피 냄새가 진동하던 그날 밤, 가까스로 종로를 빠져나온 온이 인적 없는 그녀의 원룸 골목에 들어섰을 때에도 아직 동은 터 오지 않았었다. 돌아오는 길에 새벽 기도를 다녀오는 사람들 몇 명과 마주쳤지만, 새벽의 진한 어둠이 코트 자락에 묻은 핏자국을 가려 주었다.

침대 위에 올려 두고 온 휴대폰에는 몇십 통의 부재중 전화

기록이 남아 있었다. 떨리는 손으로 통화 기록을 확인하는 중에도 다시 전화가 왔다.

성준이었다. 그녀는 집으로 걸어오면서 생각했던 말들을 맘속으로 정리하고 나서야 침착하게 성준의 전화를 받았다.

왜 이런 일이 생긴 건지 모르겠지만 오늘 밤 일을 더 떠올리고 싶지 않아요. 그만두겠습니다, 이 일.

더 덧붙일 말도 감정도 남아 있지 않다는 듯, 온은 담담하게 말을 이어갔다. 그녀의 목소리는 마른 잎처럼 건조하고 정중했다. 성준은 말없이 그녀의 말을 듣기만 했다. 온의 목소리가 끊어지자 둘 사이에는 침묵만이 흘러갔다. 두 사람은 한동안 말없이 휴대폰을 들고만 있었다.

그도, 그녀도 소리 없는 속삭임을 찾는 것처럼 기다리고 또 기다렸다. 그러나 아무리 기다려도 마음에 남은 말들은 새어 나오지 않았다.

잠시 후 이어진 성준의 마지막 말은 담담했다.

「거기 있어요. 도망가지 말고.」

한 번의 깊은 숨소리가 착각처럼 들린 후, 전화는 조용히 끊겼다.

그녀의 가슴 한쪽에서 자조적인 웃음이 터져 나왔다. 모든 걸 그의 탓으로 돌려 버린 자신의 앙큼함이 끔찍했다.

모든 것이 자신의 탓이다.

호종과 말명을 불상이 있는 곳으로 불러들여서 어떤 이유였

든 간에 사람을 죽이게 만든 것도, 성준의 생명을 위험에 빠트
린 것도 자신이었다. 그런데도 그녀는 피해자라고 할 수 있는
그에게 이 모든 걸 뒤집어씌웠다.

그렇게라도 해서 성준을 이 무대에서 내려 보내고 싶었다.

이 저주받은 괴담(怪談) 속에서 그를 내보내려면 그와의 모든
관계를 끊어야 한다. 그리고 그를 위해 그녀는 기꺼이 그렇게
할 것이다.

그러나 그녀는 이런 의지와는 반대로 자꾸만 성준에게 끌리
는 마음을 가누기가 어려웠다. 헤어져야 하는 것을 알면서도 도
무지 멈출 수 없는 감정. 사지를 묶어 어딘가로 자신을 끌고 가
고 있는 이 빌어먹을 운명도 미웠고, 미련하게 그를 놓지 못하
는 자신의 마음도 징그러웠다.

너무 징그러워서 눈물이 났다.

온은 입술을 깨물고 참았다. 더 울어 봤자 아무 소용없다는
것을 잘 알고 있기 때문이다. 시간도 운명도 손의 뜻대로 흘러
갈 것이다. 제멋대로 흘러가 버릴 것이다.

그날 아침, 온은 밝아 오는 창 아래에서 고치처럼 웅크린 채
잠이 들었다.

고고미술사학과 대학원생 연구실에 걸린 벽시계가 2시 50분
을 가리키자 온은 아까 꺼 버린 휴대폰을 가방에 챙겨 넣고 1동
으로 향했다. 국문과 대학원생인 단짝친구 혜연과 약속이 있었

다. 온은 혜연의 지도교수인 정준익 교수의 연구실 앞에서 잠시 망설이다가 가볍게 문을 두드렸다.

"네에에!"

방문 저편에서 날아갈 듯 가벼운 목소리가 들리자 오랜만에 온의 얼굴에 부드러운 미소가 어렸다. 천천히 문을 열자 라디에이터에서 뿜어져 나오는 따뜻한 온기가 그녀의 뺨을 감쌌다. 방문 맞은편에 있는 창에서 뉘엿뉘엿 지는 오후의 햇볕이 방 안으로 쏟아져 내리고 있었다.

양쪽 벽면을 가득 채운 신화 관련 장서들을 통해 이곳이 국문학자의 방이라는 걸 알 수 있었다. 온의 지도교수인 박 교수가 지상 최후의 혼돈을 보여 주었다면, 정 교수의 방은 깨끗하고 밝은 학문 세계를 보여 준다.

방 한가운데에는 커다란 회의 테이블이 놓여 있었고 혜연과 진승 선배가 그 앞에 앉아 있었다. 그들을 닮은 구수한 커피 향이 방 안에 가득했다.

"왔다!"

후드티를 입은 혜연이 자리에서 벌떡 일어나더니, 온에게 다가와 고양이처럼 안겼다. 곱슬곱슬한 파마머리가 온의 목덜미에 닿았다. 온도 포근하게 단짝친구를 안아 주었다. 의자에 앉아 커피를 마시고 있던 진승 선배도 반갑게 손을 흔들며 인사했다.

"야아, 너 오랜만이다."

"오빠는 웬일이야?"

"혜연이가 너 온다고 해서, 오랜만에 얼굴이나 보려고 왔지."

"뻥치시네. 저 인간, 커피 얻어 마시러 온 거야. 울 선생님 미국 가시고 여기는 유진승 전용 다방이 다 됐어."

"어허, 내가 원두도 자주 사 오잖아!"

두 사람이 티격태격하는 것을 보며 온은 웃음을 참을 수 없었다. 처음 만났을 때부터 두 사람은 변한 것이 없다.

온과 혜연, 진승과 성식 선배는 교내 여행 동아리 멤버로 학부 때 늘 붙어 다녔다. 학부 졸업 후 성식 선배는 신문사에 들어가고 혜연과 진승은 국문과 고전문학 전공에, 온은 고고미술사학과 대학원에 진학했다. 같은 인문대 대학원생이라도 국문과와 고고미술사학과는 다른 건물에 있다 보니 따로 시간을 내지 않는 이상 얼굴 보기는 힘들다. 자주 연락하는 편인 혜연과는 달리 진승 선배와는 근 반년 만의 조우였다.

서로의 근황을 물으며 잡담을 나누는 사이, 혜연이 커피를 새로 뽑아서 온 앞에 내려놓았다. 따뜻하고 향긋한 커피를 한 모금 들이켜자 마음이 편해졌다. 오래된 친구들을 보자 지난 며칠 동안 억눌러 온 마음속 고통이 잦아드는 것 같았다.

"너희 선생님은 언제 돌아오셔?"

"8월에. 교환교수로 1년 가셨으니까."

"그렇구나. 편하겠다. 지도교수 없는 박사 과정생이라니. 부럽다."

혜인이 으하하하 웃으며 브이 자를 그려 보였다. 진승 선배가 못 말린다는 듯 절레절레 고개를 내저었다.

"근데 웬일로 똑똑한 현온 양이 내 도움이 필요하다는 거야? 소논문이라도 내려고?"

"뭔 소리야?"

진승 선배가 눈을 동그랗게 뜨고 혜연과 온을 번갈아 바라보았다.

"쟤가 나한테 뭐 물어볼 게 있다고 그래서."

"뭐야, 내 도움은 내 도움은 필요 없어? 나한테는 왜 안 물어봐? 아아아! 나도 필요로 해 줘!"

혜연이 책장에서 필요한 책들을 뽑아내는 동안 진승 선배는 계속 칭얼댔다.

뽀얀 피부에 서글서글한 눈매, 듬직한 체구의 진승 선배는 여행 동아리에서 같이 여행을 다닐 때부터 줄곧 혜연과 온을 웃게 만들었다. 이상한 유머감각으로 주변 분위기를 썰렁하게 만들기도 했지만, 특유의 몸개그로 결국 모두를 배꼽 빠지게 만들어버리기 때문이다.

진승 선배의 익살맞은 투정을 흘려들으며 혜연은 자신이 골라낸 책을 가득 안아서 테이블 위에 올려놓았다. 온도 노트북을 꺼내서 켰다.

"자, 시작해 보자구."

"아니, 근데 전공도 다른 너한테 뭘 물어본다는 거냐?"

"신을 알고 싶대요."

"신?"

진승 선배가 의외라는 듯이 눈썹을 치켜 올렸다.

"너 불교미술 전공이잖아? 갑자기 생뚱맞게 웬 신? 부처님 몸매만 잘 알면 됐지."

"아뇨, 이 무식한 양반아. 사찰에 산신도도 있잖아요. 그리고 연구하다 보면 다른 분야의 지식이 필요할 수도 있지, 그것참. 거, 고소설 전공자는 좀 조용히 계시우. 신화 전공자랑 불교미술 전공자가 이야기 좀 합시다."

혜연은 입을 삐쭉거리며 툴툴대는 진승 선배를 무시하고 쌓여 있는 책 중에 가장 두꺼운 책을 뽑아 들었다.

"신의 뭐?"

"응?"

"신의 뭐가 알고 싶으냐고."

온은 갑자기 말문이 막혔다.

여신들에 대해 따로 알아보라고 한 현백의 말 때문이 아니더라도 온은 줄곧 그들에 대해서 알아보아야겠다고 생각해 왔다. 도서관에서 무작정 책을 찾아보는 것보다는 신화 전공자인 베프 혜연에게 물어보고 시작하는 편이 나을 것 같아서 여기까지 찾아온 것이다.

하지만 신의 무엇이 알고 싶으냐는 질문에는 뭐라고 답해야 할지 말문이 막혔다. 그들과 얽힌 이야기도 듣고 싶었고, 그들이 어떤 성격을 가졌는지도 알아보고 싶었다.

그리고 무엇보다…… 그들이 진실로 존재하는 것들인지를 묻고 싶었다. 그러나 혜연에게 그런 황당한 질문을 할 수는 없는 일이다. 그것은 혜연이 대답할 수 없는 문제 아닌가.

"그냥…… 다."

"야아."

혜연의 눈이 가느다랗게 좁아졌다.

"그러니까…… 여신과 관련된 것들을 먼저 알고 싶은데."

"오케이. 여신, 여산신 설화."

혜연은 색인집 같은 두꺼운 책을 펼치고, 자신의 노트북으로 무엇인가를 검색하기 시작했다.

"일단은 간단하게 알려 줘. 내가 따로 찾아볼게."

담담한 온의 목소리에 커피를 마시고 있던 진승 선배가 무언가 생각하는 듯한 표정을 지었다.

"그래. 뭐, 니가 원하는 부분은 따로 논문 검색해 보는 편이 낫겠지, 간단 브리핑을 하자고 한다면야. 한국의 여신이라. 뭐부터 시작해야 하나……. 뭐, 일반적으로 여신이라고 하면 일단 창조 여신 마고(麻姑)? 마고할미 유형의 거녀형(巨女形) 설화들이 쭉 있을 수 있지. 자고로 한국 여신의 원조는 마고라고 할 수 있으니까. 너 마고는 들어봤지?"

온이 천천히 고개를 끄덕였다.

"마고는 중국 여신이잖아?"

커피 한 잔을 다 비우고 다시 한 잔을 따르면서 진승 선배가 물었다.

"중국에서 온 건 맞지만 그 이름이 전국적 전승을 보이기도 하고 대지모로서의 '마(麻)'라는 음이 가지는 음가(音價)적 근원성을 무시할 순 없어. 엄마 할 때 '마', 영어로 mama 할 때 '마'."

"오, 너 맨날 노는 게 아니었군."

"닥쳐요, 오빠."

진승 선배가 톡 껴들며 놀리자 혜연이 잡아먹을 듯 그를 흘겨보았다. 혜연은 진승 선배가 킬킬거리며 웃는 소리를 무시하고 말을 이었다.

"이 마고형 설화, 그러니까 엄청 큰 몸집으로 돌아다니면서 지형을 만드는 아줌마들이 잔뜩 나오는 이야기가 창조 여신형 설화인데, 제주도 설문대할망, 서구할미, 안가닥할머니, 뭐 이런 할매들이 잔뜩 있지. 한국 여신 설화에서 주목할 만한 설화 유형이야. 창조 여신, 일단 멋있잖아? 세계를 만든 어머니신. 음, 그리고 또 누가 있을까……. 서사무가에 나오는 여신들은 너도 알지? 우리 옛날에 민속학 들었을 때 당금애기, 바리공주는 배웠잖아."

"응, 기억나."

혜연은 담담하게 고개를 끄덕이는 온의 얼굴을 흘끗 보더니 무심한 척 노트북 터치패드를 긁으면서 툭 하고 말을 던졌다.

"야, 자꾸 뱅뱅 돌려서 그러지 말고, 알고 싶은 걸 말해. 내가

다 답답하다."

"아냐, 계속해."

혜연이 답답하다는 듯이 온을 쳐다보았다.

"이게 이래서는 밑도 끝도 없어. 나도 한계가 있고. 특별하게 네가 알고 싶은 분야나, 뭐 설화 유형이나 이런 거를 꼭 집어서 말해야 내가 아는 대로 말해 주거나 되는 대로 찾아봐 주거나 할 수 있잖겠냐?"

"천왕성모."

온의 입에서 산청 이모의 이름이 먼저 흘러나왔다. 테이블에서 일어나려던 혜연이 움직임을 멈췄고, 커피를 마시며 창밖을 바라보고 있던 진승 선배도 천천히 돌아서 온의 얼굴을 응시했다. 온은 무표정한 얼굴로 자신의 커피잔만 보고 있었다.

"천왕성모, 개양할미."

온이 잠시 말을 멈추었다.

"그리고……."

한참을 말을 잇지 못하던 온이 천천히 입을 뗐다.

"영등…… 영등할망에 대해서 알고 싶어."

온은 엄마의 이름을 간신히 말해 보았다.

그러고 싶진 않았지만 자신도 모르게 목소리 끝이 떨리고 있었다. 진승 선배는 묵묵히 온의 목소리를 들으며 커피를 마저 들이켰다.

　　　　＊　　　＊　　　＊

　아직 6시밖에 되지 않았는데 벌써 해가 지고 있었다.

　부암동으로 가기 위해 온은 효자동에서 내려서 다시 버스를
갈아탔다. 그녀의 가방에는 혜연이 빌려 준 무속 관련 책이 들
어 있었다. 똑똑한 그녀의 친구는 PDF로 된 논문 몇 편도 메일
로 보내 주겠다고 했다.

　혜연은 온이 말한 여신들에 대해 자신이 아는 대로 간략하게
설명해 주었다. 시간을 오래 뺏을 수 없다며 온이 한 시간도 안
되어서 일어나려고 하자, 혜연이 조용히 그녀의 손목을 붙잡았
다. 진승 선배는 커피를 다 마시고 조용히 사라진 참이었다.

　"너 갑자기 왜……."

　온이 살짝 미소를 지어 보였지만 혜연은 그 낯빛에서 서글픔
을 읽어냈다. 항상 차분하고 온유한 자신의 친구에게 무슨 일이
생겼다는 것을 온의 가장 친한 친구인 혜연이 모를 리 없었다.

　그러나 혜연은 다른 것도 알고 있었다. 친구가 원하지 않을
때에는 아무것도 물어서는 안 된다는 것을. 온의 현명한 단짝은
짐짓 아무것도 눈치채지 못한 척 빙그레 웃어 보였다.

　"만약에 너, 혹시 '불교미술과 무속', '관음과 여신'뭐 이런 주
제로 할 거면 나랑 공동으로 연구해야 해. 알았지?"

　"걱정 마슈, 정혜연 씨!"

　온이 씩씩한 척 웃자 혜연은 말없이 그녀를 꼭 안아 주었다.

온은 혜연의 곱실거리는 머리카락에 얼굴을 묻었다.

말하지 않아도 자기를 알아주는 친구. 이렇게 자신을 믿어 주고 좋아해 주는 사람이 세상에 있다는 걸 확인하는 것이 이 순간 그녀에게 얼마나 큰 위안이 되는지 혜연은 아마 모를 것이다.

방 밖에서는 온을 걱정하고 좋아해 주는 또 다른 사람이 그녀를 기다리고 있었다. 베란다에 서서 담배를 피우고 있던 진승 선배가 온이 방에서 나오자 얼른 베란다 문을 열고 복도로 들어왔다. 그는 말도 없이 온의 손에 들린 책 꾸러미와 가방을 빼앗아 들더니 계단을 내려가기 시작했다.

버스 정류장까지 내려가면서도 두 사람은 말이 없었다. 버스를 기다리며 진승이 먼저 입을 열었다.

"니 무슨 일 있나?"

"아니. 왜?"

"가시나, 뻥치지 말고. 내가 니를 모르냐?"

온이 피식 하고 웃었다.

"혜연이는 모른 척해 주던데. 오빠는 참 눈치도 없소."

"눈치가 없는 게 아니라 걱정이 큰 거다."

"나 이상해 보여?"

"얼굴이 반쪽이 되어 가지고 와서는. 쯧쯧……. '사실 제가 힘들어 죽을 것 같지만, 그래도 십자가에는 제가 올라가겠습니다.' 뭐, 이런 재수 없는 표정이거든."

며칠 만에 처음으로 온이 큰 소리로 웃었다.

역시 진승 선배는 눈치 오백 단이다.

"너 혹시 말이다……."

"혹시 뭐?"

"음…… 혹시."

"뭐? 뭐? 뭐?"

"……신 내렸냐?"

"뭐!"

온은 진승 선배의 괴상한 상상력에 어이가 없어진 나머지 헛웃음이 나왔다. 그러나 진승은 아랑곳없이 꽤나 진지한 얼굴로 말을 이었다.

"멀쩡하던 애가 갑자기 와서는 신 타령을 하면서 그런 얼굴로 앉아 있는데, 내가 무슨 생각을 할 수 있겠냐. 애가 어디서 갑자기 왕꽃선녀 신내림이라도 받아 왔나 보……."

"이봐요, 아저씨!"

"아님 됐고."

"이 양반이 기어이 내가 나이롱 양말 신고 작두 타는 걸 보고 싶은가 보지!"

"아님 됐다고!"

둘이 티격태격하는 사이 버스가 도착했다. 학교 안 정류장이 종점이었기 때문에 버스는 몇 분 후에나 떠날 것이다. 같이 버스를 기다리고 있던 두세 명의 다른 학생들이 차에 올라타자 온도 책과 가방을 들고 일어섰다.

"오빠, 나 갈게."

온이 손을 들어 보이자 진승 선배가 가볍게 고개를 끄덕이며 주머니에 손을 넣었다. 버스에 탄 온은 오른쪽 창가 쪽에 자리 잡았다. 진승 선배는 연구실로 돌아가지 않고 그 자리에 계속 서성이며 버스 안에 탄 그녀를 바라보고 있었다. 온이 가라는 손짓을 해도 진승 선배는 여전히 주머니에 손을 넣은 채 그러고 있었다.

따뜻한 사람, 진승 선배.

형제가 없는 그녀에게 대학 생활 내내 큰오빠 역할을 해 줬던 좋은 사람. 스무 살 때부터 줄곧 소주잔을 기울이며 많은 이야기를 했던 사람. 서울 생활이 외롭고 힘들어서 울던 후배를 도닥여 주며 그 울음을 묵묵히 끝까지 들어주었던 사람. 사람 속을 잘 꿰뚫어 보고 상대의 숨겨진 사정에 귀 기울일 줄 아는 사람. 진승 선배는 그런 인물이었다.

그때, 갑자기 진승 선배가 버스 쪽으로 다가와 온이 앉은 자리 유리창을 톡톡 두드렸다. 온이 창문을 반쯤 열었다.

"왜?"

"너, 우리 버리면 안 된다."

"뭔 소리야, 또."

진승의 실없는 소리에 온이 구제불능이라는 표정을 지었다.

"혜연이든, 성식이든, 나든, 전화를 하라고, 전화를. 이 가시나야. 혼자 앓지 말고. 안 그럼 서운해, 인마."

아까 혜연의 머리카락에 얼굴을 묻었을 때 참았던 눈물이 지금 다시 터지려고 했다. 온은 울음을 꾹 참고 미소를 지으며 고개를 끄덕였다. 그때, 대기 중이던 버스에 시동이 걸렸다. 버스가 서서히 움직이자 진승이 뒤로 물러섰고 온도 창문을 닫았다. 천천히 출발하는 버스를 향해 진승은 손가락으로 전화하는 모양을 만들어 보였다. 온은 눈가에 눈물을 매단 채 손을 흔들어 보였다.

버스가 학교를 빠져나와 도로를 달리기 시작하자 그녀는 생각에 잠겼다. 혜연이 말해 준 이야기들을 하나하나 머릿속으로 정리한 다음, 온은 천천히 가방에서 꺼져 있는 휴대폰을 꺼내 전원을 켰다. 그리고 현백의 전화번호를 찾아 눌렀다. 신호가 몇 번 울린 후, 낮고 맑은 현백의 목소리가 들려왔다. 온은 담담한 목소리로 말했다.

"지금 만났으면 해요."

버스에서 내려 현백이 알려 준 대로 비탈길을 한참 올라갔다. 어둑어둑한 골목길에 점점이 가로등이 켜져 있었고, 작은 연립주택에서 귀가한 사람들이 켜 놓은 불빛이 쏟아져 나왔다. 노랗게 물든 베란다 유리창에서 압력밥솥 추가 흔들리는 칙칙폭폭 소리가 들렸다.

열어놓은 부엌 창문에서 새어나오는 밥 냄새, 대여섯 살 난 아이의 웃음소리……. 인왕산 자락에 자리 잡은 작은 동네 부암동의 저녁은 여느 변두리 주택가처럼 평온했다.

비탈길 꼭대기까지 올라와서 우회전. 그리고 다시 좌회전. 현백이 불러 준 대로 길모퉁이를 돌자 단독주택들이 줄지어 있는 골목이 나왔다. 집들의 뒤쪽은 바로 숲이었다. 분명 백사실 계곡이 여기서 멀지 않을 것이다. 겨울 숲에서 뿜어져 나오는 어둠과 찬 기운을 골목길을 걷는 그녀마저 느낄 수 있었다. 옹기종기 작은 연립들이 모여 있던 아래쪽 골목과는 달리 위쪽 골목은 고요했다.

골목길 끝까지 걸어가자 현백의 집이 있었다. 모던한 디자인으로 건축된, 작지만 깔끔한 외관. 군더더기 없는 모양이 그와 닮았다. 집 앞에는 그의 차가 주차되어 있었다. 벨을 누르자 잠시 후 베이지색 니트를 입은 현백이 나와 문을 열었다.

"잘 찾아왔네요."

현백이 따뜻한 미소로 온을 맞아들였다. 온도 별다른 인사 없이 가벼운 미소로 답하였다.

대문 안쪽은 마당이 거의 없다고 할 만큼 좁았지만 깔끔하게 단장되어 있었고, 한쪽에는 그가 타고 다니는 것 같은 스트라이다 자전거가 놓여 있었다. 현관으로 들어서자 소파와 대형 TV가 놓여 있는 거실이 보였다. 은은한 조명으로 밝혀 있었지만 난방을 틀지 않았는지 꽤나 추웠다. 집의 내부는 전체적으로 좁고 긴 모양이었다. 긴 거실 반대편 끝에는 불 꺼진 주방이 있었다. 아일랜드식 주방에 놓여 있는 의자는 하나. 온은 외롭게 놓여 있는 의자를 바라보았다.

"올라와요. 아래층에는 불을 올리지 않았어요. 난방비가 너무 많이 나오거든요."

현백이 안내하는 대로 좁은 나선형 계단을 올라가 문을 열자 봄바람 같은 온기가 그녀를 감쌌다. 별다른 조명을 켜지 않았지만 사물을 분간 못 할 만큼 어둡지 않았다. 작은 가스 벽난로에서 빨갛게 타오르는 불꽃이 방의 조명을 대신하고 있었다. 벽난로 앞에는 소파를 대신한 도톰한 털 깔개와 쿠션, 담요들이 놓여 있어 편안한 분위기를 만들고 있었다.

"바닥에 앉아도 괜찮겠어요?"

"응."

현백이 도톰한 담요를 건네자 온은 그것을 받아 무릎을 덮었다.

"차 가져올게요. 뭐 마실래요?"

"음…… 아무거나."

현백이 싱긋 웃으며 아래층으로 내려가려고 하자 온이 머뭇거리며 그를 불렀다.

"저기…… 호종이는?"

"괜찮아요. 찔린 데는 깊지 않았는데 피를 좀 많이 흘려서…… 지금쯤이면 다 나았을 거예요. 긴 이야기는 차 마시면서 해요."

현백이 우아한 걸음걸이로 아래층으로 내려가자 온은 찬찬히 2층을 구경했다. 통유리로 된 한쪽 벽은 부암동 가장 높은 곳에 있는 이 집의 장점을 잘 보여 주었다. 멀리 칠흑 같은 어둠 사이로 북악산의 실루엣이 보였고, 아래쪽 주택가에서 새어 나오는 불빛들도 보석처럼 반짝였다. 낮이라면 아마 북악성곽과 북악산의 겨울나무들까지 잘 보였을 것이다. 유리창 바로 옆 벽에는 모던한 디자인의 책상과 의자가 하나 놓여 있었고, 책장이 아닌 바닥에 책 몇 권이 바닥에 쌓여 있었다. 통유리 반대편, 벽난로의 오른편 벽에는 침대가 놓여 있었다. 단정하게 정리된 흰 시트가 깔끔한 현백의 성격을 말해주는 듯했다.

그때, 한 폭의 그림이 그녀의 눈에 들어왔다.

침대 바로 옆, 벽난로 맞은편 벽에 30호쯤 되는 커다란 그림이 걸려 있었다. 침대에 누워서 몸을 옆으로 세우면 언제든지 마주 볼 수 있는 자리. 잠든 현백을 내려다보는 자리에 걸린 그 그림은 한 여인의 초상화였다.

전체적으로 푸른 톤을 띤 그 그림 속에는 여자가 바람 속을 걷고 있었다. 그녀가 걷고 있는 배경은 물인지 숲인지 알 수 없을 만큼 추상적으로 표현되어 있었다. 여자는 눈을 감고 바람을 느끼는 듯한 표정을 짓고 있다. 긴 머리가 거센 바람에 흩날리고 있었고, 여자가 입고 있는 하늘하늘한 원피스 또한 날개처럼 뒤쪽으로 펄럭이고 있었다. 여인의 부드러운 몸매는 옷 밑에서 적나라하게 드러났지만 야하다는 느낌은 전혀 들지 않았다.

온은 그 그림 속 주인공이 무척 자유로운 존재라는 것, 그리고 그 자유를 누군가에게 전하려 하고 있다는 것을 느꼈다. 맑은 느낌, 그렇지만 알 수 없는 애틋함을 담은 그림이었다.

화가는 그림 속 여성을 그리워하고 있었으며, 푸른 배경 속을 걸어가고 있는 여인에게 다가가고 싶어 한다는 걸 느낄 수 있었다. 온은 벽난로 불빛에 비친 그림을 한참이고 바라보았다.

"예쁘죠, 그 사람?"

온이 고개를 돌리자 어느새 현백이 커다란 쟁반에 차와 음식을 가져와 벽난로 앞에 놓고 있었다.

"응, 멋지네. 어딘가 아련한 느낌이에요."

그림에 대한 온의 평가에 별 대답을 하지 않은 채, 현백은 미소 지으며 벽난로 앞에 찻주전자와 접시를 세팅할 뿐이었다.

"누구 그림이에요?"

"제가 그렸어요."

"어? 정말?"

현백이 빙긋 웃으면서 고개를 끄덕였다. 온은 벽난로 앞자리로 가서 그가 건네주는 찻잔을 받았다. 그녀의 오른쪽에 앉은 현백은 세심한 손길로 차를 걸렀다. 벽난로에서 쏟아져 나오는 열기가 뺨에 어른거리자 적당히 기분이 좋았다. 그녀가 코트를 벗고 옆에 놓인 쿠션을 안자 현백이 그녀의 어깨에 부드러운 담요를 걸쳐 주었다.

"등은 좀 추워요."

현백의 사려 깊은 마음씨에 온이 빙긋이 웃음 지었다.

"여자친구가 좋아하겠어요. 이렇게 다정한 남자친구라니."

현백은 또 대꾸 없이 웃을 뿐이었다.

"저 그림의 주인공, 여자친구 아니에요? 아, 실례인가? 이런 거 물어보는 거."

현백은 웃으며 살짝 고개를 저었다.

"그런 건 아니에요."

"아무튼, 그림을 참 잘 그리네요."

현백은 대답 없이 웃기만 했다. 두 사람은 한동안 말없이 차를 마셨다.

현백은 나무 쟁반에 다질링 홍차와 간단히 집어 먹을 티푸드를 가져왔다. 작은 샌드위치와 홍차를 먹으며 온은 성준과 함께했던 티타임을 떠올렸다. 한 손에 찻잔을 들고 연신 달콤한 것들을 집어삼키던 성준. 그의 모습이 떠오르자 그녀의 가슴 한쪽이 아려왔다. 온은 억지로 성준에 대한 생각을 저쪽으로 밀어냈다.

"집이 좋네요. 벽난로도 있고. 혼자 살고 있는 거예요?"

"집은 좋은데 외풍이 세요. 난방비도 비싸고. 원래 벽난로도 잘 안 켜는데, 누나가 온다고 해서 켰어요."

"이런, 영광인데."

"저녁은 먹었어요? 이걸로는 배고프지 않겠어요?"

"응, 괜찮아요."

다시 한동안 두 사람은 말없이 차를 마셨다. 빨갛게 타오르는 불꽃을 보며 온도 현백도 깊은 생각에 잠겼다.

"호종이는 어디서 치료받고 있나요?"

침묵을 깨고 온이 조심스럽게 입을 열었다.

"그날 급한 대로 북한산으로 갔고, 몸을 좀 추스른 다음 그 애 어머니가 데려가셨어요."

북한산이라. 왜 북한산이지?

온이 어떻게 물어야 할지 몰라 망설이는 기색을 보이자 현백이 먼저 대답을 했다.

"뭐라고 설명하면 좋을까요……. 서울에는 산이 없어서라고 해야 하겠군요."

온이 무슨 소리인지 모르겠다는 얼굴을 하자 현백이 다시 설명했다.

"호종이는 신이면서 동물인 존재라서, 그러니까 그 자체가 자연인 아이니까, 거기서 기운을 얻고 또 기운을 주거든요. 아무래도 서울 같은 대도시에 오면 어쩔 수 없이 금방 기력이 쇠하게 되죠."

"그럼…… 그날도…….."

"그렇게 공격받을 만큼 약하진 않은 아이인데, 신이긴 해도 워낙 어린애고, 또 사방이 콘크리트로 둘러싸여 있어서 힘을 낼 수 없었던 것 같아요."

"하지만 종로에서는 인왕산도 멀지 않고, 남산도…….."

"서울에 산이 없다는 말은 더 이상 신이 그곳에 살지 않는다
는 말이에요. 물리적으로는 산도 있고 강도 있지만 그것들의 주
인이 없는 상태. 그야말로 무주공산(無主空山)."

현백이 빙긋 웃었다.

주인 없는 산이라는 현백의 말이 무슨 뜻인지 몰라서 온은 여
전히 눈을 깜빡일 뿐이었다.

"산이 있고 강이 있어도 거기를 지키는 신들은 이미 없다는
거예요. 대도시란 그렇죠. 녹음이 우거지고 단풍이 물들어도
인간의 더러운 손이 그곳의 정수(精髓)에 닿아 버리면 신은 더
이상 그곳에서 살 수 없어요. 아무리 그곳이 태초부터 그의 땅
이었다 해도 심장이 더럽혀진 상태에서는 어쩔 수 없죠."

"그럼 북한산은……?"

"서울 인근에서 아직 신이 다스리는 산이죠. 노적봉 미륵할
미께서 계세요."

온은 오늘 오후에 혜연에게 들었던 이야기들을 떠올려 보려
고 했지만, 미륵할미에 대한 이야기는 들었던 기억이 없다.

"아무튼 걱정 말아요. 그 녀석, 지금쯤 제 어머니 품에서 기력
을 회복했을 테니. 어려도 역시 호랑이니까요."

온이 천천히 고개를 끄덕였다.

현백은 우아한 몸놀림으로 홍차를 한 모금 들이켰다.

"알아본 거예요?"

"응?"

"우리들에 대해서 말이에요."

현백은 자신의 전화를 피하던 그녀가 먼저 연락을 해서 만나자고 청한 이유를 이미 짐작하고 있었다.

"응. 오늘 조금…… 알아보았어요."

"역시 그랬군요."

현백은 그녀의 빈 잔에 차를 조금 더 따랐다. 벽난로 앞에 놓여 있어서인지 차는 별로 식지 않고 여전히 따뜻했다.

"무슨 이야기를 들었어요?"

"글쎄, 그냥 대략적인 이야기. 설화 전공하는 친구에게 물어봤는데, 그 친구도 다 아는 건 아니니까."

"설화라……. 전해 내려오는 이야기가 모두 사실은 아니겠지만, 그래도 옛 사람들은 진실을 보려고 노력은 했으니 지금 사람들의 인식보다야 훨씬 믿을 만하지요. 과학이라는 것이, 기술이라는 것이, 이성과 합리성이라는 것이 제아무리 날카롭게 이빨을 세워도…… 아무것도 손에 쥔 게 없는 인간, 그 자체의 살갗으로 느꼈던 것들을 무시할 수는 없어요. 그건 날 선 감각의 기록이니까요."

"이런저런 이야기를 들었어요. 책하고 논문 몇 개, 참고 자료 목록을 좀 받아 왔지만, 역시 그거로는 한계가 있을 것 같다는 생각이 들었어요. 내가 알고 싶은 건 현백이 알려 줄 수 있을 것 같아서 보자고 했어요. 아무래도 그게 진실일 테니까."

"뭘 들었는지 모르겠지만, 들은 만큼일 거예요."

온은 현백의 말에 대답하지 않고, 그의 다음 이야기를 조용히 기다릴 뿐이었다.

"지금까지 누나가 겪은 것. 그게 진실이죠."

현백이 찻잔을 놓고 자신이 덮고 있던 담요를 조심스럽게 여몄다. 그녀와 눈을 마주치지 않고 조용히 타오르는 불꽃만 응시하는 현백의 흰 얼굴이 한 폭의 유화처럼 우아했다.

다시 한동안 밤과 같은 침묵이 흘렀다.

"이곳에 신이 살고 있다."

그가 조용히 말했다.

신이 산다…….

온은 조그맣게 그 말을 따라 읊조렸다. 마음 한쪽 구석에서 이상한 느낌이 안개처럼 피어올랐다.

"그동안 신에 대해서 어떻게 생각해 왔는지 모르지만, 그들은 전지전능한 유일신하고는 조금 달라요. 그 사람들은 일종의 자연신, 토착신들이죠. 원한다면 죽지 않을 수 있고, 자신이 좌정한 곳, 자신이 관장하는 자연물 속에서 무한한 능력을 발휘할 수 있지만…… 가장 높은 신은 아니에요."

"그리스 신화에 나오는 정령 같은 건가요?"

"정령이라…… 정령하고는 또 다르다고 할 수 있는데, 설명하기 어렵군요. 혹시 그날 왔던 할머니는 기억해요?"

"누구?"

"산청 갔을 때 안채에 이모들하고 있던……."

"아……."

"그 할머니, 백두산 여산신이에요. 몇 안 되는 큰 여신 중 한 분이죠. 그 할머니 성격 보통이 아니었죠? 먼 데서 와서 짜증을 좀 부린 것도 있고, 원래 성격이 좀 그러세요. 그 할머니가 곧 산 자체니까, 성질이 터지면 화산도 터지게 돼요. 터지기로 예정된 시간 전까지는 건드리지 않는 게 좋아요."

"으응……."

온은 현백의 무덤덤한 설명이 꽤 재미있다는 생각을 했다. 백두산 여산신의 성질이 폭발하면 화산도 폭발하게 된다니……. 백두산이 정말 활화산이긴 한가 보다.

"그날 같이 봤던 계룡산신과 개양할미도 큰 여신들이에요."

"그렇군요."

"사람하고 별다를 게 없어 보였죠? 자연이면서 신인 존재, 완벽한 물질이면서 또한 완벽한 정신인 존재, 그게 여신들이죠."

완벽한 물질이면서 완벽한 정신이라니.

모순된 존재, 그러나 완벽한 존재.

여신.

"보통 신이라고 하면 전지전능하고 물질적인 것에서 완벽하게 자유로운 존재라고 생각하죠. 거추장스러운 몸 따위는 언제든 벗어 버릴 수 있는 존재. 정신만 살아 있으면 언제든 물질로 부활할 수 있다고 생각하곤 하잖아요. 실상은 그렇지 않아요. 그들은 자연과 한 몸이니까 다치고 상처 입고 죽기도 하죠."

"죽는다?"

"정신과 몸이 이어져 있는 건 인간하고 같아요. 아니, 오히려 더 강력하게 밀착되어 있는 존재죠. 한쪽이라도 무너지면 다른 한쪽은 살 수가 없는……. 어쩌면 그들은 인간보다 더 약할지도 몰라요."

신이라면 언제나 강하고 영원불멸할 줄 알았다. 그런데 인간보다 더 약한 존재일지 모른다니……. 온은 혼란스러웠다.

"그럼 호종이와 말명이도?"

"그 아이들도. 둘 다 온전한 신이니까."

현백은 '온전한'이라는 단어를 천천히 발음했다.

그녀는 그가 그들의 온전함을 동경하는 건지, 아니면 경멸하는 것인지 알 수 없었다. 그렇지만 분명한 것은 그가 '온전함'에 대해 어떠한 감정을 품고 있다는 것이었다.

"신들이 자식을 낳는 것은 드문 일이긴 하지만 있을 수 없는 일은 아니라더군요. 두 아이는 아주 오래전에 태어났어요. 그렇지만 그 애들이 그 긴 시간을 다 살아온 건 아니고, 중간중간 꽤 오랫동안 정체기가 있었던 것 같아요. 침잠해 있는 시간도 있었고. 어린 신의 성장 속도는 인간과 다르니까 실질적으로 누나나 저보다 어리다고 할 수 있어요."

"그렇군요."

개구쟁이 호종과 말명을 떠올리는 모양인지 현백이 옅게 미소 지었다.

어린 것들의 천진함이 현백의 아름다운 얼굴에 잠시 다정한 기운을 어리게 한 것이다.

"큰 여신의 자식들이기도 하고, 아직 어리기도 하니까 모든 신들이 그들을 보호해 줘요. 노적봉 할미에게 다친 호종을 맡길 수 있었던 것도 그래서 가능했어요. 호종이는 계룡산신 내외의 자식이고, 말명이는 개양할미의 막내딸이에요."

온은 낮에 혜연이 말해 준 개양할미에 대한 이야기를 떠올렸다.

"개양할미는 아주 유명한 여신은 아니야. 서해안 쪽에서 전승되는 거녀형 여신 중의 하나인데, 서해안을 지키는 해신(海神)이라고 알려져 있어. 전남 변산에 수성당이라는 당이 있는데 거기가 죽막동 유적지라서 고고학 쪽에서 예전에 발굴도 했었다는 거 같아. 너희 과 자료실에 자료가 있을지도 모르니까 한번 찾아보렴.

전설에서는 개양할미가 일곱 명의 딸을 낳았는데, 다른 딸들은 모두 여러 섬을 다스리도록 보내고 막내딸만 옆에 끼고 다니며 칠산 바다를 지킨다고 해."

온은 산청에서 만난 개양 이모의 얼굴을 더듬어 기억해 냈다. 차분하고 고요한 미인. 그리고 엄마의 얼굴을 빼닮은 한 소녀의 얼굴도 떠올렸다.

바다를 다스리는 여신 개양할미가 데리고 다닌다는 막내딸. 푸른 코트를 입은 말명. 현백에 대한 마음 때문에 자신을 질투하던 그 어린 여신은 잘 있을까.

"아직은 어려서 미숙하긴 하지만, 누나와 제 뼈가 흔적도 없이 사라지는 먼 훗날이 되면 그 애들도 자기들 어머니처럼 커다란 신이 되어 있겠죠."

현백은 세월을 비웃듯이 쓸쓸하게 웃었다. 그는 자신의 뼈가 바스러지는 시간에 대해서 담담하게 말했다. 마치 다음 주에 열릴 아이들의 졸업식에 대해 말하는 것처럼.

"현백은 신이 아닌가요?"

무표정하게 벽난로를 응시하고 있던 현백의 얼굴이 창백하게 굳었다. 긴 속눈썹이 잠시 떨리는 듯하더니, 이윽고 천천히 고개를 돌려 온의 두 눈을 응시했다. 커다랗고 또렷한 눈. 품위 있는 얼굴선 하나하나가 사람의 마음을 홀릴 듯 아름다웠다. 불꽃의 그림자가 아른거리는 그의 흰 얼굴에 알 수 없는 미소가 어렸다.

"난 누나와 같은 인간이에요."

단어 하나하나를 곱씹듯 말하는 그의 목소리가 조금 떨리고 있었다. 온은 자신과 그가 같은 존재라는 것을 들은 이 순간, 그의 마음속에서 커다란 감정이 일렁이고 있음을 느낄 수 있었다.

애잔한 그리움, 가질 수 없는 것에 대한 욕망, 갈급한 목마름이 엿보이는 것 같아 온의 마음까지 저려 왔다. 현백에게 그러한 감정을 느끼게 한 것은 아마도 자신과 그에게 부여된 존재론적 한계 때문이었으리라.

"반인반신이에요, 우린."

현백의 얼굴이 다시 무표정해졌다. 그러나 그 눈매는 여전히 슬펐다.

"그럼, 산청 이모도 우리 엄마처럼……."

현백이 쓸쓸하게 웃으며 고개를 저었다.

"그게 누나와 나의 차이죠. 운명에 없는 아이와 운명이 이용하려고 배태(胚胎)된 아이."

운명이 이용하는 아이. 자신을 부르는 그의 말끝이 익모초처럼 썼다.

"그런 이야기 들은 적 있어요? 어릴 때 듣는 옛날이야기 중에서, 옛날 옛날에 과거를 보러 가는 선비가 산속에서 길을 잃고 하룻밤 외딴 민가에서 잠을 자는데, 그러다 혼자 사는 여인을 만나게 된다는."

"응, 알아요."

"다른 이야기도 있죠. 난세의 영웅, 건국왕을 낳은 사람이 사실은 여산신이라는 이야기."

가벼운 농담이라도 하듯 옛날이야기를 설명하는 그의 목소리에는 신랄한 자조가 담겨 있었다.

"들어 본 적 있어요, 그런 이야기. 어릴 때 책을 보면서 '아, 한국의 아테나는 여산신이로군.' 그런 생각을 했었지. 아테나처럼 영웅을 돕는 여신."

현백이 갑자기 말없이 일어나서 침대 쪽으로 가더니 머리말
협탁에서 은빛 힙 플라스크를 꺼냈다.

"홍차에 브랜디 넣어 마실래요?"

"그거 좋네. 나는 좀 많이 넣어 줘요. 맨정신으로 버티기가 좀
힘드네요, 요즘 내 생활이."

우울해지려는 분위기를 풀어 보려는 듯, 온이 농담조로 말했
다. 현백은 빙긋이 웃으며 그녀의 잔에 홍차를 더하고 그 위에
술을 부었다. 그러고서 자신은 술병째로 브랜디를 들이켰다.

온도 한 모금 들이켰다. 은은한 브랜디 향이 목구멍을 타고
내려갔다. 꽤 많이 부었는지 찻잔에서 브랜디 향이 솔솔 올라왔
다. 낮부터 굳어 있던 마음이 해초처럼 풀어지는 느낌이 들었
다.

온은 술기운이 혈관을 타고 흐르기를 눈을 감고 기다렸다. 그
런 그녀를 보며 현백은 말없이 술을 몇 모금 더 들이켰다.

"오랫동안 이 땅에 세워진 모든 것들의 운명을 결정하고 움직
이는 곳이 지리산이에요. 그 산의 여신은 모든 신들의 맏이죠.
가장 큰 땅의 기운을 품은 산의 주인이면서 동시에 이 땅에서
태어난 모든 영웅의 수호신이고."

엄청나다고 할 수 있는 그의 말들을 담담하게 듣고 있던 온은
자신의 놀라움에 대한 역치(閾値)가 높아진 것인지, 아니면 단
지 술기운 때문에 이렇게 차분해진 것인지 알 수 없었다. 그렇

지만 그의 나직한 목소리가 어쩐지 고통에 젖어 있다는 것만은 확실하게 알 수 있었다.

"천왕성모는 시대의 영웅을 낳는 존재예요. 나는 어머니가 어느 시대에 어떤 인물을 낳았는지 다 알진 못해요. 어머니가 뱉어 낸 왕이 누구인지, 어떤 영웅을 낳아 무슨 일을 하게 만들었는지 별로 알고 싶지 않고. 어머니도 내게 말해 주지 않았죠. 내가 알아야 할 건 내게 주어진 운명뿐이니까요."

온의 낮에 혜연이 말해 준 천왕성모와 관련된 설명들을 기억하려고 애썼다.

하지만 술기운이 슬슬 오르기 시작한 데다가 따뜻한 벽난로 기운까지 더해져 몸이 노곤하게 풀어지고 있었다. 온은 몽롱한 정신을 붙잡으며 기억을 더듬어 갔다.

"지리산 여산신인 천왕성모는 여신들의 어머니라고 볼 수 있는데 완전 유명하지. 옛날부터 천왕성모가 나라의 운명을 결정한다는 이야기가 있을 정도야. 천왕성모라는 여신이 어떻게 만들어졌냐……. 뭐 여기에는 여러 버전이 있긴 한데, 내가 알기론 도교의 산신이라는 설, 불교의 관음보살이 변형된 여산신이라는 설, 고려 태조 왕건의 어머니인 위숙왕후가 산신이 되었다는 설 정도가 있어. 그런데…… 아오, 몰라. 이 캐릭터는…… 엄청 복잡해. 그쪽 계열 설화들도 얽히고설켜서."

아, 그럼 산청 이모가 왕건, 그러니까 태조 왕건도 낳은 건가? 천왕성모가 영웅의 어머니라서? 이야…… 대단한데!

순순히 이런 생각을 떠올리는 자신의 적응력이 재미있다고 생각하며, 그녀는 노곤한 몸을 깔개 위로 슬며시 뉘였다. 쓰러지듯 눕는 온을 보고 현백이 다가와 그녀의 몸 위로 담요를 덮어 주었다. 산청에서처럼 세심하게 자신을 보살펴 주는 그의 배려에 온은 졸음 섞인 미소로 답했다.

"그럼 그쪽도 영웅인가? 대단하네……."

현백은 그저 쓸쓸하게 웃어 보일 뿐이었다.

그는 그녀의 머리맡에 앉아 술병을 든 채 온의 흐트러진 머리카락을 내려다보고 있었다. 뜻 모를 감정으로 현백의 눈이 흐려졌지만 온은 쏟아지는 잠 때문에 그의 표정을 알아차릴 수 없었다.

온은 졸음에 젖어 작은 목소리로 속삭였다.

"있잖아요……."

현백은 부드러운 그녀의 입술을 바라보았다.

"그 운명이라는 거…… 너무 힘들어요."

현백은 조심스럽게 손가락으로 그녀의 머리카락 끝을 만졌다.

"이런 거…… 나 받아들이기 너무 힘들어……."

손가락 사이로 부드럽게 흘러내리는 검은 머릿결에 그의 가슴속 깊은 곳이 쓸리는 듯한 느낌이었다.

온은 이미 잠속에 반 이상 빠져들어 머리카락을 만지는 그의 손길을 의식하지 못하고 있었다.

"당신 운명도…… 나처럼 힘든 건가……."

깊은 잠의 나락으로 떨어지면서 무의식의 근처에서 온이 말했다. 그녀의 목소리 끝이 아스라이 사라지듯 끊겼다.

현백은 말없이 그녀의 검고 긴 머리카락을 어루만졌다. 온이 완전히 잠들 때까지 그는 그 머리카락을 놓지 않고 달래듯, 애원하듯 만졌다. 온의 머리카락이 현백의 긴 손가락 사이로 물처럼 흘렀고 해초처럼 감겨들었다.

그러기를 얼마나 했을까. 온의 얼굴을 내려다보는 현백의 두 눈에서 눈물이 떨어졌다. 눈물방울은 그녀의 머리칼 위에서 구슬처럼 맺혀 있더니 이내 어디론가 흡수되어 사라져 버렸다. 현백은 떨리는 손가락을 들어 잠든 온의 입술을 부드럽게 매만졌다.

내가 얼마나 오랫동안 당신을 기다려 왔는지.

얼마나 당신에게 닿길 바랐는지.

서로를 온전히 안을 수 있는 건 우리뿐이라서…… 여기서 얼마나 오랫동안 지켜보고 있었는지…….

모르겠지. 아무 것도 모르겠지, 당신은…….

천천히 그녀의 입술에서 손가락을 뗀 그는 견딜 수 없어서 마신다는 듯 술을 들이켰다.

술에 취한 현백의 얼굴은 빗줄기가 떨어지는 유리창처럼 슬픔으로 얼룩지고 있었다.

현백은 방 저편 그림 속의 여인을 바라보며 마지막 남은 한 모금을 삼켰다.

『유리여신』 하권에 계속

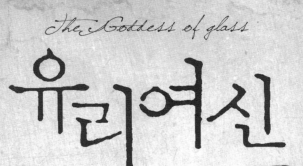

The Goddess of glass

유리여신

서희우 장편소설

카카오페이지 화제의 웹소설!

신비로운 한국 설화에 운명적인 두 남녀의 사랑을 녹여 낸 로맨스.
그 아름답고 은은한 여운 속으로 당신을 초대합니다.

단글

魔劍王

나민채 퓨전무협 장편소설

『죽지 않는 무림지존』, 『천지를 먹다』
베스트 셀러 작가 나민채의 스펙터클한 퓨전 무협
『마검왕』을 가장 빠르게 보는 방법!

마검왕

Dream Books

'스마트폰으로 접속!'